U0109408

古典詩歌研究彙刊

第三三輯

龔鵬程 主編

第 1 冊

從科舉到文學
——唐末孤寒詩人研究

李奇鴻 著

國家圖書館出版品預行編目資料

從科舉到文學——唐末孤寒詩人研究／李奇鴻 著 -- 初版 --
新北市：花木蘭文化事業有限公司，2023〔民 112〕
目 2+200 面；17×24 公分
（古典詩歌研究彙刊 第三三輯；第 1 冊）
ISBN 978-626-344-207-8（精裝）
1.CST：唐詩 2.CST：詩評 3.CST：科舉
820.91　　　　　　　　　　　　　　　　111021847

ISBN-978-626-344-207-8

9 786263 442078

古典詩歌研究彙刊
第三三輯 第 一 冊　　　　　ISBN：978-626-344-207-8

從科舉到文學
——唐末孤寒詩人研究

作　　者　李奇鴻
主　　編　龔鵬程
總 編 輯　杜潔祥
副總編輯　楊嘉樂
編輯主任　許郁翎
編　　輯　張雅淋、潘玟靜　美術編輯　陳逸婷
出　　版　花木蘭文化事業有限公司
發 行 人　高小娟
聯絡地址　235 新北市中和區中安街七二號十三樓
　　　　　電話：02-2923-1455 ／傳真：02-2923-1452
網　　址　http://www.huamulan.tw 信箱 service@huamulans.com
印　　刷　普羅文化出版廣告事業
初　　版　2023 年 3 月
定　　價　第三三輯共 8 冊（精裝）新台幣 16,000 元　　版權所有·請勿翻印

從科舉到文學
——唐末孤寒詩人研究

李奇鴻 著

作者簡介

李奇鴻，國立清華大學中國文學系博士，曾任國立清華大學兼任講師、國立清華大學語言中心兼任講師、《清華學報》責任編輯，現任元智大學中國語文學系助理教授，開設「詞選及習作」、「數位編務實務」等課程。研究領域為中古詩，碩士論文主題為杜甫詩，博士論文研究科舉制度與中晚唐詩人，將持續關注中古與近世之間的文學發展。曾發表文章於《漢學研究》、《政大中文學報》、《東華中文學報》等核心期刊。

提　　要

　　現今唐代文學研究大多肯認科舉制度對文人的影響，但少有把科舉制度視為問題並據以開展者的研究。本文即著眼於此，透過觀察一群受科舉制度所左右的知識分子（即「孤寒詩人」），釐清制度對文學的生產、觀念以及思想的影響，為唐詩經歷中晚唐變化轉型成另種典範（宋詩）的嬗遞歷程，提供一條可能的解釋脈絡。

　　在世亂之下，科舉制度遠比我們想像中穩定。據統計，自咸通元年（860）至天佑四年（907）之間僅有四次停舉。有別於日漸衰亡的世家大族，「孤寒詩人」此時乘勢而起，大量應舉者在家鄉、幕府與科場之間移動，他們在不穩定的情勢下，除了需取得鄉貢進士的資格，還要四處干謁以尋求名聲與賞識、並創作大量詩歌作品。

　　透過研究孤寒詩人，大略可以將其影響分為三大方面：干謁活動、苦吟創作以及行藏之思。主要成果概約如下：（一）分析干謁詩作之後，可以發現干謁者與被干謁者之間的文學交流，並非絕對的下對上關係，若彼此相契合，甚至能發展為「知音」關係。此外，詩作中也流露著企盼知音與公道的念想，很大程度支持孤寒詩人們往返場屋、奔赴四方以尋訪知己。（二）苦吟研究是中晚唐重要的文學現象，苦吟除了既有的賈島影響之外，本文則提出另種可能，即苦吟是科舉制度影響文學創作之下的現象。在舉子與詩人身分結合之下，苦吟也與謀身相結合，成為普遍的生命型態。（三）制度影響最深刻者為出處之思，在科舉成為掄才主要途徑後，已不見所謂終南捷徑，而更重視進士科資格。從時、機、命的探討中，孤寒詩人對於戰亂雖大多明哲保身，但鮮少有真正退樓之想。有賴於常年舉行的科舉制度，他們認為，只要制度仍舊，就還有飛黃騰達的可能。

目

次

第一章　緒　論

　　現今唐代文學研究大多肯認科舉制度對文人的影響，但是，把科舉制度視為**問題**並據以開展者，卻是寥寥無幾。本文即著眼於此，透過觀察一群受科舉制度所左右的知識分子（即「孤寒詩人」），透過釐清制度對文學的生產、觀念以及思想的影響，提供唐詩歷經中晚唐與唐末的變化之後，轉型成另種典範（宋詩）的一條可能脈絡。〔註1〕

　　為明本文所欲提顯的問題與方法，以下聚焦於唐代研究「與文學」命題，首先鳥瞰目前研究規模，凸顯其中有待開展的面向，接著從「孤寒詩人」的角度，展開有關制度與文學的干謁、苦吟、出處之思等三個面向的初步梳理，最後是交代本文的研究構想與論述架構。

第一節　反思「與文學」的命題

　　在唐代文學研究史中，2016 或許是值得關注的一年。並不是該年研究有巨大突破，相反的，被陳尚君譽為「最近三十年唐代文史領

_____

〔註1〕「唐末」具體上下限為懿宗咸通元年（860）至唐亡（907）。詳細可見第一節末段討論。

域最有成就的學者」的傅璇琮（1933～2016）先生於該年與世長辭，〔註2〕而他在臨終前半年以《唐代科舉與文學》一書榮獲思勉原創獎的談話，或可視為該書學術影響的回顧：

> 從 80 年代到今天，古典文學研究已經取得了長足進展，本書作為初創之作，在其中也發揮了一定作用。後來有不少學者仿照本書寫作格局，撰寫類似選題的著作，或是對於《唐代科舉與文學》中相關問題進行更深入的探討，或是將研究範圍擴大至其他歷史階段，都取得了可喜成就。
> 〔註3〕

傅璇琮認為，《唐代科舉與文學》的創新之處主要在融合歷史與文學的材料，試圖勾勒一個「在科舉制影響下唐代文人生存的時代氛圍、他們的生活道路與心理狀態，從而進一步體察到他們在從事文學創作時所特有的情感與心理」，〔註4〕此一改過去的方法與視野，帶動了學界對相關範圍與課題的研究。〔註5〕若我們查檢唐代研究中帶有「與文學」的書目，便可發現傅璇琮所言不假，請見表 1-1：

〔註 2〕 陳尚君，〈《唐代科舉與文學》獲思勉原創獎點評〉，收入中國唐代文學學會，《唐代文學研究年鑑》（桂林：廣西師範大學出版社，2016年），頁 50。

〔註 3〕 傅璇琮，〈第三屆思勉原創獎頒獎典禮上的講話〉，收入中國唐代文學學會，《唐代文學研究年鑑》，頁 49。

〔註 4〕 傅璇琮，〈第三屆思勉原創獎頒獎典禮上的講話〉，頁 48。這段話可追溯至 1980 年初版書序當中：「這種方法，就是試圖通過史學與文學相互滲透或溝通，掇拾古人在歷史記載、文學描寫中有關的社會史料，做綜合的考察，來研究唐代士子（也就是那一時代的知識分子）的生活道路、思維方式和心理狀態，……。」傅璇琮，〈序〉，《唐代科舉與文學》（西安：陝西人民出版社，2003 年，第 2 版），頁 1。

〔註 5〕 蔣寅回顧 20 世紀唐代研究，評價此方法與視野的意義是：「學術觀念的變革，使唐代文學研究改變了過去單一的價值判斷傾向，而代之以對文學史現象、過程及意義的關注，將以往點的研究擴展到面；『文化熱』和方法論的討論則開闊了研究的範圍和思路」。蔣寅，〈附錄：20 世紀唐代文學研究綜述〉，《百代之中：中唐的詩歌史意義》（北京：北京大學出版社，2013 年），頁 211。

表 1-1：唐代研究中關於科舉制度與文學研究重要書目及
　　　　出版年〔註6〕

作　者	專書名	出版年
羅龍治	進士科與唐代文學社會	1971
程千帆	唐代進士行卷與文學	1980
傅璇琮	唐代科舉與文學	1980
孫昌武	唐代文學與佛教	1985
葛兆光	想象力的世界：道教與唐代文學	1990
戴偉華	唐代幕府與文學	1990
戴偉華	唐代使府與文學研究	1998
胡可先	中唐政治與文學	2000
王勛成	唐代銓選與文學	2001
孫昌武	道教與唐代文學	2001
陳飛	唐代試策考述	2002
李德輝	唐代交通與文學	2003
吳在慶	唐代文士的生活心態與文學	2006
胡可先	唐代重大歷史事件與文學研究	2007
王佺	唐代干謁與文學	2011

〔註6〕 羅龍治，《進士科與唐代文學社會》（臺北：國立臺灣大學文學院，1971年）；程千帆，《唐代進士行卷與文學》（上海：新華書店，1980年）；傅璇琮，《唐代科舉與文學》；孫昌武，《唐代文學與佛教》（西安：陝西人民出版，1985年）；葛兆光，《想象力的世界：道教與唐代文學》（北京：現代出版社，1990年）；戴偉華，《唐代幕府與文學》（北京：現代出版社，1990年）；戴偉華，《唐代使府與文學研究》（桂林：廣西師範大學出版社，1998年）；胡可先，《中唐政治與文學》（合肥：安徽大學出版社，2000年）；王勛成，《唐代銓選與文學》（北京：中華書局，2001年）；孫昌武，《道教與唐代文學》（北京：人民文學出版社，2001年）；陳飛，《唐代試策考述》（北京：中華書局，2002年）；李德輝，《唐代交通與文學》（長沙：湖南人民出版社，2003年）；吳在慶，《唐代文士的生活心態與文學》（合肥：黃山書社，2006年）；胡可先，《唐代重大歷史事件與文學研究》（杭州：浙江大學出版社，2007年）；王佺，《唐代干謁與文學》（北京：中華書局，2011年）。

表 1-1 僅是羅列重要的專書以為代表，若將範圍觸及全書目、甚至是單篇論文與學位論文，更能見此類命題方式可謂蔚然成林。〔註7〕在此新方法、新視野下，不乏領域內最頂尖的學者也參與其中，可以說，近三十年來的唐代研究，已然能從不同領域間與文學的「跨界」合作，勾勒出一個生動的歷史語境。

儘管這些受傅璇琮的研究方法啟發的研究，在不同程度上搭建歷史舞台，讓那些文學作品「粉墨登場」，但識得其優勢之餘，也必須對此種「以外部成因探討內部因素」〔註8〕的跨學科方法仍有所警覺。較明顯的不足之處，就是儘管對外部的歷史環境有深入的描寫，卻仍較難對文學作品的內部有更深刻的解讀。理由在於，這些「與文學」的研究動機，無非是利用文學材料來充實所關注外部的歷史環境的實際情形，從這個角度來說：「文學」毋寧被視為「史料」。當然，每個研究者面對一件作品有不同看法乃人之常情，但倘若研究動機偏離彰顯詩人作意、發揚文學作品的深意，那麼，站在文學研究的立場，則有必要重新審視「外部」與「內部」之間的關係。

對此，首先得釐清傅璇琮如何描述相對客觀的歷史環境，與相對主觀的文學作品之間的關係。《唐代科舉與文學》專論外部與內部關係的部分，應是第十四章「進士試與文學風氣」。該章首先駁斥了傳統認為科舉促進詩歌繁榮的說法，認為反倒是當時社會文學風氣繁榮，才導致科舉以詩賦取士的情形——但正是如此舉措，反倒阻滯了文學發展，甚至造成「朋黨交結、行賄納賄、吹噓拍馬、互相攻訐」的消極影響。〔註9〕但總歸來說，科舉制一定程度上仍有促進階級流動、文化教育的益處，故不應全面否定科舉對文學的影響。此外，科

〔註 7〕相關研究成果，請參吳夏平，〈唐代制度與文學研究舉要〉，《唐代制度與文學研究述論稿》（濟南：齊魯書社，2008 年），頁 133～184。
〔註 8〕傅璇琮曾用文學研究「外部」、「內部」的說法解釋為何研讀文學作品需要研讀歷史背景。傅璇琮，〈第三屆思勉原創獎頒獎典禮上的講話〉，頁 49。
〔註 9〕傅璇琮，《唐代科舉與文學》，頁 413。

舉還造成了為數不少的落第詩、送別詩，其間不乏佳作，但隨著中晚唐「時代的主旋律已經改變，紛亂破敗的社會，使得即使有才能的作家也不能超越時代而奏出高亢的樂章」，〔註10〕故晚唐詩總是充斥著低沉陰鬱的情調。

　　總結上述意見，可以得出以下三點：一、科舉制度的出現，對社會階級流動方面有所助益，但對文學乃至社會風氣，則好壞參半；二、有關科舉的各方面——交際、行旅、科考、釋褐　都滲入詩歌題材之中，為科舉制度出現前未有的新風貌；三、隨著時代盛衰，整體詩風也會有所變化，此乃時代之侷限。由此三點回顧傅璇琮所謂「把科舉制度作為中介環節」的研究方法，〔註11〕乃是將科舉制度橫亙於文人（生產者）與文學（產物）之間，並視為**溝通文學外部（時代環境、制度等）與文學內部**的主要因素，且時代盛衰亦作為背景同時作用於其中；但誠如前述，其結果是本該作為外部因素的科舉制度，反倒成為研究重心——若更推拓一步則是，此方法不免預設：當文人與科舉緊密聯繫，文學作品也應當理所當然的反映著制度而生產；〔註12〕在這裡，所謂由外部與內部關係，具體指向文學作品的「生產過程」，而本該是中介環節兩端的文人與文學研究，反倒落在關注之外。〔註13〕

〔註10〕傅璇琮，《唐代科舉與文學》，頁433。

〔註11〕傅璇琮在《唐代科舉與文學》的〈序〉以及〈重印題記〉、為王勛成《唐代銓選與文學》寫的〈序〉、思勉獎得獎感言都反覆提到此語，足見其重要性。

〔註12〕他認為只有先理解「生長環境」，而後才能「更真實而深入地解讀文學」：「作家的出現和成熟、作品的內容和表現形式、文人的唱和和交往、文化的傳播和接受，自有生長的社會文化土壤。」這不免預設了作品必然反映制度影響的本質。傅璇琮，〈唐代文學研究：社會—文化—文學〉，《華南師範大學學報（社會科學版）》，2005年第2期，頁45。

〔註13〕此處絕非否定傅先生卓越的研究貢獻，而旨在提顯「與文學」這種近似於西方文學社會學的研究方法，並非只能是討論文人、制度與文學之交互情形的既定方式。陳飛對此亦有反省，他認為過去研究一部分集中在制度對文學的單向影響，而這是很難令人滿意的方法。陳飛，

更重要的是，傅璇琮在「進士試與文學風氣」所提出的三點，引領近三十年唐代部分研究的方向。關於第一點有關科舉與階級流動的部分，發端於陳寅恪對科舉制度與階層、政治的眼光，後也有早先如毛漢光、晚近如譚凱，都有豐碩的成果，於此不贅；〔註14〕至於科舉對於文學及社會風氣的影響，其後除了吳宗國注重制度本身及其源流演變的《唐代科舉制度研究》，與文學研究較相關者先後有王勛成、陳飛及王佺。〔註15〕王勛成《唐代銓選與文學》關注士人及第、釋褐後至仕宦的守選制度，填補既有研究中對於任官之餘的空窗期；陳飛《唐代試策考述》著重在科舉制度的考辨，還原策試科目的不同類別與發展；兩人的研究，可視為對科舉制度的進一步認識，有助於更清晰的描繪舉子們踏上仕途的曲折歷程。王佺從干謁角度指出其對文學的負面影響，也一定程度凸顯中晚唐詩歌的別異之處；同時，此觀察也肯定傅璇琮所觀察到文人對科舉的高度重視以及社會上熾烈的干謁風氣。

　　第二點圍繞著唐詩中文人生活與心態而來。歸功於傅璇琮引領「與文學」的研究取徑所帶動的巨大能量，後續研究擴及圍繞著文學材料所延展的仕宦、思想、政治、交通等方方面面。例如表一之中，戴偉華對文人與幕府、使府關係的研究，展示除了中央任官的其他可能，或是葛兆光、孫昌武各從道教、佛教與文學的關係，呈現文學活動在社會的具體圖像。也有學者著重在政治變化與文學的關係，例如胡可先與肖瑞峰等、查屏球分別有中唐、晚唐政治與文學的專論，而後胡可先進一步擴充描述唐代重大歷史事件對文人的影響，都能說明

〈隋唐五代文學與科舉制度〉，《文學與制度──唐代試策及其他考述》（北京：商務印書館，2015 年），頁 57～68。
〔註14〕毛漢光，《中國中古社會史論》（臺北：聯經出版事業公司，1988 年）；譚凱著，胡耀飛、謝宇榮譯，《中古中國門閥大族的消亡》（北京：社會科學文獻出版社，2017 年）。
〔註15〕關於科舉制度研究史，可參考：胡戟等主編，〈第二章‧科舉制〉，《二十世紀唐研究》（北京：中國社會科學出版社，2002 年），頁 108～116。

文學不只是審美對象，也同時具有表達政治觀點的性質。又或是李德輝以交通為視角，看待文人移動時的文學創作，以及近年王兆鵬主持的「唐宋文學編年地圖」，都結合詩歌與行跡，讓後世對唐代文人的想像更加真實、生動。上述只是略事舉隅使用傅璇琮方法的研究，直至當下仍有許多研究持續產出，足見其深遠影響。〔註16〕

至於第三點有關時代風氣與文學風氣的關係，所述內容並非嚴格意義上與科舉制度相關，但之所以特別論及此，或是傅璇琮深知晚唐受到科舉影響甚鉅、又感受到詩風變化所致。〔註17〕較為可惜的是，就所見研究成果來看，他僅點到為止，還未深論盛、中、晚唐之間歷時性的推移變化，多較傾向對制度、文學、文獻等方面的深掘。〔註18〕然而，這反而留給後人研究的餘地，例如從劉寧、趙榮蔚、李定廣的三本專著，便能看到他們另闢蹊徑，擺脫「與文學」的研究方法。劉寧在貫通唐宋詩的企圖上，注意到中唐文人心態中具有「制度意識」的傾向，據以掌握唐宋間「門閥政治的衰落和士大夫文官政治的興起」。〔註19〕趙榮蔚把社會與政治等外部因素化為「士風」，予以觀察「詩風」的變化，體現時代推移與文學演變之間的關係。〔註20〕

〔註16〕晚近研究已不再像過去那麼強調「與文學」的命題，但方法上仍注重文學材料帶來的生動性與豐富性，例如：黃雲鶴的《唐宋下層士人研究》（石家莊：河北人民出版社，2006年）、《唐宋時期落第士人群體研究》（北京：中華書局，2020年）。甚至也引來外國學者的關注，例如：高木重俊，《唐代科舉の文学世界》（東京：研文出版社，2009年）。

〔註17〕這個觀察較早由聞一多所提出，但考慮到傅璇琮並未在書中明言，便不必過度解讀。

〔註18〕例如〈從白居易研究中的一個誤點談起〉便從白居易的遷轉問題開始，論及仕途逆順與心境關聯，甚至造成思想轉折。如此由外部到內部的層層推進，正是傅璇琮所一再強調的研究取徑。傅璇琮，〈從白居易研究中的一個誤點談起〉，《文學評論》，2002年第2期，頁130～137。

〔註19〕劉寧，〈引言〉，《唐宋之際詩歌演變研究》（北京：北京師範大學出版社，2002年），頁3。

〔註20〕趙榮蔚，《晚唐士風與詩風》（上海：上海古籍出版社，2004年）。

李定廣則希望反撥學界對唐末五代文學一貫否定的態度,以「悲劇意識」的精神面貌取代媚世、消沉、柔弱等負面評價,從而以不同角度審視「苦吟」的文學現象,並收束於「晚唐體」之形成,將之視為文學新變之處。〔註21〕觀察三人先後的研究方法,或基於成熟的先行研究,他們已不再將制度、社會狀況視為主軸,而更強調大背景對群體士風、觀念心態的影響,從而推動文學的改變。

　　回顧上述三點以及相關研究之後,還須回過頭來看文學研究是否有新的進展。傅璇琮「進士試與文學風氣」當中對於文學內部的研究,主要是落第詩與送別詩,這自然與科考行為直接相關,此後亦有關於科舉詩、策試文的研究。〔註22〕往後倘若要論及文學其他方面,則會以一群文人精神面貌(例如劉寧的「制度意識」、趙榮蔚的「士風」或是李定廣的「悲劇意識」)加以統括說明;但如此一來,卻又有喪失以科舉作為中介環節的初衷,反倒面臨其背景化的隱憂。這在晚唐尤為明顯,科舉歷經穩定與重要性提升,其結果是吸引大量文人投入科考,此正說明就制度施行而言是成功的,也帶來改變門閥政治的可能;然而,不僅後世對此多有貶詞,〔註23〕近代論者對咸通以後的政治社會則多以「黑暗」、「腐敗」言之,文人的干祿被指責「鑽營」、「諂媚」,入仕卻也被稱為「庸吏」,〔註24〕種種皆令人匪夷所思。但亦有學者將此視為理所當然,例如鄭曉霞研究科舉詩時,認為唐末政

〔註21〕李定廣,《唐末五代亂世文學研究》(北京:中國社會科學出版社,2006 年)。

〔註22〕鄭曉霞,《唐代科舉詩研究》(上海:復旦大學出版社,2006 年);陳飛,《唐代試策考述》。

〔註23〕宋人對唐人熱衷科舉感到詫異:「大凡進取得失,蓋亦常事,而〔孟〕郊器宇不宏,偶一下第,擇其情隱薈,如傷刀劍,以至下淚,既後登科,則其中充溢,若無所容,一日之間,花即看盡,何其速也?」吳處厚撰,夏廣興整理,《青箱雜記》,《全宋筆記》第 1 編第 10 冊(鄭州:大象出版社,2003 年),卷 7,頁 235。

〔註24〕羅宗強,《隋唐五代文學思想史》(上海:上海古籍出版社,1986 年),頁 383～386。

治腐敗、人情澆薄，寒士在此環境下久困場屋遂有怨切之心，故而詩歌走向「意志消沉、嘆老嗟悲」與「憤世不平」兩個極端。倘若細思尋繹唐末政治與科舉文化的關聯性，彼此並不是因果關係，而是未經檢驗的理所當然──鄭曉霞預設了科舉取士必然受到政治昏昧所影響。〔註25〕說到底，晚唐政治延襲自中唐以來宦官、藩鎮問題，國力確實不如以往，但要說那些還未涉入政壇的文人也沆瀣一氣、甚至文學作品也同樣氣格卑下，未免有先入為主之嫌。由此，可見即使理解制度運作與發展，但牽涉到晚期時代風氣，也並不能完全解決文學內部的問題。

　　面對上述待發之覆，陳飛曾有類似的反省，他認為科舉與文學之間並非簡單的線性影響關係，而存在著相互影響的維度：

> 實際上，即使是相互的影響，也不可能直接達到終端：文學的作品形態或制度的物化形態，中間須要有「文學化」或「制度化」了的「人」來聯結和過渡，而這樣的「人」的造成，需要有一系列的因素和條件。這些也是「與」所要關注的內容。〔註26〕

陳飛所謂的「人」，在本文看來很大程度上就是那些蹭蹬科場、屢試不第的舉子們。當以「人」為主體，勢必得深入到與科舉相關活動的諸方面，「與」的具體指涉，很大程度就是如今所見大量的干謁、寄贈、唱和等詩作。

　　既然由外而內的研究取徑有所偏限，那麼不妨在既有研究成果的支持下，試著重新審視制度與文學的關係。具體而言，其實就是以分析文學作品為重心的研究方式，但分析的方向是扣緊制度所影響層面而來。這裡就必須考慮不同時期的影響，就目前研究來看，初期文學風氣興盛有賴帝王提倡，而後科舉出現並成為入仕途徑，經歷一番

〔註25〕鄭曉霞，《唐代科舉詩研究》，頁71～85。
〔註26〕陳飛，〈隋唐五代文學與科舉制度〉，《文學與制度──唐代試策及其他考述》，頁67。

調整後將詩賦納入科考,至中晚期,朝野江湖皆以擅長詩賦的進士為第一流人物。〔註27〕以此考慮科舉對文學的影響,則勢必得著眼於中晚唐時期,所關注的也非僅有古文運動的韓愈、柳宗元、新樂府的元稹、白居易,或是獨具個性的李賀、李商隱等人物,而是注意像中晚唐之交的孟郊、賈島、劉得仁、姚合、劉滄等,甚至是宣宗以後處於干謁盛行底下的一大批文人。

同時,若考慮科舉制度與其對社會結構的影響,那麼晚唐中的唐末便是關鍵時間段。一般而言,是以宣宗為晚唐上限,迄至唐亡,又懿宗咸通年間常為治五代史者關注的起點,故將晚唐咸通以降稱為「唐末」;換言之,晚唐時間段包括唐末,專稱唐末時特指咸通以降。本文所討論的「唐末」時間起迄段為咸通元年(860)至唐亡(907)。一方面,此時間段並非本文原創,不宜隨意更動定義,〔註28〕另一方面,懿宗時期正是科舉史中從權貴專勢到獎拔孤寒的分水嶺(詳見第二章),乃奠定往後孤寒崛起的基礎條件,因此以唐末為討論時間段。

總之,從「與文學」研究方法的反思中,可以發現此方法開創了唐代研究的一種範式,開展許多值得關注的面向,但在文學研究本身卻還有可開拓的餘地。特別是傅璇琮最初關注的「科舉與文學」,恐怕

〔註27〕需要補充說明的是,干謁之風在初盛唐時便已出現,隨著進士科興起,成為子弟、孤寒共同競逐的目標後,則顯得更加熾烈。關於初盛唐的干謁風氣,可參考葛曉音的研究。葛曉音,〈論初盛唐文人的干謁方式〉,《詩國高潮與盛唐文化》(北京:北京大學出版社,1998年),頁211~234。

〔註28〕文學史著作明確以860年為斷限者,近來主要是孫康宜與宇文所安主編的《劍橋中國文學史》(北京:三聯書店,2013年),若以相關研究專著來說,劉寧與李定廣對唐末都採取相同的時間界線,惟劉寧似未明確交待唐末定義,而李定廣則分別從歷史學與文學史的角度說明咸通作為斷限的理由。李定廣,〈唐末五代亂世文學的時間範圍〉,《唐末五代亂世文學研究》,頁1~6。本文之所以採取此時間段,除了基於既有學術共識,也由於科舉制度史視宣宗以後為穩定發展的時期之故。

除了及第詩、下第詩、送別詩之外，還有許多有待深掘的問題；而這些問題還需從文學本身出發，經由內而外的檢視才能有更清晰的認識。

第二節　孤寒詩人：是舉子也是詩人

　　藉由追蹤「與文學」的研究方法與成果，大抵可知研究重心是在制度與風氣方面，還未深入挖掘其對文學的影響。可喜的是，反思此方法的同時帶給我們一個「由內而外」的視角，而由此視角所聚焦的群體，便是活躍於晚唐唐末的一大批文人——孤寒詩人。過去研究大多意識到他們的存在，卻少有真正以他們為對象展開的研究，這也導致目前僅停留在搖擺不定的模糊概念。〔註29〕基於此，有必要確定他們是誰，並考慮他們在科舉與文學的命題上所具備的特殊意義。

　　由傅璇琮等人對科舉與文學的關懷，遂引發本文對於「孤寒」的興趣；對於孤寒的定義，也需由此而來。本文所謂孤寒，與近代學者研究社會階層流動的目的或方式稍有不同，更近於《唐摭言》所云：「科第之設，草澤望之起家，簪紱望之繼世；孤寒失之，其族餒矣；世祿失之，其族絕矣」之意，〔註30〕乃依賴科舉以起家之孤寒者，即中下階層士人。而《唐摭言》特意將孤寒與世祿相對，便可看出時人已意識到當時參與科舉的兩大類型，且兩造的差距正是政治資源的懸殊。由此也可說，孤寒為無法借助原有政治影響力獲取科名的舉子，而他們儘管到了政治場域中也依然面臨資源稀缺的困境。對於此，王德權已有專文探討，對本文釐清孤寒概念有莫大幫助。〔註31〕王德權

〔註29〕過去研究也有類似分類標準，例如劉寧區分唐末詩人群之一為「寒素詩人群」，是以「交往密切」界定詩人群，故而在另一群「干謁詩人群」當中也能看到相似出身的另一批人。嚴格來說，劉寧區分詩人群的目的與本文並不相同，也較無法凸顯素寒的社會階層意義。

〔註30〕王定保撰，姜漢椿校注，〈好及第惡登科〉，《唐摭言校注》（上海：上海社會科學出版社，2002年），卷9，頁180～181。

〔註31〕王德權，〈孤寒與子弟：制度與政治結構的探討〉，收入黃寬重主編，《基調與變奏：七至二十世紀的中國》（臺北：政大歷史學系出版，2008年），頁41～84。

認為孤寒是相對於子弟的概念，被運用在政治語境之中：「唐人眼中的孤寒明確表現出某種客觀的、非相對的、可辨識的形象，以本文結論來說，就是與公卿子弟相對的『他者』」；〔註32〕據此定義「孤」為「不運用父祖之政治關係、父祖無政治關係可用」，「寒」為「相對於公卿子弟之地勢」。總歸而言，孤寒是指相對於公卿大族的中低層士族，他們無法以門蔭入仕，多半以科舉謀身，由於無可倚靠的政治關係，便以干謁投贈的方式搏取聲名。

在上述定義下的孤寒詩人，便能列出一張名單（請見於附錄表「唐末孤寒詩人列表」）。在這張名單中，幾乎囊括晚唐唐末的重要詩人，例如方干、溫庭筠、司空圖、許棠、羅隱、鄭谷、杜荀鶴、李洞、徐寅、韋莊、黃滔。可以說，孤寒詩人不啻為晚唐文學研究亟待廓清的一類群體。而這群人鮮明的特色就是科舉制度幾乎伴隨著他們的一生，從而他們的文學作品也與科舉有著緊密關聯。

一種看法認為，經由科舉制度所生產的作品，例如省試策、文、詩等，才可視為制度所影響的文學作品；然而，這並未考慮到舉子們從立志成為鄉貢進士時，就已經不斷創作，進一步說，在晚唐熾烈的科舉風氣之下，每個能夠成為鄉貢進士者，在進京前至少都要有一部作品集以證明自己的能耐。從晚唐的羅隱所遺留的詩文集來看，當時文人準備了各種文體文類以「干謁」對方，〔註33〕希望能獲得對方（甚至是主考官）的賞識，進而成為彼此的「知音」。〔註34〕不令人意外的是，這些作品集的內容儘管五花八門，但其中必不可少的是「詩」，我們甚至能發現，有許多專門為對方寫、甚至出現唱和來往的詩作，而這些為社交活動而作的干謁詩作，亦成為晚唐文學的一片風景。

〔註32〕王德權，〈孤寒與子弟：制度與政治結構的探討〉，頁 47。

〔註33〕羅隱的《讒書》是留存較為完整的干謁文集，收有策對、詩、賦、疏、序、書等文類。

〔註34〕有關干謁中的知音關係，除了本文第二章有所討論之外，《唐代干謁與文學》是較早觸及此現象的專著。王佺，《唐代干謁與文學》。

　　如此風氣底下，想要一位進士試合格的前進士，必然得擁有出眾的文彩；換個角度說，舉子也具備另個身分：「詩人」。之所以分別兩個身分，是因為如果僅僅通過觀察科舉制度的實踐者（即舉子），只能觸及省試、干謁、送別、下第等主題的作品，不免有一葉障目的缺憾，事實上，程千帆就是以「舉子兼作家」的雙重身分的角度看待唐人行卷之風。〔註35〕此外，若我們留意到王夢鷗觀察晚唐科舉制度背景下冒現各種詩格的現象，〔註36〕便能想見這些人已經在日夜不懈的錘鍊詩藝中，已然凝聚出詩人身分的自覺。

　　根據以上思路，便能將概念簡化為下圖一，從中可見本文與以往研究的不同之處。過去思考科舉與文學的關係時，著眼於直觀的對應（即及第、下第、送別），然而，若考慮到文人的整體情境，其實有另一層以詩人身分為主軸的干謁、苦吟、出處之思等文學類型。

圖一：晚唐舉子與詩人身分所對應的文學類型

　　更重要的是，在考慮「詩人」與「舉子」兩個身分所代表的意義時，還須注意到第三個因素：孤寒出身。若從宏觀的角度看，子弟與孤寒間的此消彼長繫乎唐宋間變化的重要一環。〔註37〕孫國棟著眼於門第的消融過程，便指出唐末門第消融的幾個方向：兵禍、天災、

〔註35〕程千帆，《唐代進士行卷與文學》。
〔註36〕王夢鷗，〈晚唐舉業與詩賦格樣〉，《傳統文學論衡》（臺北：時報文化，1987年），頁189～203。王夢歐討論科舉詩賦與格律日漸眾多的關係，「格樣」即統一詩格。
〔註37〕包弼德討論到唐代「士」的性質時，認為科舉提供了非門閥出身的人也能自命為士的保障，為日後地方崛起的契機之一：「重視為學的才能是一種挑戰，它挑戰那種認為只有門第才能使人有資格做官的言論。」包弼德著，劉寧譯，《斯文：唐宋思想的轉型》（南京：江蘇人民出版社，2000年），頁49。

貢舉觀念轉變、寒士數量大增、教育之普及,可說孤寒舉子階層的興起可說改變了政治權力與社會風氣。〔註38〕在文學研究方面,事實上,傅璇琮早已認識到這群人的特殊性,他在分析公乘億歷經三十舉,已十餘年未歸家,遭鄉人誤傳已死,之後夫妻又相逢於道路上的戲劇性故事時,便這麼評論:

> 實際上這是極有代表性的唐代進士考試中的悲劇,這種悲劇對於一些出身貧寒的讀書人來說,是經常會遇到的。……不管這些人究竟是否能夠及第,他們能為州府所貢,跑到京都長安來,互相結交,並在文學作品中得到表現,這無論在社會生活中,或唐代的文學創作中,都會帶來過去時代所不可能有的新的東西,特別是在中晚唐,他們已經構成進士試中的主體。〔註39〕

這則逸事當然有虛構的成分,也非是「經常會遇到」,但在此是要凸顯這些貧寒舉子在中晚唐成為不可忽視的一大批文人,且仕途遭際與科舉制度密切聯繫。這些作為進士試主體的舉子們創作的文學作品,由於過去並沒有施行科舉制度,故必然具備了「新的東西」。若尋譯上下文,便可推知「新的東西」係為「為州府所貢,跑到京都長安來,互相結交」的社交活動中產生。因此,先不論作品的品質與價值,晚唐的一個前所未有的變化就是出現了一大批「孤寒」舉子,他們緣於科舉活動的作品,正代表著唐代文學史發展上的變化。無獨有偶,余恕誠從不同角度認識到晚唐有一群「最為廣大」的詩人:

> 「郊寒島瘦」,所謂「孟東野、賈浪仙之徒」,無非是取其窮寒作為主要特點,來標誌晚唐最為廣大的一群詩人。這群詩人從身分上看多為「窮士」,從詩歌內容上看多為「窮苦之言」。有了這種更能抓住本質特徵的概括,我們不妨即稱

〔註38〕孫國棟,〈唐宋之際社會門第之消融——唐宋之際社會轉變研究之一〉,《新亞學報》第 4 卷第 1 期(1959 年 8 月),頁 211~258。

〔註39〕傅璇琮,〈論唐代進士的出身及唐代科舉取士中寒士與子弟之爭〉,《中華文史論叢》,1984 年第 2 期,頁 109。也見於《唐代科舉與文學》,頁 204。

溫、李、杜牧等人創作之外的晚唐另一大類詩歌為窮士之詩。〔註 40〕

這是論者評論《苕溪漁隱叢話》其中一條有關晚唐詩人多承繼賈島、孟郊的意見，而歸納這一大群人的詩歌特色主要收斂、淡冷、著意，但出身與文學表現之間的連結關係，則未有令人滿意的解釋。後續學者也注意到出身與文學的關聯性：劉寧分類唐末五代詩人群體的其中之一便是「寒素詩人群」；〔註 41〕趙榮蔚認為這些「寒士」遭逢黑暗科場與昏亂時世，使得他們儘管憤慨不已卻無法有所作為；李定廣分析中晚唐的寒士群體時說：「在〔進士科〕錄取名額如此之少的情況下，大中以後的廣大寒士普遍蹭蹬舉場數十年仍然如癡如狂，這卻是值得深入研究的一大現象。」〔註 42〕不管如何，無論是余恕誠的「窮士」，或是劉寧、趙榮蔚與李定廣的「寒士」、「寒素之士」，其實都指向同一群，也就是本文所稱的「孤寒詩人」。我們也可以發現，各家觀察其實與傅璇琮相去不遠，只不過從焦點著重在科舉或從詩歌之一端看待而已，可惜的是，各家尚未針對孤寒出身與舉子身分對於詩歌方面的影響有足夠篇幅的討論。

在上述認識下重省晚唐文學研究，便可為苦吟現象理清一條由制度到文學的脈絡。關於苦吟的研究，學界的觀點多半是上溯至中唐姚合、賈島，並於晚唐大量發生的文學現象。〔註 43〕宇文所安認為苦

〔註 40〕余恕誠，《唐詩風貌》（合肥：安徽大學出版社，2000 年），頁 124。
〔註 41〕劉寧，《唐宋之際詩歌演變研究》，頁 98。值得注意的是，與素寒詩人群相對的是貴冑詩人群、干謁詩人群。嚴格來說，這樣的分類並不在一個層次，後二者多有重複；此外，三群活躍時間並不一致，貴冑詩人群主要在黃巢之亂以前，素寒與干謁則較多在晚期。
〔註 42〕李定廣，《唐末五代亂世文學研究》，頁 40。
〔註 43〕較早如吳在慶將苦吟諸面向點出，可參〈略論唐代的苦吟詩風〉，或因篇幅有限，僅點出苦吟詩風的現象，尚未深入背後的成因及原理。吳在慶，〈略論唐代的苦吟詩風〉，《文學遺產》，2002 年第 4 期，頁 29～40。其後李建崑《中晚唐苦吟詩人研究》（臺北：秀威資訊，2005 年）將苦吟分為賈島系、姚合系，並將中晚唐的詩人歸納二系之中。最近則有松原朗認為賈島姚合所處時代時代與個人遭際與唐末較為

吟的出現，標誌著社會上職業詩人的成熟，〔註44〕但我們也該注意到，此時的苦吟詩人處於干謁風氣盛行的時代，因此不妨同時考慮「詩人」與「舉子」兩個身分所代表的意義，即詩歌除了是為創作而創作的藝術品，同時也是實現建功立業之志的必要手段。更進一步來說，由舉子與詩人身分的干涉關係，甚至可推拓出制度與文學的意義已經從「生產過程」滲透到「創作意識」。從孤寒詩人的作品中，一再解讀到他們渴望功名的──這在過去被視為是庸俗不堪的、氣格卑下的──「世俗化」態度，但若從「舉子」身分來看，這無疑就是他們應然的擔當與責任。更重要的是，若同時考慮詩人與舉子身分，那麼原本服務於滿足自我價值的「苦吟」，從文化符碼的視角來說，也能具有「自我標榜」的社交性質。意即，若注意到苦吟詩人多半仍行走於社會上、甚至大行干謁時，那麼苦吟便不只是一個詩學語彙，還能在社會風氣、科舉文化中檢視。之所以如此，乃誠如龔鵬程所言：「文學成為人際溝通中最主要的中介之外，又形成了溝通模式的典型化。所謂典型化，是指文學（特別是詩）的溝通，不但成為人際溝通的基本方式，任何人，無論他是否為文人，都傾向或擅長採用文學作品來溝通。」〔註45〕有賴於瀰漫於社會中崇拜文學的風氣，不只是文學作品普遍被用來交際應酬，苦吟作為創作行為本身，亦是社交情境的一環。質言之，原本看似孤高的「苦吟」創作，在舉子與詩人身分相互干涉的角度來看，反倒有了流俗入世的一面。由以上可知，從創作意識之角度切入，不僅能更進一步明晰科舉制度與文學創作的關係，也延續自傅璇琮以來的課題。

相近，從而賈、姚的詩風成為晚唐詩的「搖籃」。松原朗著，張渭濤譯，《晚唐詩之搖籃：張籍、姚合、賈島論》（西安：西北大學出版社，2018年）。

〔註44〕宇文所安著，田曉菲譯，〈苦吟的詩學〉，《他山的石頭記──宇文所安自選集》（南京：江蘇人民出版社，2002年），頁192～211。

〔註45〕龔鵬程，〈論唐代的文學崇拜與文學社會〉，收入淡江大學中文系主編，《晚唐的社會與文化》（臺北：臺灣學生書局，1990年），頁58。

　　其次，是與科舉的進取精神有關的「出處之思」。現有研究大抵同意唐末隱居的動機是主要是政途失意與避亂保全，或因文人多是被動隱逸而未滅卻機心，部分論者認為晚唐隱逸呈現進退皆戀的矛盾現象。〔註46〕但倘若我們察覺唐代隱逸並非棄絕世俗的特色，似能理解為何唐末文人宣稱「隱逸」只是一種暫時的休憩。〔註47〕更重要的是，唐末中央政權儘管面臨著來自地方與外族的挑戰，但科舉仍保持著穩定運作，這提供了舉子持續奮進的基礎條件。因而對舉子們來說，他們內心面臨著邦國「無道」的情況下，究竟要選擇歸隱山林還是赴舉以救世的道德兩難。實際上，在孤寒詩人隱逸思想當中，甚少看到陶淵明式的隱居觀，這或許除了歸功於唐代成功的文化政策，也不妨從科舉制度深入文人心理之一角度，看到制度已非客觀外部的因素，且滲透到人生價值的層面。儘管如此，理想與事實的落差仍造就許多有關出處之思的詩作，相較於盛唐詩充滿高蹈救世的浪漫情懷，這些作品反覆周折於堅持與放棄科考生活之間，從中更能窺見他們的精神面貌。對孤寒詩人而言，登科及第並非只是建功立業的起點與家族振興的可能，更代表著扭轉時勢的機會——如今出處不必依循時代盛衰，反而掌握在手中，也由此透顯由科舉迸發的立命精神。此或能視為劉寧所謂「文官化制度意識」之延伸，〔註48〕但更應注意到

〔註46〕李紅霞，《唐代隱逸與文學》（北京：商務印書館，2017年），頁82～84。

〔註47〕田菱曾比較唐代文人的隱逸與陶淵明的隱逸範式，認為：「唐代文人很難全盤接受陶式隱逸代表的那種對仕途的永久棄絕及不太在乎自我謀生的困境。⋯⋯值得注意的現象是其他隱逸模式的引入比較：中隱、有責任感的隱者、功成身退的官員及耐心待時的隱士。⋯⋯一方面，他們擁有雄心壯志及社會責任感；另方面，他們毫不妥協地超然世俗和政事。」田菱著，張月譯，《閱讀陶淵明》（臺北：聯經出版事業公司，2014年），頁99。

〔註48〕劉寧對文官化的理解是：「所謂士人的『文官化』，是指充當『文官』成為確立士人身分的核心要素，士人的生活、情感與為官的願望、經歷發生密切的聯繫。『文官化』的重要特徵是一種制度意識的強化。」劉寧，〈引言〉，《唐宋之際詩歌演變研究》，頁4。

孤寒詩人以文學為手段，其所折射出屬於舉子的終極價值。依此反思現今有關詩人身分的論述，容或仍有進一步討論的餘地。

最後需要補充的是，是舉子也是詩人的討論方式，並非誇大科舉制度的箝制力，相反的，這可能反映時代劇變下士人維持自身價值的方式之一。柳立言與方震華皆曾指出，唐末至北宋初期正處於文武關係翻轉的時期，武人更容易獲得晉升、文人則更難尋求出路，於是在政策與戰略的調整下，形成一種新的權力結構。〔註49〕正是在此情況下，由中央政府所主導的科舉制度別具意義：不只作為常年舉行的掄才機制，更有賡續文官系統的意味。〔註50〕因此，儘管當時武人當權、文人隱微，亦無法動搖科舉作為文人政治的底線，最低限度的保障士人的價值，而存乎孤寒詩人之手的「文學」，不啻於此意義上堅守文武之際的界線。

第三節 「從科舉到文學」：本文主要構想

總結以上討論，孤寒詩人不僅是作為晚唐最為廣大的詩人群，且「是舉子也是詩人」的特性，對於探討唐代科舉與文學的關係，也能有更深一層的認識。由此而來的研究構想，乃企圖在過去制度研究的

〔註49〕柳立言，〈五代治亂皆武人──基於宋代文人對「武人」的批評和讚美〉，《中央研究院歷史語言研究所集刊》第89本第2分（2018年6月），頁339～402；方震華，《權力結構與文化認同：唐宋之際的文武關係》（北京：社會科學文獻出版社，2019年）。

〔註50〕從《登科記考》可知，即使唐亡梁立，科舉依然持續舉行。之所以在亂世中仍行科舉，後梁的姚洎知貢舉時上奏請許廣納公卿子弟：「近代設詞科，選冑子，所以綱維名教，崇樹邦本者也。……進歲觀光之士，人數不多。加以在位臣僚，罕有子弟，就其寡少，復避嫌疑，實恐因循，漸為廢墜。」由此可見，除朝堂有賴文官維持，另方面也有收籠子弟之意。姚洎，〈請令公卿子弟准赴貢舉奏〉，收入董誥等編，《全唐文》第9冊（北京：中華書局，1983年），卷841，頁8850；王溥，《五代會要》（上海：上海古籍出版社，1978年），卷23，頁365。相關研究可參考：金宗燮，〈五代政局變化與文人出仕觀〉，《唐研究》第9卷（2003年12月），頁491～507。

基礎上，由詩歌生產的情境出發，沿著赴舉活動伴隨的干謁，擴及整體活動所浮現的苦吟文化，漸變造就一階層價值觀的系列過程。這樣的討論框架，其實與傅璇琮以來「與文學」命題類似，但不同的是，關懷重心由原本的釐清制度與運作方式，轉移到在此制度之下所影響的文人及文學樣貌。如此轉移之後所關照的面向便不只是省試詩、科舉詩，也不只是下第之後的落寞之情，更擴大到舉子每年往返各地的移動情境，以及他們之間的交遊關係，甚至探討他們如何思考出處進退等觀念。以上由科舉制度所造成的諸方面影響。

在篇章安排方面，首先探討與科舉直接相關的干謁活動，其次是舉子們在社會間的苦吟文化，最後是思考出處進退的隱逸觀念。以下分章簡述主要構想。

第二章以科舉制度在中晚唐的發展情形為切入點，探討孤寒詩人的興起背景、干謁風氣與文學的關聯。孤寒詩人興起的背景與進士科的變化直接相關，由進士科的演變來看，總體傾向是掄才標準已非吏能高低，而是注重在出身背景或個人聲望能推服朝野鄉里。孤寒詩人為了能脫穎而出，近乎唯一的手段便是四處行事干謁，以嘉言妙句來哄抬聲價，甚至藉此尋得「知音」。這種看似趨炎附勢的功利行為，對這些擅長文學的能人藝士而言，其實是企圖將文學才能轉化為政治資源，藉以彌補科舉上的劣勢。我們也從晚唐筆記材料中，看到不時有榜放孤寒、或以一詩一句名滿天下的佳話，皆顯示聲名與功名息息相關；甚至對他們來說──「聲名」即是「功名」，是榮耀鄉里的必要手段。總之，孤寒詩人身處於社會網絡之中，穿梭制度與文學之間，其心態、價值，都為我們展示「文學（特別是詩）」的不同意義與可能性。

第三章探討孤寒詩人在科舉制度下於創作觀念的變化。過去對苦吟的認識，主要著眼於中唐到晚唐的文學發展，且到晚期呈現普遍苦吟的現象。然而，若分析苦吟詩人們的處境，其背後所彰顯的意識已非僅是詩人、更交雜舉子的建功立業之心。於是乎，苦吟在制度與

文學的視角下，呈顯的是謀身四方的生命型態及其所折射出的創作意識。從而，過往認為晚唐詩人宗法賈島的看法，或可調整為同是舉子身分的困境之角度看待之。即在過去注重文學內部的傳承之外，外部的個人遭際與時代因素也同樣值得注意。就孤寒詩人來說，苦吟的搜研詩句的精神背後仍有獲取聲名的意圖。更重要的是，晚唐孤寒詩人的普遍苦吟的現象，亦能視為一個文化符碼。無論是運用或展示此符碼，說明了孤寒詩人不只是單獨個體，乃通過相互認同形成一個能與子弟抗衡的集合，並由此獲得一定程度的影響力。

　　第四章聚焦孤寒詩人的行藏之思。在這個危機四伏的時期，或仕或隱皆需經過多方考慮，而有賴於科舉制度的穩定運行，每年仍舊吸引不少舉子往返科場。究其原因，他們之所以能進取不懈，除了決定個人遭際的因素除了時運逆順之外，還有命運窮通的緣故。在過去，窮通與否似乎是被動等待貴人的賞識，但在出現科舉制度之後，干謁赴舉等謀身之事提供了個人決斷的能動性，而過去終南捷徑的觀念至此已不復存在。然而，這並不意味著棲息山林的行為回歸到先秦反抗政治、超脫世俗的高蹈之舉，此時的觀念仍繼承中唐，視隱逸為（或即將是）仕宦人生中的片刻小歇。因此，能否消息機心便成為出處的關鍵，而非根據其行為。檢視相關詩作，孤寒詩人即便是避亂保全或是待時歸隱，都不將當下的隱居生活視為永久之計，而始終保持整裝備戰的姿態。由此可說，制度對文人的影響，已然深入價值與思想的層面，並改變行動方針，此在唐末這個兼具制度成熟與動亂頻發的時代才能具體顯明。

　　最後要補充的是，「從科舉到文學」的方法，與其說是對制度的再探討，不如說是在制度的基礎上，思考文學的形成過程與樣貌。唐末作為科舉穩定運作與被高度重視的時期，孤寒詩人群體的興起應非偶然。為了理解孤寒詩人的意義，適當地探討制度實屬必然，重心仍會放在考慮詩人境遇與詩作之間的關係，這是反思「與文學」命題之後，所想要更前進一步的地方。

第二章　聲價與名場——孤寒詩人的干謁與赴舉活動

　　「孤寒」與「子弟」相對，常出現在宮廷對話中，指雙方政治資源的懸殊；中唐以後，「孤寒」還指涉那些赴舉考生們的出身。在筆記中可以看到孤寒出身者蹭蹬科場的各種奇聞軼事，若榜有孤寒者，更會成為里巷間的談資。因此，要描述孤寒現象的興起，除了尋繹政治史的脈絡之外，社會風氣的探討亦不可或缺。以下依序討論科舉制度史中孤寒現象的興起、筆記所反映的社會風氣，最後從詩歌的角度探討孤寒詩人抒寫科考生涯中干謁與赴舉的不同情態。

第一節　進士科風尚與孤寒現象的興起

　　科舉如何成為唐代重要的出仕之途，而又為何以「進士」為尚，學界歷來已有豐厚的研究。陳寅恪早先指出唐代科舉制實始於高宗武后時期：「進士之科雖設于隋代，而其特見尊重，以為全國人民出仕之唯一正途，實始于唐高宗之代，即武曌專政之時。」〔註1〕進士科之所以特見尊重，乃是進士相對於其他科更強調通才：「大抵非精博通瞻之才，難以應乎茲選矣，故當代以進士登料為登龍

〔註 1〕陳寅恪，〈統治階級之氏族及其升降〉，《唐代政治史述論稿》（上海：上海古籍出版社，1997 年），頁 21。

門。」〔註2〕然而，進士並非一開始就被強調須有「文藝」，〔註3〕高宗時期對於進士試是否納考詩賦遲未定型，〔註4〕就卓遵宏的整理來看，遲至文宗時期才穩定將詩賦納入考試範圍。〔註5〕之所以對進士科納考詩賦左右為難，一部分原因乃詩賦無益於政事，徒求宏麗而已。而進士科納考詩賦的結果是，至此文士間、社會上有著對文學的崇拜，其浮靡之風也促使朝中人士有矯枉之舉。〔註6〕具體而言，貞元年間在高郢、權德輿的主導下，衛次公榜「斥浮華，進貞實，不為時力所搖」，稍後元和年間亦有韋貫之榜「所選士大抵抑浮華，先行實，由是趨競者稍息」的反浮華論調，〔註7〕也反映出貞元、元和間進士科與文學風尚之間彼此共鳴的時代風潮。據此，進士科儘管設於隋代、實始於高宗，但要能撼動原本政治結構，得在中唐以後。同時，可以發現「浮華之風」與進士科之間有著微妙的關係，一方面，進士貴為「登龍門」出身，被要求有文藝之才，另一方面，卻因為崇尚詩賦而被認為助長浮華之風。之所以有這樣的矛盾，乃是在貞元、元和間，進士科的地位與影響力更勝以往，改變了傳統官僚的組成結構。

　　正是在貞元、元和年間，進士科漸為高層官員的主要來源之一。以宰相為例，若計算宰相人數與其進士出身的比例來看，從武后時期

〔註2〕封演，〈貢舉〉，《封氏聞見記》，收入陶敏主編，《全唐五代筆記》（西安：三秦出版社，2012年），卷3，頁607。

〔註3〕吳宗國指出：「由於李林甫把進士科僅僅看作是一種選拔文學專門人才的科目，而沒有把它放在出身正途的地位上，因此，便讓進士科沿著文學之科向前發展了。」吳宗國，《唐代科舉制度研究》（瀋陽：遼寧大學出版社，1992年），頁155。

〔註4〕關於高宗時期加試雜文的討論，可參羅龍治，《進士科與唐代文學社會》（臺北：國立臺灣大學文學院，1971年），頁26~33。

〔註5〕卓遵宏，《唐代進士與政治》（臺北：國立編譯館，1987年），頁166~167。

〔註6〕吳宗國，《唐代科舉制度研究》，頁152~155。

〔註7〕劉昫等撰，《舊唐書·韋貫之傳》（北京：中華書局，1997年），卷158，頁1069；《舊唐書·韋貫之傳·魏次公傳》，卷159，頁1071。

的 17.95%，至順宗時有 42.86%，憲宗時已達到 58.6%，此後也沒有低於此比例。〔註8〕由此可知，進士科的人數或非補充官員的主要來源，但其重要性可謂不言而喻。而進士科成為高官捷徑之後，也吸引世家子弟紛紛投入科舉，除實現個人志業外，亦有助於維持家族聲望，例如《唐摭言》所云：「科第之設，草澤望之起家，簪紱望之繼世；孤寒失之，其族餒矣；世祿失之，其族絕矣。」〔註9〕也是約莫此時，那些甲族、大族開始把持科舉仕進之人，造就了「崔鄭世界」、「點頭崔家」。〔註10〕正如孫國棟與毛漢光的研究，在唐中葉以後，子弟是否能入選進士科甚至能左右一個家族的興亡。〔註11〕此外，根據吳宗國的研究，三代人皆進士出身且任居宰輔者至穆宗後出現、又以僖宗最盛；可見越到晚期，世家子弟越依賴進士出身，尤見進士出身與高級官員之間的緊密關係。〔註12〕

　　當進士科成為進入仕途與維繫家族地位的重要途徑，自然引起傳統權貴「子弟」的覬覦。具體而言，是在元和以後的長慶年間，當時權貴子弟公行請託之風浮濫「先是，貢舉猥濫，勢門子弟，交相酬酢；寒門俊造，十棄六七」，〔註13〕引起新進士族如段文昌、元稹、李紳等人的不滿，於是乎，圍繞著選舉的子弟之爭正式浮上檯面。根據吳宗國的研究，起初在長慶年間為「不放子弟的局面」，至宣宗朝才暫得消歇，其後大抵是大中年間「權豪把持科舉」到咸通「有意識

〔註8〕數據引自卓遵宏，《唐代進士與政治》，頁3。

〔註9〕王定保撰，姜漢椿校注，〈好及第惡登科〉，《唐摭言校注》（上海：上海社會科學出版社，2002年），卷9，頁180～181。

〔註10〕崔雍及第似乎是四姓開始把持科舉的起始，「崔鄭世界」、「點頭崔家」俱出自崔雍。劉崇遠，《金華子雜編》，收入陶敏主編，《全唐五代筆記》，卷上，頁3134、3136。

〔註11〕孫國棟，〈唐宋之際社會門第之消融——唐宋之際社會轉變研究之一〉，頁211～258；毛漢光，《中國中古社會史論》；譚凱著，胡耀飛、謝宇榮譯，《中古中國門閥大族的消亡》（北京：社會科學文獻出版社，2017年）。

〔註12〕吳宗國，《唐代科舉制度研究》，頁265～266。

〔註13〕劉昫等撰，《舊唐書‧王起傳》，卷164，頁1095。

地選拔一些孤進寒俊」的消長過程。〔註14〕茲可注意者,是出於利益之爭或欲杜絕「勢門子弟,交相酬酢」之風的「不放子弟」與「獎拔孤寒」,也受世人屢屢稱譽。例如,《唐摭言》記王起知貢舉時提拔孤進,而受後人景仰之事:「〔王起〕在長慶之間,春闈主貢,采摭孤進,至今稱之。」又《舊唐書》本傳云:「〔王〕起前後四典貢部,所選皆當代辭藝之士,有名於時,人皆賞其精鑒徇公也。」〔註15〕王起並非一味拔擢孤進、黜落子弟,更進一步的,他「精鑒徇公」的做法,還蘊含著重考驗進士才藝的傾向,那些被「采摭孤進」而進入坦途之人,皆早已「有名於時」,因此受世人認可。

自王起四典貢部之後,每任知貢舉暗地必然受到權豪的請託,但明面上又不得徇私,且常涉及朝堂之爭,故而每年榜上人物受到詳加檢視。這在晚唐更為明顯,咸通時後發生兩起科榜爭議,茲可為例。首先是王凝榜爭議,《北夢瑣言》云:

> 及〔王凝〕知舉日,司空一捷,列第四人登科。同年訝其名姓甚暗,成事太速。有鄙薄者,號為「司徒空」。瑯瑯知有此說,因召一榜門生開筵,宣言於眾曰:「某叨忝文柄,今年榜帖,全為司空先輩一人而已。」由是聲采益振。〔註16〕

據司空圖自述,這是咸通十年之事。〔註17〕司空圖早先即受王凝賞

〔註14〕吳宗國,《唐代科舉制度研究》,頁252。大中九年沈詢榜是個反例,沈詢在母親的授意下,特意選了「孤單,鮮有知者」的沈儋,同榜也有「風貌不揚,語亦不正,呼『攜』為『彗』,蓋短舌也。韋氏昆弟皆輕侮之」的盧攜。想當然爾,沈詢榜遭人彈劾,而後「至是三科進覆試」,可見,儘管有例外,宣宗朝的科舉仍以權豪較為強勢。范攄,〈沈母議〉,《雲溪友議校箋》(北京:中華書局,2017年),卷下,頁151;徐松撰,孟二冬補正,《登科記考補正》(北京:中華書局,2019年),卷22,頁823〜826。

〔註15〕王定保,〈慈恩寺題名游賞賦詠雜紀〉,《唐摭言校注》,卷3,頁65;劉昫等撰,《舊唐書‧王起傳》,卷164,頁1096。

〔註16〕孫光憲,〈王文公叉手睡司空圖附〉,《北夢瑣言》(上海:上海古籍出版社,2012年),卷3,頁12。

〔註17〕司空圖著,祖保泉、陶禮天箋校,〈段章傳〉,《司空表聖詩文集箋校》(合肥:安徽大學出版社,2002年),文集卷4,頁227。

識，〔註18〕應舉登第之後遭受同年質疑，謂圖「名姓甚暗，成事太速」。換言之，即是質疑司空圖出身微寒，又無文名在外，何以能榜上有名？王凝為平息眾議，以個人聲譽為擔保，曰「今年榜帖，全為司空先輩一人而已」，可說是對默默無名的司空圖給予極高的評價，圖也由此「聲采益振」。但從司空圖的說法來看，王凝當時所受的壓力遠比表面來的大，在他為王凝寫的行狀中提及議榜一事：

> 中外之議，謂公不司文柄，為朝廷闕政。竟拜禮部侍郎。韋澄邁在內廷，懸入相之勢。其弟保殷干進，自謂殊等不疑，黨附者又方據權，亦多請託，攘臂傲視，人為寒心。公顯言拒絕，及榜出沸騰，以為近朝難事。〔註19〕

原來，這位「鄙薄者」很可能為韋保衡一派人馬。〔註20〕韋氏在朝中頗有勢力，不斷「攘臂傲視，人為寒心」向王凝施壓，但他堅決秉公處理，甚至選入尚未成名的司空圖，結果便是「榜出沸騰，以為近朝難事」。可見，知貢舉所選的一榜門生，其公允與否還得通過時人、朝中子弟的檢驗，更重要的是，王凝的拒絕請託與獨排眾議，除了本身「政無私撓」的德行，〔註21〕亦賡續王起「采擿孤進」的選人風範。

　　其次是蕭倣榜的爭議，此事鬧得沸沸揚揚，蕭倣更因此遭到貶謫。《唐摭言》載「咸通四年，蕭倣雜文榜中，數人有故，放榜後發

〔註18〕目前可考司空圖與王凝的交往最早於咸通七年秋，時王凝自中書舍人出牧同州，司空圖前往拜謁。司空圖，〈太原王公同州修堰記〉，《司空表聖詩文集箋校》文集卷2，頁206。另可參江國貞，《司空表聖研究》（臺北：文津出版社，1985年），頁6～7。

〔註19〕司空圖，〈唐故宣州觀察使檢校禮部王公行狀〉，《司空表聖詩文集箋校》文集卷7，頁269。

〔註20〕韋保衡為懿宗駙馬，曾任宰相，失勢後「貶賀州刺史，再貶澄邁令，遂賜死」，故被稱為韋澄邁。歐陽修等撰，《新唐書·韋保衡傳》（北京：中華書局，1997年），卷184，頁1380。韋保殷於兩《唐書》無傳，僅見於《新唐書·宰相世系表》：「保殷，長安令。」歐陽修等撰，《新唐書·西眷韋氏》，卷74上，頁789。

〔註21〕司空圖，〈唐故宣州觀察使檢校禮部王公行狀〉，《司空表聖詩文集》，頁269。

覺，責受蘄州刺史主司」，並錄蕭倣〈蘄州刺史謝上兼知貢舉敗闕表〉，蕭倣在表中為自己辯白：

> 臣伏以朝廷所大者，莫過文柄；士林所重者，無先辭科。推公過即怨讟之並生，行應奉即語言皆息；為日雖久，近歲轉難。如臣孤微，豈合操剸！徒以副陛下振用，明時至公。是以不聽囑論，堅收沈滯，請託既絕，求瑕者多。臣昨選擇，實其不屈人，雜文之中，偶失詳究；扇眾口以騰毀，致朝典以指名。〔註22〕

從這段辯詞當中，可以注意幾個細節：首先是他在此案中自認孤微，絕無可能涉入朋黨，乃以「明時至公」的態度秉公奉職；其次是他也面臨「不聽囑論，堅收沈滯，請託既絕，求瑕者多」的人情壓力；第三，是承認雜文試「偶失詳究」，卻遭人「扇眾口以騰毀」的誇大煽動。在上述三個要素下，造就「頗興物議」的「朝典以指名」局面。從這段自陳來看，蕭倣委婉的表達滿腹冤屈，但我們看他在〈與浙東鄭商綽大夫雪門生薛扶狀〉的描述，他刻意拒絕朝中大黨的請託，而屬意相識門生：

> 今春此輩，亦有數人，皆朝夕相門，月旦自任，共相犄角，直索文書。某堅守不聽，唯運獨見。見在子弟無三舉，門生舊知纔數人。推公擢引，且既在門館日夕，即與子弟不生，為輕小之徒望風傳說曰，筆削重事，閨門得專。〔註23〕

這些「朝夕相門」之人常與朝中大黨互通有無，而當時宰相為楊收，可知蕭倣與楊收一黨不群。又從「見在子弟無三舉，門生舊知才數人」來看，蕭倣被指責「數人有故」，誠為不誣。平心而論，數人有故固然是造成朝中議論的理由，排斥得勢大黨之人，也就是「子弟無三舉」，才是蕭倣被攻擊的主要因素。但也可注意到，在「纔數人」、「無三舉」之外的那些人物，應秉持著精鑒徇公的精神選出，他們既非當

〔註22〕王定保，〈主司失意〉，《唐摭言校注》，卷14，頁284。

〔註23〕蕭倣，〈與浙東鄭商綽大夫雪門生薛扶狀〉，《全唐文》，卷747，頁7739。

朝子弟、亦非舊知，僅憑自身才藝而得折桂枝。

　　前文探討科榜爭議的用意在於，過去學界理解「子弟」問題，主要著重在朝內的朋黨之爭，認為晚唐時高層官吏已達成共識，從而在宣、懿兩朝出現大放子弟的情形；〔註24〕從兩例議榜的角度來看，知貢舉拒絕請託，並非僅為了抵制子弟權貴，王凝的一意孤行、蕭倣亦自認循著「明時至公」做法，進而選拔出若干非子弟出身的人。〔註25〕更重要的是，晚唐科舉中子弟面臨「新的挑戰」：不是朝內的朋黨，而是來自下層士人的壓力──那些取代子弟者，乃如王德權所認為的，「是與公卿子弟相對的『他者』」，〔註26〕是本著選賢搜才而來的孤寒文人。儘管，這些各自孤立的人進入朝中並不會對原本勢力造成威脅，〔註27〕但朝中「有意識地選拔一些孤進寒俊」卻對宮廷之外的舉子們有著深遠影響。

　　究其根本，科舉的立意在廣開「搜賢」公道，不當為派系所設。誠如黎逢在大曆十二年時進士試的〈貢舉人見於含元殿賦〉所云：

> 國家開文學之科，旁求英彥，爰將貢於禮闈。命先參於秘殿，欲使懷才抱器，自此鷹揚，當令較伎逞能，從茲豹變。

〔註24〕例如：「經過長慶至會昌（821～846）二十餘年的反覆較量，大中（847～859）時大官僚之間的朋黨之爭終於停息下來。大官僚作為一個統一的力量，執掌的朝政，並團結一致地抑制中下層官吏。……子弟及第的主要障礙，終於被消除。」吳宗國，《唐代科舉制度研究》，頁250～251。

〔註25〕或謂循己意者不當稱為「詢公」。高木重俊研究「至公」理想，他認為非至公的行為是：通榜、別頭試、呈榜、保薦等。簡單來說，科舉討論中的「詢公」乃就制度面而言，知貢舉憑己意選拔人才為制度所允許之。高木重俊，《唐代科舉の文學世界》，頁21～22。

〔註26〕王德權，〈孤寒與子弟──制度與政治結構層次的探討〉，《為士之道──中唐士人的自省風氣》（臺北：國立政治大學出版社，2012年），頁162。

〔註27〕根據毛漢光對新舊《唐書》所載進士共830人的統計，寒素之人所佔的比例為15.9%，相比於士族的70.96%、小姓的13.13%，不能稱得上有影響力。毛漢光，〈表三七〉，《唐代統治階層社會變動》（臺北：國立政治大學政治研究所博士論文，1968年），頁259。

是以儒風益振，睿澤惟新，設薦舉為教化之本。……時康俗
泰，終有待於英髦，擇善搜賢，本無遺於寒賤。〔註28〕

從貢舉人的角度來說，科舉蘊含著一定程度的平等精神，即國家開設
管道，蒐羅賢材之人，讓他們彼此「較伎逞能，從茲豹變。是以儒風
益振」，故在科舉制度下「本無遺於寒賤」。一但「子弟」問題過於氾
濫，無法取信於天下人，科舉制度將會面臨崩潰危機。例如，著名的
「沆瀣一氣」原意便是批評座主門生相互勾結。〔註29〕這或許也可解
釋為何知貢舉很少長期把持在一族一門之內：公平起見，讓不同背景
的人輪流擔當主試官。〔註30〕高木重俊認為科舉一個重要精神是「至
公」，他爬梳「至公」的源流以及在科舉中運用的情形，以蘇鶚的筆記
為典型：

上〔案：指代宗〕每臨朝，多令徵四方丘園才能學術、直言
極諫之士，由是提筆貢藝者滿於闕下。上親自考試，用絕請
託之門。是時，文學相高，公道大振，得路者咸以推賢進善
為意。〔註31〕

在高木重俊看來，這位僖宗時期的進士所記錄的考試情境，〔註32〕重
點在廣納「才能學術、直言極諫之士」、且「用絕請託之門」，而無論
是官吏或應舉者討論科舉的文章中也處處可見高舉至公、公道的精
神以反對為子弟開路的言論。〔註33〕從科舉精神及輿論風氣來看，或
可解釋為何即使每年多見子弟上榜，孤寒舉子卻仍趨之若鶩。

〔註28〕黎逢，〈貢舉人見於含元殿賦〉，《全唐文》，卷482，頁4922。
〔註29〕王讜撰，周勛初校證，《唐語林校證》（北京：中華書局，1987年），
　　　　卷7，頁676。
〔註30〕宋人筆記中有「七榜院」，指清河崔氏邠一房自元和到咸通的六十年
　　　　間，共放七次榜，「天下以為盛」。樂史，《廣卓異記》，《全宋筆記》
　　　　第1編第3冊（鄭州：大象出版社，2003年），卷19，頁131。由此
　　　　可看到即使貴為崔氏，也很難長期把持知貢舉一職。
〔註31〕蘇鶚，《杜陽雜編》，收入陶敏主編，《全唐五代筆記》，卷上，頁2197。
〔註32〕「蘇鶚，……字德祥，光啟中進士第。」歐陽修等撰，《新唐書·藝
　　　　文志三》，卷59，頁410。
〔註33〕高木重俊，《唐代科舉の文學世界》，頁13～33。

討論至此，唐代科舉施行過程中，隨著進士科的重要性攀升，公卿子弟也透過科舉以維持在朝堂的影響力。但請託公行終究背離科舉基本的「至公」精神，於是每當知貢舉嚴拒請託，便會受到來自宮廷之外的稱譽——但往往也意味著自己將在朝中遭受打壓。儘管從《登科記考》來看，「子弟」問題最終仍無法根絕，但進士科的魅力，加之不時榜放孤寒，仍然能吸引成群的舉子每年奮不顧身的踏入謀身之途。這群舉子的數量龐大，傅璇琮甚至斷言：「特別是在中晚唐，他們已經構成進士試中的主體」。〔註34〕此外，不止一則材料指出，宣宗時期以降的士人熱衷於應考科舉，乃至成為社會風氣，除了是皇帝自身就展現對進士出身的愛好，也還有社會輿論喜以榜上人物——乃至落榜情事為談資。以下從筆記叢談的角度看孤寒文人的興起。

第二節　聲名即功名：社會上好奇風氣

孤寒文人在中晚唐興起的另個因素是文人間、社會上的「好奇」風氣。此風氣與「筆記」體裁息息相關：文人將聽聞的奇聞軼事記錄下來，又將其傳播出去，交互作用下，使得「好奇」風氣如搧風點火般越演越烈。鄒福清指出，唐五代筆記數量繁盛的原因主要由劇談風氣與史傳文化而來，前者指自六朝以來的尚談利口者的機鋒對答，以《世說新語》、《劇談錄》為代表，後者是文人對史才的追求，乃從補史之闕的角度而言，如《國史補》即是。〔註35〕由此看來，筆記體裁旨在「紀錄」，有題材多元、叢談碎語的傾向，與講求創造性的詩賦有所區別。在唐五代筆記當中，記錄了大量圍繞與舉子們赴舉、干謁的相關事蹟，不僅展露時人對進士科的推崇與愛好，且喜以舉子追求名聲、上榜落榜等情事為談資；若從行動者，也就是那些舉子們的動機來看，他們乘流而起，利用這股風氣在這「名場」中搏得聲名，進而

〔註34〕傅璇琮，《唐代科舉與文學》，頁204。

〔註35〕詳參鄒福清，《唐五代筆記研究》（北京：中國社會科學出版社，2013年），第四章，頁100～123。

企圖在場屋中一攀桂枝。以下主要以筆記為對象，討論好奇風氣與孤寒舉子之間的密切關係。

在筆記中以奇才而及第者，可追溯至杜佑之孫杜羔（785 左右及第），據聞羔妻劉氏以詩句「良人的的有奇才」鼓勵失意丈夫，後遂及第。〔註36〕關於寒士因身負奇才而受重用，較早的是鄭絪識劉景的佳事，《芝田錄》云：

> 劉瞻之先，寒士也。十許歲，在鄭絪左右主筆硯。十八九，絪為御史，巡荊部商山，歇馬亭，俯瞰山水。時雨霽，巖巒奇秀，泉石甚佳。絪坐久，起行五六里。曰：「此勝概，不能吟詠，便晚何妨？」却返於亭，欲題詩。顧見一絕，染翰尚濕。絪大訝其佳絕。時南北無行人。左右曰：「但向來劉景在後行三二里。」公戲之曰：「莫是爾否？」景拜曰：「實見侍御吟賞起予，輒有寓題。」引咎又拜。公咨嗟久之而去。比回京闕，戒子弟涵已下曰：「<u>劉景他日有奇才，文學必超異</u>。自此可令與汝共處於學院，寢饌一切，無異爾輩。吾亦不復指使。」至三數年，所成文章，皆詞理優壯。凡再舉成名，公召辟法寺學省清級。乃生瞻，及第作相。〔註37〕

鄭絪以一絕詩識得劉景的「奇才」，回京後讓景與子弟們一共學習，後更加以提拔。事實上，觀鄭絪的出身與仕歷，起初：「少有奇志，好學，善屬文」，並且：「絪擢進士第，登宏詞科」，後更曾任宰相職，一生就如本傳云：「絪以文學進，恬淡，踐歷華顯。」〔註38〕劉景乃一介寒士，能得如此之人的賞識，僅憑藉超絕詩藝而進入精英社群，或為寒人興起之先例。

不只是鄭絪，李德裕更以好奇且能拔擢後進著名。《玉泉子》云：「德裕好奇，凡有游其門者，雖布素皆接引」，更重要的是，李德裕會因有奇才而加以提拔，遂有「獎拔孤寒」之譽：

〔註36〕闕名，《玉泉子》，收入陶敏主編，《全唐五代筆記》，頁2313。
〔註37〕丁用晦，《芝田錄》，收入陶敏主編，《全唐五代筆記》，頁2172～2173。
〔註38〕劉昫等撰，《舊唐書‧鄭絪傳》，卷159，頁1071。

李德裕抑退浮薄，獎拔孤寒。於時朝貴朋黨，德裕破之。由
是結怨，而絕於附會，門無賓客。唯進士盧肇，宜春人，有
奇才，德裕嘗左宦宜陽，肇投以文卷，由此見知。後隨計京
師，每謁見，待以優禮。舊制：禮部放榜，先呈宰相。會昌
三年，王起知舉，問德裕所欲，答曰：「安用問所欲為？如
盧肇、丁稜、姚鵠，豈可不與及第邪？」起於是依其次而
放。〔註39〕

鄉貢進士盧肇便是「有奇才」而及第之人，有趣的是，在另一則筆記
當中，盧肇雖有文名卻因貧乏而遭受冷落；〔註40〕相形之下，李德裕
不涉利益的提拔盧肇，不介意他的孤寒出身。李德裕獎拔孤寒、為寒
儁開路的形象深植人心，以致後來遭到貶逐時，有「八百孤寒齊下
淚，一時南望李崖州」之句。〔註41〕細玩此句，「八百」固然是泛指、
虛指，但從每年約近千人的赴舉人數來看，足以表達此時「孤寒」者
已成為不可忽視之群體。

　　自李德裕發端的「好奇」與「獎拔孤寒」，「出奇」似乎成為舉子
們一舉成名的重要手段。例如，咸通十哲之一的李昌符久有詩名卻苦
於一第，最後因為出奇而得其所願：

唐咸通中，前進士李昌符有詩名，久不登第，常歲卷軸，怠
於裝修。因出一奇，乃作婢僕詩五十首，於公卿間行之。有
詩云：「春娘愛上酒家樓，不怕歸遲總不留。推道那家娘子
臥，且留教住待梳頭。」又云：「不論秋菊與春花，個個能
嚏空肚茶。無事莫教頻入庫，一名閑物要些些。」諸篇皆中
婢僕之諱。浹旬，京城盛傳其詩篇，為奶嫗輩怪罵騰沸，盡
要摑其面。是年登第。與夫桃杖、虎靴，事雖不同，用奇即
無異也。〔註42〕

〔註39〕闕名，《玉泉子》，頁2308。
〔註40〕「盧肇，袁州宜春人；與同郡黃頗齊名。頗富於產，肇幼貧乏。與頗
　　　　赴舉，同日遵路，郡牧於離亭餞頗而已。」王定保，〈慈恩寺題名游
　　　　賞賦咏雜紀〉，《唐摭言校注》，卷3，頁76。
〔註41〕王定保，〈好放孤寒〉，《唐摭言校注》，卷7，頁139～140。
〔註42〕孫光憲，〈李昌符咏婢僕〉，《北夢瑣言》，卷10，頁81。

李昌符的父祖雖有疑，但肯定的是非傳統大族出身，〔註43〕故也經歷
「十年成底事，羸馬倦西東」的成名之途。〔註44〕但是，僅有詩名並
不足以登龍門，李昌符需要製造「話題」，不惜落人口實──於是〈婢
僕詩〉便在刻意之下創作，並且成功地遍布京城。雖然〈婢僕詩〉至
今只存此二首，但從文字來看是以俚俗口語嘲弄婢僕，因而遭致罵名
「為奶嫗輩怪罵騰沸，盡要摑其面」；然而，這「出奇」之舉收到了極
大成效，更讓他當年登第。當然，李德裕並不是一味好奇之人，也有
欣賞文采而助人登第的例子。〔註45〕然從此則筆記來看，無論好壞，
輿論、名聲能轉化為另一種資源，成為踏入官場的契機。

　　在高蟾（乾符三年（876）進士）〔註46〕例子中，他因「守寒素之
分，無躁競之心」而受公卿子弟稱許，更一舉登第，《北夢瑣言》云：

> 進士高蟾，詩思雖清，務為奇險，意疏理寡，實風雅之罪
> 人。薛許州謂人曰：「倘見此公，欲贈其掌。」然而落第詩
> 曰：「天上碧桃和露種，日邊紅杏倚雲栽。芙蓉生在秋江
> 上，不向春風怨未開。」蓋守寒素之分，無躁競之心，公卿
> 間許之。先是胡曾有詩曰：「翰苑何時休嫁女，文章早晚罷
> 生兒。上林新桂年年發，不許平人折一枝。」羅隱亦多怨
> 刺，當路子弟忌之，由是渤海策名也。〔註47〕

相似記載亦見蔡居厚《詩史》、辛文房《唐才子傳》，重點皆在高蟾的

〔註43〕關於李昌符的生平，可參陶敏，〈李昌符〉，《全唐詩作者小傳補正》
　　　　（瀋陽：遼海出版社，2009 年），卷 601，頁 1034。關於李昌符父祖
　　　　輩的考誤，見傅璇琮主編，《唐才子傳校箋》第 3 冊（北京：中華書
　　　　局，1990 年），卷 8，頁 460～461。

〔註44〕李昌符，〈旅遊傷春〉，陳貽焮主編，《增訂注釋全唐詩》（北京：文化
　　　　藝術，2001 年），卷 595，頁 369。

〔註45〕例如李德裕識劉三復的例子：「李德裕鎮浙西。有劉三復者，少貧苦，
　　　　有才學。……三復又請曰：『中外皆傳公文，請得以文集觀之。』德
　　　　裕出數軸，三復乃體而為表，德裕尤喜之。遣詣京師，果登第。」王
　　　　讜，《唐語林校證》，卷 2，頁 153。

〔註46〕校箋疑高蟾不在乾符三年，而為咸通十四年（873）第，且聊備一說。
　　　　傅璇琮，《唐才子傳校箋》第 4 冊，卷 9，頁 61～63。

〔註47〕孫光憲，〈高蟾以詩策名〉，《北夢瑣言》，卷 7，頁 57。

下第詩打動時人，從而獲得重用。可注意到的是，高蟾之「奇」不在引起話題，而是詩思的奇崛，《唐才子傳》云「亦一奇逢掖也」、明代謝榛《四溟詩話》也有「句法新奇、變俗為雅」的評價。大抵而言，是將追求功名的「俗」務，用極為「雅致」的意象，以譬喻的方式道出，顯得委婉而曲盡其意。例如，他以「天上碧桃」、「日邊紅杏」來比喻春風得意的上榜者，而自己則是身不逢時的「芙蓉」，只待來年春風一拂（比喻受人賞識）便得以綻放。之所以守寒素之分，也能從詩中尋得線索。「天上」、「日邊」皆顯極高，而芙蓉只在「秋江」上，為凡間俗物，巧妙利用高低位差顯示身分的尊卑之別。相比於胡曾、羅隱下第後的怨懟、憤恨之詞，高蟾此舉確實能讓「公卿間許之」。

由是，圍繞在進士科的「好奇」風氣，一方面隨著進士科的重要性而來，另方面也是進士科除了大族之外，也會拔擢沒有出身、但在社會上有文名之人。每年的榜單，更受時人津津樂道。例如，因人才輩出而有美譽的「龍虎榜」〔註48〕、特許年長者及第的「五老榜」、因在華州科考而得名的「華州榜」等等。而每當有孤寒文人上榜時，總會引起議論，例如：

> 咸通中，禮部侍郎高知舉，榜內孤貧者公乘億，賦詩三百首，人多書于屋壁。……最奇者有聶夷中，河南中都人，少貧苦，精於古體，有〈公子家〉詩云：「種花於西園，花發青樓道。花下一禾生，去之為惡草。」又〈詠田家〉詩云：「父耕原上田，子斸山下荒。六月禾未秀，官家已修倉。」又云：「鋤禾當日午，汗滴禾下土。誰念盤中餐，粒粒皆辛苦。」又云：「二月賣新絲，五月糶新穀。醫得眼前瘡，剜卻心頭肉。我願君王心，化為光明燭。不照綺羅筵，只照逃

〔註48〕關於龍虎榜記載見《新唐書》：「〔歐陽詹〕舉進士，與韓愈、李觀、李絳、崔群、王涯、馮宿、庾承宣聯第，皆天下選，時稱龍虎榜。」歐陽修等撰，《新唐書·歐陽詹傳》，卷203，頁1478。查屏球富有見地的指出「龍虎榜」的文化意涵代表著「元和文化起點」。查屏球，《唐學與唐詩：中晚唐詩風的一種文化考察》（北京：商務印書館，2000年），頁105〜121。

亡屋。」所謂言近意遠，合三百篇之旨也。盛得三人，見湜
之公道也。〔註49〕

聶夷中是孤寒三人之中「最奇者」，奇特之處在於他的詩「言近意遠，
合三百篇之旨」。若從摘句來看，聶夷中的鮮明特色有二，一是精於
古體，二是內容以寫實為主。《唐才子傳》有相似評價，可相互參看
以觀奇之所在：「性儉，蓋奮身草澤，備嘗辛楚，率多傷俗閔時之舉，
哀稼穡之艱難。適值險阻，進退維谷，才足而命屯，有志卒爽，含蓄
諷刺，亦有謂焉。古樂府尤得體，皆警省之辭，裨補政治，樂而不
淫，哀而不傷，正國風之義也。」〔註50〕言下之意，乃透過自身經歷
書寫農民苦痛，以反映時政。以當今目光，關懷勞動人民的詩作似稱
不上「奇」，但若將這類題材置於晚唐風氣之中，反而顯得獨樹一幟。
縱觀唐代相似題材者，大抵有儲光羲從實際躬耕體會的閒逸之情，
〔註51〕或是白居易〈觀刈麥〉以地方官的視角書寫農民辛勞，以及陸
龜蒙〈江湖散人歌〉的憤慨之詞、〈五歌〉與〈蠶〉賦所反映農民遭到
剝削的慘況。可以說，在內容上與聶夷中相似者，以陸龜蒙為最。與
陸龜蒙不同的是，聶夷中有文名且進士出身，這個差別體現在後唐明
宗與馮道的對答中：「〔明宗曰：〕『天下雖熟，百姓得濟否？』道曰：
『穀貴餓農，穀賤傷農，此常理也。臣憶得近代有舉子聶夷中〈傷田
家〉詩云……。』明宗曰：『此詩甚好。』遽命侍臣錄下，每自諷之」
〔註52〕在這則對答中，馮道面對蒼生百姓的問題，以聶夷中的詩作為
代表性的回應，正顯示了此詩乃能「合三百篇之旨」、「正國風之義」，
亦能從明宗的反應知其精於古體的「奇」處。

　　雖然從今人眼光來看，「合三百篇之旨」、「正國風之義」似乎與

〔註49〕孫光憲，〈放孤寒三人及第〉，《北夢瑣言》，卷2，頁8。

〔註50〕傅璇琮，《唐才子傳校箋》第4冊，卷9，頁12。

〔註51〕葛曉音，《山水田園詩派研究》（瀋陽：遼寧大學出版社，1993年），
　　　　頁258～259；田菱，《閱讀陶淵明》，頁68～69、234～237。

〔註52〕薛居正等撰，《舊五代史·馮道傳》（北京：中華書局，1997年），卷
　　　　126，頁427。

「奇」背離常道的性質相左，但是，正如同川合康三所觀察，「奇」與每個時期的文學觀、思潮有關，亦即「奇」與「規範」的界線並不是固定不變，乃隨著文學主流的更迭而有所調整。〔註53〕因此，從文學史的角度來看，「奇」展示了每個詩人突破既有典範的可能性，亦為典範轉移的內在動力。而從筆記當中，可以看到詩人們追求「奇」的外在動力，主要來自「成名」的渴望以及時人好奇的風氣。〔註54〕

　　上述舉李昌符、高蟾、聶夷中的例子，說明中晚唐的「好奇」風氣以及舉子的「奇」處，可以發現，儘管都以「奇」來稱呼，但三人稱奇之處大不相同：李昌符嘲弄婢僕、高蟾迎合公卿、聶夷中書寫田家。在晚唐總能舉出更多例子，例如盧延讓原本「詞意入癖，時人多笑之」，被吳融「大奇之」加以稱譽之後平步青雲的故事，〔註55〕又如陸龜蒙因模仿方干詩篇而被稱「句奇意精」。〔註56〕由此可見，「奇」的內涵不限於文學技巧，也包含主題內容、作意，甚至連「本事」都能讓人嘖嘖稱奇。儘管奇的面向多元，但藉由出奇以換取名聲，期望最終能夠上榜的目的卻是相同的，特別是我們注意到這些意欲出名的人物，多半都是不具政治資源的孤寒之士，那麼也就能夠理解這些層出不窮的「沽名釣譽」之舉背後的心思。

　　總歸而言，能稱奇者必須要能藉由某種話題性引起社會輿論，隨之而來，也會以「奇才」來形容那些有才幹之人。例如，敬翔陷構李巨川時所說「巨川誠奇才，顧不利主人，若何？」〔註57〕又或是李端在僖宗幸蜀的慌亂之際，「仍請酒，飲數杯，詔書一筆而成，文藻之

〔註53〕川合康三，〈奇──背離規範的中唐文學語言〉，《終南山的變容：中唐文學論集》（上海：上海古籍出版社，2013年），頁81～131。
〔註54〕需要注意的是，儘管聲名能夠使得文人較易步入政壇，但不保證有足夠政事能力。《北夢瑣言》記載盧延讓憑著「貓兒狗子」的出奇之作進入翰林，但「竟以不稱職，數日而罷也。」孫光憲，〈盧詩三遇〉，《北夢瑣言》，卷7，頁53。
〔註55〕王定保，〈公薦〉，《唐摭言校注》，卷6，頁119。
〔註56〕孫光憲，〈陸龜蒙追贈〉，《北夢瑣言》，卷6，頁46。
〔註57〕歐陽修等撰，《新唐書・李巨川傳》，卷224，頁1635。

外，乃奇辯也，深稱上旨。」〔註58〕不幸的是，種種「出奇」之舉不
啻也成為另種「捷徑」，部分文人也在行徑上刻意出奇，顯得有些譁
眾取寵。王定保觀察到這些惡質的現象，故曰：

> 蕭琛以桃杖虎靴，邢紹以絳綿糾髮，所務先設奇以動眾，後
> 務能以制人，振天下之大名，為一時之口實者也。鄭公之服
> 錦，王公之衣纈，得無意於彼乎。苟名實相遠，則服之不衷
> 身之災。沈酗之失，聖人所戒，雖王佐之才，得以贖過，其
> 如名教何！〔註59〕

過去有蕭琛、邢紹以奇特行徑來獲得關注，目的是「振天下之大名，
為一時之口實」，至近則有鄭愚、王璘刻意出奇以沽名釣譽；王定保
嚴厲斥責此「名實相遠」的輕浮風氣，認為儘管身負王佐之才，也不
能做出此種有違名教之舉。若結合前述例子與王定保的批評，文人
「出奇」乃出於滿足時人「好奇」的需求，以企圖獲得「聲名」來使
自己成名、登第。

　　若進一步探求好奇風氣背後的運作關係，文人們競逐的「聲名」
可視為一種政治資本，即當某文人的名聲愈發響亮，社會上「及第」
呼聲也會水漲船高。如此一來，便會有許多富有才性卻苦無名聲的不
遇之人，王定保對此便如此感嘆：「工拙由人，得喪者命；非賢之咎，
伊時之病。善不為名，而名隨之；名不為祿，而祿從之。」〔註60〕孫
光憲也云：「士無華腴寒素，雖瑰意琦行，奧學雄文，苟不資發揚，無
以昭播，是則希顏慕藺，馳騁利名者不能免也。」〔註61〕可見，晚唐
文人競逐聲名，乃除了自身才學之外，「名」與「祿」的關係亦是密切
之故。

　　事實上，從筆記「時價」、「聲價」的用詞便能知曉將時人已將聲

〔註58〕孫光憲，〈淮浙解紛詔〉，《北夢瑣言》，卷5，頁32。
〔註59〕王定保，〈設奇沽譽〉，《唐摭言校注》，卷12，頁263。
〔註60〕王定保，〈韋莊奏請追贈不及第人近代者〉，《唐摭言校注》，卷10，
　　　　頁220。
〔註61〕孫光憲，〈希慕求進〉，《北夢瑣言》，卷11，頁87。

名視為競逐及第的資本。〔註62〕不僅有名聲之人會備受禮遇，〔註63〕
舉子們之間也會以聲名的高低論其優劣，《玉泉子》記述夏侯孜與王
生之事：

> 夏侯孜。有王生與孜同在舉場，王生有時價，孜且不佾矣。
> 嘗落第，偕游於京西鳳翔，連帥館之。一日，從事有宴，召
> 焉。酒酣，從事以骰子祝曰：「二秀才明年若俱得登第，當
> 擲堂印。」王生自負才雅，如有得色，怒曰：「吾誠淺薄，
> 與夏侯孜同年乎！」不悅而去。孜及第，累官至宰相，王生
> 竟無所聞。〔註64〕

細觀兩人的差異，雖皆未及第，但王生「時價」較高，因此「自負才
雅」，論及兩人「若俱得登第」時，王生更因兩人被相提並論而顯得不
悅。雖然，故事結尾有了戲劇性翻轉，但也凸顯時價對舉子的重要程
度。《唐摭言》有一則「自負」也是相同例子：

> 張曙拾遺與杜荀鶴同年。嘗醉中謔荀鶴曰：「杜十五公大
> 榮！」荀鶴曰：「何榮？」曙曰：「與張五十郎同年，爭不
> 榮」荀鶴應聲答曰：「是公榮，小子爭得榮。」曙笑曰：「何

〔註62〕在古籍中「時價」多用於指稱貨物當前的價格，《玉泉子》「王生有時
價」為較特殊的例子。普遍的用法是自南朝以來的「聲價」，較早用
例是李嶠「鄭璞齊竽，竊混聲價。」與李白「一登龍門，則聲價十倍。」
李嶠，〈讓地官尚書表〉，《全唐文》，卷244，頁2469；李白，〈與韓
荊州書〉，《全唐文》，卷348，頁3531。筆記中則多指文人聲譽，例
如「來鵠，豫章人也，師韓、柳為文。大中末、咸通中，聲價益藉甚。」
王定保，〈海敘不遇〉，《唐摭言校注》，卷10，頁210。到後來甚至有
「詩價」一詞，例如唐末詩人李洞有「野人陪賞增詩價，太尉因居著
谷名」之句。李洞，〈和淮南太尉留題鳳州王氏別業〉，《增訂注釋全
唐詩》，卷717，頁1478。

〔註63〕有一個有趣例子可以提示有名文人在社會上備受禮遇：王毂還未及
第時便「以歌詩擅名於時」，有次在市場中「忽見有同人被無賴筆毆
擊，毂前救之，揚聲曰：『莫無禮，識吾否，吾便解道「君臣猶在醉
鄉中，一面已無陳日月」者。』無賴筆聞之，斂恥慚謝而退。」題蘇
軾撰，孔凡禮整理，《漁樵閒話錄》，《全宋筆記》第1編第9冊（鄭
州：大象出版社，2003年），頁244。

〔註64〕闕名，《玉泉子》，頁2307。

也？」荀鶴曰：「天下只知有杜荀鶴，阿沒處知有張五十郎！」〔註65〕

張、杜兩人看似鬥嘴的對答，一方面顯示文人對「榮」的重視，也見最後兩人比拚名氣的標準是「天下」（時論）的聲譽，亦即「聲價」，而非才學高下。

也因此，聲名乃知貢舉在考量榜單時的因素之一，例如沈詢之母建議沈詢時便言「沈光早有聲價，沈擢次之。二子科名，不必在汝。」〔註66〕反過來說，那些有聲名卻苦於一第的文人，亦受到時人嘆息。例如，吳融「廣明、中和之際，久負屈聲；雖未擢科第，同人多贊謁之如先達。」〔註67〕在《唐語林》當中，更列出有名聲卻不中第的名單：

大中、咸通之後，每歲試禮部者千餘人。其間有名聲，如：何植、李玫、皇甫松、李孺犀、梁望、毛濤、具麻、來鵠、賈隨，以文章稱；溫庭筠、鄭澣、何涓、周鈐、宋耘、沈駕、周繁，以詞翰顯；賈島、平曾、李洵、劉得仁、喻坦之、張喬、劇燕、許琳、陳覺，以律詩傳；張維、皇甫川、郭鄩、劉庭輝，以古風著。雖然，皆不中科。〔註68〕

這些「有名聲」卻「皆不中科」之人有許多至今已不見經傳，合理推斷有許多出自「孤寒」。〔註69〕從此，可以發現在晚唐的時候，來自中下層的應舉者正以「聲名」作為出仕的利器，不必諱言，每年榜單仍以世家大族為大宗，但從沈詢的考慮中不難發現，名聲是考慮選擇榜上孤寒人選的因素之一，惟沈母反其道而行，才成為筆記談資。一

〔註65〕王定保，〈自負〉，《唐摭言校注》，卷12，頁251。

〔註66〕范攄，〈沈母議〉，《雲溪友議校箋》，卷下，頁151。

〔註67〕王定保，〈切磋〉，《唐摭言校注》，卷5，頁106。

〔註68〕王讜撰，《唐語林校證》，卷2，頁157。該文字又見於康軿，《劇談錄》，收入陶敏主編，《全唐五代筆記》，頁2525。若將此名單與《登科記考》互參，較有爭議者應是張喬。《登科記考》將張喬繫於大順元年（890），但從補正當中可見張喬是否及第在史籍記載不一。徐松撰，孟二冬補正，《登科記考補正》，卷24，頁908。

〔註69〕從可考的人物當中，出身較好者有皇甫松、劉得仁，但也不到高門大族的程度。

般而言，社會輿論總會特別注意那些富有聲名的孤寒舉子，倘若他們有幸攀得桂枝，一方面能得到朝野間的認可，另一方面則會成為社會的熱門話題。科榜人選的意義，不僅關乎個人，從前結議榜的討論中，不難發現這關乎家族利益，若考官特意偏袒，不僅會引發朝中議論，也較難以說服在野文士。在韋莊的一篇奏疏中，為那些有名聲卻無出身的落拓文人乞取功名，認為此舉能「更勵文風」：

> 詞人才子，時有遺賢。不霑一命於聖明，沒作千年之恨骨。
> 據臣所知，則有李賀、皇甫松、李群玉、陸龜蒙、趙光遠、
> 溫庭筠、劉德仁、陸逵、傅錫、平曾、賈島、劉稚珪、羅鄴、
> 方干。俱無顯遇，皆有奇才，麗句清詞，徧在詞人之口。銜
> 冤抱恨，竟為冥路之塵。伏望追賜進士及第，各贈補闕拾
> 遺。見存惟羅隱一人，亦乞特賜科名，錄升三級，便以特
> 敕，顯示優恩。俾使已升冤人，皆霑聖澤，後來學者，更勵
> 文風。〔註70〕

這份名單是以有「才」卻無「名」的標準來選擇，因此所列人物並不全然是孤寒出身；儘管如此，仍可以從兩份名單的比較中見到相同人物，例如皇甫松、溫庭筠、劉德（得）仁、賈島、平曾。若考慮到兩份名單相距約三十年的時間因素，〔註71〕其差異性便顯得頗有深意。首先，多數文人在死後很難保持自己的聲名，只有那些「麗句清詞，徧在詞人之口」的人物才有機會以作品面目成為「典範」，其次，兩名單似乎不只針對當前文壇，可追溯至大中之前的人物有賈島、李賀，似隱然藉由臚列人名以傳達某種「系譜」，又以賈島俱見兩名單令人在意，因為《唐語林》明言：「大中、咸通之後」，但賈島卒年843年早於大中元年——以上兩點或可表明，兩份名單雖有差異、但不至衝

〔註70〕韋莊，〈乞追賜李賀皇甫松等進士及第奏〉，《全唐文》，卷889，頁9287～9288。與韋莊時代相近的吳融也有類似奏疏，雖然並不清楚當時情境為何，但從文字來看，兩人的立意接近，都是為了久不上榜卻有聲名的文人乞求特許及第。吳融，〈代王大夫請追賜方干等及第疏〉，《全唐文》，卷820，頁8643。

〔註71〕《唐語林》所錄之人大抵活躍於咸通中後期，韋莊奏文約在900年。

突，且在各自時間區段具有一定程度的公信力，而賈島是這一群文人的典型。最後，無論是《唐語林》的「雖然，皆不中科」或是韋莊「不霑一命於聖明，沒作千年之恨骨」，共指向「聲名」需與「功名」相襯的價值觀，而最能與聲名相互輝映的是「進士及第」。這個可追溯至自宣宗時期的價值觀根深蒂固，以致韋莊經黃巢之亂後感慨文人星散、斯文委地，遂具文上奏「俾使已升冤人，皆霑聖澤，後來學者，更勵文風」。〔註72〕

　　前述以筆記為核心所探討的社會、文人風氣，提供了孤寒文人興起的另個背景。從各式各樣「好奇」的言行舉止來看，他們透過出奇以引起社會輿論的注意，進而獲取名聲。究其根本，乃是富有名聲利於進士及第。就政府的角度來看，榜放孤寒則易有「公道」之譽；相反的，具有名聲卻抱憾終生者亦引人興嘆，韋莊甚至乞求皇帝賜予那些「冤人」一第。由此見，理解晚唐孤寒文人的文學活動概況，除了審視步入官場孤寒文人之外，也要觀察在科場之外的相關活動；據此，那些試圖成名的干謁詩作與詩人情態，正提供一個絕佳切入視角。

第三節　求薦與知音：由「詩」建立與維繫的社交關係

　　干謁對唐代士人來說，是晉身政壇必不可少的手段。〔註73〕葛

〔註72〕韋莊進奏的動機，或指向唐末屢經動亂導致人才短缺的問題。葉夢得曾評價到：「五代梁、唐、晉、漢四世，人才無一可道者。自古亂亡之極，未有乏絕如是。蓋唐之得士不過明經、進士兩途，自鄭畋死，大臣無復有人。」、「唐自僖後人才日削，至於五代謂之空國無人可也。」葉夢得撰，徐時儀整理，《避暑錄話》，《全宋筆記》第2編第10冊（鄭州：大象出版社，2006年），頁275、276。或據《續世說》：「後唐明宗時，太常丞史在德上疏言事，其略曰：『……稱文士者，鮮有藝能，多無士行，問謀略則杜口，作文字則倩人。』」孔平仲著，池洁整理，《續世說》，《全宋筆記》第2編第5冊（鄭州：大象出版社，2006年），卷10，頁187。

〔註73〕唐研究者歷來或有深淺的討論干謁現象，除早先程千帆與傅璇琮的專著，近有陳飛、王佺取得較為完整的研究成果。陳飛，《唐代試策

曉音追溯初盛唐的干謁之風，認為其興盛於武后時期，且內容以高談
王霸為主。〔註74〕到了中晚唐，雖然干謁的內容或有更易，但動機、
目的仍相去不遠，且除了書啟之外，「詩」也成為標示兩人關係的媒
介。〔註75〕干謁行為對士人而言至關重要，成大名、揚聲價皆有賴於
斯，是謂「造請權要，謂之關節。激揚聲價，謂之往還。士成名多以
此」，〔註76〕所謂「關節」、「往還」都指涉干謁者與被干謁者之間的
關係。在干謁時，除了獻上自己的作品集，特為對方而作的干謁詩可
說是現代的「名片」，必要精心設計以期許受對方賞識；研究已指出：
「這是一種最艱難的人際關係建立方式」。〔註77〕那麼，孤寒詩人又
如何在詩作中建立關係、甚至將此關係轉化為政治資源？以下從干
謁詩中「求薦」（下對上）與「知音」（上對下）的交往關係論起，觀
察孤寒詩人干謁詩的概況。

　　孤寒的文人身為較弱勢一方，常在干謁詩中表現出貧苦困頓的
形象。例如李洞在干謁詩中提及自己的困頓：「二年猶困辱，百口望
經營」，〔註78〕倘若有幸獲得提拔，便有如再造之恩：「積雪峰西遇獎
稱，半家寒骨起溝塍」。〔註79〕根本原因在於，若要擠身春榜，必得
要貴人相助，誠如許棠所言：「丹桂阻丹懇，白衣成白頭」。〔註80〕又

　　考述》；王佺，《唐代干謁與文學》。
〔註74〕葛曉音，〈論初盛唐文人的干謁方式〉，《詩國高潮與盛唐文化》（北
　　京：北京大學出版社，1998 年），頁 211～234。
〔註75〕王佺指出，干謁文與干謁詩興起時間不同，唐初以干謁文為主，盛唐
　　李白、杜甫、王維等人都有干謁詩作，到了中唐，孟郊是大量且定式
　　創作干謁詩的指標人物。王佺，《唐代干謁與文學》，頁 99～114。
〔註76〕胡震亨，〈進士科故實〉，《唐音癸籤》（臺北：世界書局，1985 年），
　　卷 18，頁 161。
〔註77〕劉琴麗，《唐代舉子科考生活研究》（北京：社會科學文獻出版社，
　　2010 年），頁 170。
〔註78〕李洞，〈述懷二十韻獻鄴懷相公〉，《增訂注釋全唐詩》，卷 717，頁
　　1481。
〔註79〕李洞，〈感恩書事寄上集義司徒相公〉，《增訂注釋全唐詩》，卷 717，
　　頁 1474。
〔註80〕許棠，〈投徐端公〉，《增訂注釋全唐詩》，卷 597，頁 384。

或是自嘆卑微以凸顯對方願意謁見的禮賢美德，如杜荀鶴自述：「況是孤寒士，兼行苦澀詩」，並形容干謁為合乎道德（有道）的行為，以稱美對方：「此身雖賤道長存，非謁朱門謁孔門」。〔註81〕又比如曹唐將自己比喻為「病馬」，從中暗藏心意：「一朝千里心猶在，爭肯潛忘秣飼恩」、「王良若許相擡策，千里追風也不難」。〔註82〕干謁之所以有如此多的悲苦之聲，乃在於雙方有著「貴賤之別」的前提，李咸用「也知貴賤皆前定，未見疎慵遂有成」、李頻「賤身何足數，公道自難欺」、「地廣身難束，時平道獨窮」，羅隱更說「莫教更似山西鼠，齧破愁腸恨一生」，自我挖苦。〔註83〕此外，相對於自己身分卑微，也會稱美對方，例如曹松「明時應不諫，天幕稱仙才」、許棠「天將賢人佐聖時，自然聲教滿華夷」、李洞稱美對方文采：「帝誦嘉蓮表，人吟寶劍詩」，〔註84〕或是徐寅借幕主打馬毬之作〈尚書打毬小驄步驟最奇因有所贈〉，不僅稱讚對方打毬技術，結尾「桃花雪點多雖貴，全假當場一顧恩」，更自喻為待識之馬，希望受到一顧之恩。〔註85〕

　　這類詩作層出不窮，使得研究者有如是結論：「〔中晚唐文人〕無論是干謁詩，還是干謁書啟，違心地吹捧他人和自覺地自我貶值相結合，似已成為文人壓抑心態凝固後的干謁模式。」〔註86〕所謂「壓

〔註81〕杜荀鶴，〈下第出關投鄭拾遺〉，《增訂注釋全唐詩》，卷685，頁1217。

〔註82〕曹唐，〈病馬五首呈鄭校書章三吳十五先輩〉，《增訂注釋全唐詩》，卷634，頁705。

〔註83〕李咸用，〈送譚孝廉赴舉〉，《增訂注釋全唐詩》，卷640，頁758；李頻，〈投京兆府試官任文學先輩〉、〈長安書懷投知己〉，《增訂注釋全唐詩》，卷582，頁284、281；羅隱著，李定廣繫年校箋，〈出試後投所知〉，《羅隱集繫年校箋》（北京：人民文學出版社，2013年），頁92。

〔註84〕曹松，〈上廣州支使王拾遺〉，《增訂注釋全唐詩》，卷710，頁1433；許棠，〈講德陳情上淮南李僕射八首〉，《增訂注釋全唐詩》，卷598，頁396；李洞，〈感知上刑部鄭侍郎〉，《增訂注釋全唐詩》，卷716，頁1471。

〔註85〕徐寅，〈尚書打毬小驄步驟最奇因有所贈〉，《增訂注釋全唐詩》，卷702，頁1380。

〔註86〕王佺，《唐代干謁與文學》（北京：中華書局，2011年），頁124。

抑」，乃相對於初盛唐好談王霸的干謁心態，為近似於委曲、違心的迎合對方之心理狀態。然而，以壓抑論中晚唐的干謁作品，不免先帶有氣格卑下的價值判斷，但無論初盛唐與中晚唐的干謁，基本上目的與動機都是一致的，並無高下之別。因此，與其以壓抑論中晚唐文人的干謁狀況，倒不如將之視為深明雙方貴賤之別而採取的「試探」；不妨說，稱美對方、壓低自身，是謁見對方的「初步」，若要真正獲得對方賞識，恐怕還需進一步的互動。

　　黃滔的赴舉生涯可以作為觀察一位孤寒文人利用詩、文體裁來干謁的適當案例（見本章附表 2-1）。黃滔出自閩南福建，自 872 年初涉舉場，於 895 年及第、899 年釋褐、900 年歸閩，二十餘年期間所作的干謁書啟、詩歌部分被部分保留下來；[註87] 透過學者的詩文繫年與年譜研究，重構了這位孤寒文人奔波各地、四處干謁較完整的圖像。附表 2-1 所列對象、與對象的關係、文體、赴舉與否，可以觀察若干現象：一、在干謁活動中，詩文兼有，影響投文、投詩的因素應不只一種；二、干謁對象有高級官員、知貢舉、主州試、同鄉等，對主考官都是投文、對同鄉則以詩為主；三、赴舉應是長時間段的活動，黃滔乃遭逢黃巢之亂之故，於 880～890 十年間避難他方；四、十謁活動會因參與科舉而有所增加；五、及第之後，干謁活動便隨之消停。總括而言，一與二是有關文體選擇的觀察，三、四與五是有關科舉與干謁關係的觀察。就文體選擇來看，以「詩」相互贈達意味著兩人可能有較親近關係。就科舉與干謁關係來看，可以說無論詩文，都有強烈的目的性，因此，儘管干謁詩中描寫的是閒逸疏放的情調，仍不能依此認為這是干謁者的近期目的。

　　若黃滔的個案具有一定普遍性，那麼「詩」在干謁活動中更具有價值，因為詩能夠相互贈答的特性使得雙方關係深於單方面表達的

[註87] 關於晚唐閩南福建的文人狀況，可參考：陳弱水，〈中晚唐五代福建士人階層興起的幾點觀察〉，《唐代文士與中國思想的轉型（增訂本）》（臺北：臺大出版中心，2016 年），頁 457～496。

投文。當然,自杜甫以來,不乏內容與書啟相似的長篇干謁詩作,這主要與行卷一樣,是為了展現才華而作。因此,如何判別詩作對於干謁活動的重要性,還須看干謁者如何理解雙方關係。在唐末,干謁詩多半帶有利益關係,邵謁便曾嘆息「古人力文學,所務安疲甿。今人力文學,所務惟公卿」,〔註88〕李咸用也感嘆文人之間多半帶有利益目的之交往,例如〈古意論交〉:「擇友如淘金,沙盡不得寶。結交如乾銀,產竭不成道。我生四十年,相識苦草草。多為勢利朋,少有歲寒操。」以及〈論交〉:「行虧何必富,節在不妨貧。易得笑言友,難逢終始人。」〔註89〕可注意的是,淘金、披沙之喻,除了交友之外,也因披沙求寶而有取賢才之意,〔註90〕故黃滔干謁書啟也有「則雖異於披沙之說,然略幾於架屋之譚」、「遽竊披沙之諭,爰蒙折簡之知」〔註91〕之句,前句謙稱對方識己非謂披沙,而是屋上架屋,謂貴府人才濟濟之意,後句則以披沙之喻感謝對方識己。在詩歌中也有用例,黃滔勉勵徐寅「莫言蓬閣從容久,披處終知金在砂」,李洞也有「貢藝披沙細」一句,按上下文乃希望能從眾人之中脫穎而出(指及第)。〔註92〕從此,約可感受到求友與求才的相似性,而唐末文人干謁活動亦有類似表述方式:在干謁活動中,雙方深明彼此的貴賤之別,並隱以利益為前提交往;對於干謁者而言,對方若能識己,無異為「知音」、「管鮑之交」、「張陳之交」。

〔註88〕邵謁,〈送徐群宰望江〉,《增訂注釋全唐詩》,卷599,頁403。

〔註89〕李咸用,〈古意論交〉、〈論交〉,《增訂注釋全唐詩》,卷638、639,頁747、749。

〔註90〕查檢《全唐文》,較早以披沙揀金比喻選賢才是在朝廷考試的題目〈披沙揀金賦以求寶之道同乎選才為韻〉,當時柳宗元、李程、席夔、張仲方有同題之作。

〔註91〕黃滔,〈盧員外潯〉、〈與蔣先輩第二啟〉,《黃御史集》,《景印文淵閣四庫全書》集部第1084冊(臺北:臺灣商務,1983年),卷7,頁168、169。

〔註92〕黃滔,〈酬徐正字寅〉,《增訂注釋全唐詩》,卷699,頁1345;李洞,〈投獻吏部張侍郎〉,《增訂注釋全唐詩》,卷716,頁1470。

　　在唐末，有許多干謁詩題有「所知」、「知己」，意在宣稱兩人不同一般社交，是為較親密的關係。〔註 93〕據筆者統計，《全唐詩》題有「所知」、「知己」者，孤寒文人佔 52 首，約莫總數的 53%，且觀其內容多以干謁為主。〔註 94〕這顯示干謁可以是關係有別的社交關係，如有幸獲得賞識，會以「所知」、「知己」稱呼對方。《唐詩紀事》載有一條故事：「慶餘遇水部郎中張籍知音，索慶餘新舊篇什，留二十六章，置之懷袖而推贊之。時人以籍重名，皆繕錄諷咏，遂登科」。〔註 95〕兩人的社交關係是以詩為媒介，朱慶餘視張籍為知音，而張籍願意「置之懷袖而推贊之」，由此可知，相較於一般的投獻干謁，知音、知己關係更能獲得名聲，甚至能藉以成名。

　　若分析這些干謁中的知己、所知詩，可以發現較少讚美對方，以表訴自身當下處境為主，近似「陳情」詩作。〔註 96〕孟郊的〈投所知〉應是較早將知己與干謁結合的詩作，詩的開頭強調「苦心」（所知）與「苦節」（自己）之間相知相惜，之後希望對方若能多美言幾句，必將「寒花拆寒木」，也就是「成名及第」，最末強調若能如意上榜，日後必將竭力報答貴人：「而況大恩恩，此身報得足。且將食蘗

<hr>

〔註 93〕　過去研究也有注意到此現象，除了以較負面角度看待外，近有鄭曉霞觀察到知音與科舉制度的相關性，惜篇幅不長，還未能詳細展開其內在理路。鄭曉霞，《唐代科舉詩研究》，頁 139〜141。

〔註 94〕　「所知」共 52 首，扣除詩僧所作 5 首後共 47 首，其中孤寒詩人計有：張蠙 3 首、李山甫 4 首、李咸用 6 首、李頻 1 首、杜荀鶴 8 首、孟郊 1 首、羅隱 7 首、鄭谷 3 首、溫庭筠 2 首。「知己」共 79 首，扣除佚名 7 首，詩僧所作 20 首後共 52 首，其中孤寒詩人計有：劉駕 1 首、張喬 1 首、李山甫 1 首、李洞 5 首、李頻 2 首、孟郊 1 首、林寬 1 首、羅隱 1 首、鄭谷 1 首、徐寅 1 首、溫庭筠 2 首。另李咸用有一首〈投知〉，雖不入前者計算範圍，從內容來看也應納入計算。

〔註 95〕　計有功撰，王仲鏞點校，〈朱慶餘〉，《唐詩紀事校箋》（北京：中華書局，2007 年），卷 46，頁 1569。

〔註 96〕　例如：李白〈述德兼陳情上哥舒大夫〉、姚鵠〈感懷陳情〉、施肩吾〈上禮部侍郎陳情〉、顧非熊〈陳情上鄭主司〉、崔致遠〈陳情上太尉〉、喻坦之〈陳情獻中丞〉，這些詩作以干謁為目的，內容以描述自身困苦為主。

勞，酬之作金刀。」〔註97〕在唐末，大抵依循著孟郊的寫法，且「知音」更傾向指向賞識自己的貴人，例如「好整丹霄步，知音在紫微。」〔註98〕此外，更多的是透過許多譬喻表達自己的苦衷與企圖。例如羅隱逼近考試日時作〈逼試投所知〉，便希望對方能在考試時助一臂之力：

> 桃在仙翁舊苑傍，暖煙輕靄撲人香。
> 十年此地頻偷眼，二月春風最斷腸。
> 曾恨夢中無好事，也知囊裏有仙方。
> 尋思仙骨終難得，始與回頭問玉皇。〔註99〕

這首著名的詩作受到了胡以梅的讚賞，謂「第一言所知向主文柄者，二豔羨之極，三四應試已久，而慣為落第，可痛可憐也。構思奇絕，用意風流，有仙氣。」〔註100〕詩中顯露進士之難得、羅隱之企盼與幽怨，最後收束在「問玉皇」（投所知）的題意，既比喻巧妙、又能表達意圖。相似詩例也可見鄭谷〈投所知〉：

> 砌下芝蘭新滿徑，門前桃李舊垂陰。
> 卻應迴念江邊草，放出春煙一寸心。〔註101〕

「砌下」「門前」指所知的幕府宅邸，代稱貴人，「芝蘭」是芬芳的香草、「桃李」則是貴人的門生後輩，兩句合看則是稱美對方人才濟濟、栽培無數。〔註102〕而鄭谷並非門中賓客，只是卑微的「江邊

〔註97〕孟郊著，韓泉欣校注，〈投所知〉，《孟郊集校注》（杭州：浙江古籍出版社，2012 年），卷 3，頁 99。

〔註98〕許棠，〈宣城送進士鄭徵赴舉〉，《增訂注釋全唐詩》，卷 598，頁 401。

〔註99〕羅隱，〈逼試投所知〉，《羅隱集繫年校箋》，頁 151～152。

〔註100〕胡以梅，《唐詩貫珠箋釋》，卷 22，轉引自：「集評」，《羅隱集繫年校箋》，頁 152。

〔註101〕鄭谷著，趙昌平等箋注，〈投所知〉，《鄭谷詩集箋注》（上海：上海古籍出版社，2009 年），卷 2，頁 242。

〔註102〕「砌下芝蘭」典出《世說新語》：「謝太傅問諸子姪：『子弟亦何預人事，而正欲使其佳？』諸人莫有言者，車騎答曰：『譬如芝蘭玉樹，欲使其生於階庭耳。』」劉義慶著，余嘉錫箋疏，〈言語〉，《世說新語箋疏》（臺北：華正書局，1991 年），頁 145。

草」，希望主人能迴視留意，在「春煙」（科舉時在春季）之際能顧及寸草之心。這首用香草、野草的差別，比喻自己出身微寒；但也透過如此巧妙的譬喻，讓對方注意到自己的文藝技巧。相似詩例也可見李咸用〈投所知〉的後四句：「公道甚平才自薄，丹霄好上力猶微。誰能借與搏扶勢，萬里飄飄試一飛。」〔註103〕觀其詩意，詩題雖未言是否為近考試日，但結尾仍是希望對方能助自己登上「丹霄」。張蠙也有〈投所知〉，詩末：「省郎門似龍門峻，應借風雷變涸鱗。」〔註104〕以魚躍龍門比喻來希望能獲得幫助。可以說，孤寒詩人對「所知」投贈的詩作，不僅以自身卑微地位搏取同情，也以文學技巧凸顯身價。

　　相對的，孤寒詩人在下第也會透過詩作向對方傳達失意之情。杜荀鶴有兩首〈下第投所知〉情調相似，可並比而觀：

　　　　若以名場內，誰無一軸詩。縱饒生白髮，豈敢怨明時。
　　　　知己雖然切，春官未必私。寧教讀書眼，不有看花期。〔註105〕

　　　　落第愁生曉鼓初，地寒才薄欲何如。
　　　　不辭更寫公卿卷，却是難修骨肉書。
　　　　御苑早鶯啼暖樹，釣鄉春水浸貧居。
　　　　擬離門館東歸去，又恐重來事轉疎。〔註106〕

儘管名場失意，為了感謝所知的提拔，有時會另贈一詩答謝，其詩中莫可奈何的失落之感也躍然紙上。從例詩當中可見，其一既承認科舉的「公正」，但「豈敢」的語氣透露些許怨懟；其二則感嘆「地寒才薄」的出身，落榜之事甚至難以告訴骨肉親人，況且明年也充滿不確定性「又恐重來事轉疎」。此外，干謁者離別時也會告別對方。例如李咸用〈謝所知〉下第之後與所知拜別時感到慚愧：「却愧此時叨厚遇，他年何以報深恩」；李山甫〈赴舉別所知〉：「黃祖不憐鸚鵡客，誌公

〔註103〕李咸用，〈投所知〉，《增訂注釋全唐詩》，卷640，頁760。
〔註104〕張蠙，〈投所知〉，《增訂注釋全唐詩》，卷696，頁1322。
〔註105〕杜荀鶴，〈下第投所知〉，《增訂注釋全唐詩》，卷685，頁1215。
〔註106〕杜荀鶴，〈下第投所知〉，《增訂注釋全唐詩》，卷686，頁1232。

偏賞麒麟兒」所表露的失意；羅隱〈東歸別所知〉：「却羨淮南好雞犬，也能終始逐劉安」對上榜人物的冷嘲與欣羨。〔註107〕這些下第、拜別的詩作與考前的請託不同，充滿落寞、失意的情態，乃以自身處境為主的表達方式——若不明「所知」、「知己」在中晚唐以來的涵義，恐會誤認這是兩人僅基於「私誼」之作，因為這些作品觸及了赴舉者的私人情感，慚愧、憤懣、失意、欣羨、忌妒等負面情緒佈滿詩作之中。

進一步說，這些下第、拜別詩作，雖然也是給干謁對象，但內容已與請託無關，當然，這可以是干謁者為了「經營」一段關係，以便來年繼續請求對方幫忙的手段，但也指出在以利益為導向的社交關係中，不只是「好奇」、「新奇」的作品，給知己的充滿「私情」之作也同樣能獲得青睞。與基於貴賤之別的低姿態不同，私情作品主在傾訴個人的不遇與受挫之情。有意思的是，無論是新奇、低姿態、私情的干謁情態，彼此間並不衝突，因為在以詩為媒介的社交關係中，「技藝」、「聲名」為建立與維繫關係的重要紐帶。例如，羅隱謁見羅紹威時「先貽書敘其家世，鄴王為侄」，羅紹威也因羅隱「名振天下」而「一見即拜」。〔註108〕從羅隱與羅紹威的關係當中，貴賤之別因文學技藝而被逆轉，羅隱「輩分」反而比羅紹威還高。

當然，前述羅隱是特殊個案，但這也提醒我們，干謁詩除了基於理想而來的「高談王霸」以及源於貴賤之別的「壓抑」心態之外，另有一種以吟詩、展現技藝為本位的投獻創作心態。例如李咸用〈寄所知〉在詩中渲染別於科舉成名的「趣味」：

> 曾將俎豆為兒戲，爭奈干戈阻素心。
> 遁去不同秦客逐，病來還作越人吟。

〔註107〕李咸用，〈謝所知〉，《增訂注釋全唐詩》，卷640，頁758；李山甫，〈赴舉別所知〉，《增訂注釋全唐詩》，卷637，頁729；羅隱，〈東歸別所知〉，《羅隱集繫年校箋》，卷10，頁495。

〔註108〕陶岳撰，黃寶華整理，〈梁二十一條〉，《五代史補》，《全宋筆記》第8編第8冊（鄭州：大象出版社，2017年），卷1，頁86。

　　名流古集典衣買，僻寺奇花貰酒尋。

　　從道趣時身計拙，如非所好肯開襟。〔註109〕

「俎豆」象徵儒家事業，四句指詩人本應有治國大志，卻因干戈受
阻，故避難他方。此時生活並非愁雲慘霧，相反地，「名流古集」、「僻
寺奇花」都成為日常趣味，彷彿展示一種困窘中帶有雅韻的生活情
調。正由於對不同生活的體會，結尾指向與其「趣時」(趨時，指赴
舉)卻不斷受阻，正因獲得對方的認可(所好)，才有幸分享這些日常
趣味。杜荀鶴也有類似感慨，在〈酬張員外見寄〉中，以作詩為暫時
消解人生難題的手段：

　　分應天與吟詩老，如此兵戈不廢詩。

　　生在世間人不識，死於泉下鬼應知。

　　啼花蜀鳥春同苦，叫雪巴猿晝共飢。

　　今日逢君惜分手，一枝何校一年遲。〔註110〕

首句「應當是上天要我吟詩至老吧！」是歷經困頓的感慨，而下三句
則點出如此嘆息的原因：兵戈困阻、默默無名。在如斯困頓下，「苦」
「飢」成為生活難題，最終將一切希望寄託於「桂枝」(科舉功名)，
從中便蘊藏干謁之意。這首詩與先前干謁詩不同的地方在於，在遭
遇困難之際，「吟詩」成為幾乎唯一力能所及之事。另一首也有相似
現象：

　　到頭身事欲何為，窗下工夫鬢上知。

　　乍可百年無稱意，難教一日不吟詩。

　　風驅早鴈衝湖色，雨挫殘蟬點柳枝。

　　自古書生也如此，獨堪惆悵是明時。〔註111〕

面對無法消解的「身事」，能做的就是每日吟詩。研究者或可由此指
出，此乃作詩為獨立有價值之事，但若觀察到結尾「書生」的自我認
同，其實不僅止於詩人，更還有士人的成分。因此，與其將之視為詩

〔註109〕李咸用，〈寄所知〉，《增訂注釋全唐詩》，卷640，頁763。

〔註110〕杜荀鶴，〈酬張員外見寄〉《增訂注釋全唐詩》，卷686，頁1231。

〔註111〕杜荀鶴，〈秋日閒居寄先達〉，《增訂注釋全唐詩》，卷686，頁1226。

人身分的「獨立」，不如以一孤寒者行事請託干謁的角度看待，進一步說，即孤寒者須「凸顯」自己詩人身分以圖「身事」──作詩由是成為日常之事，詩作更可成為干謁投獻的資源。〔註112〕

　　這也呼應了前節所歸納「聲名即功名」的時代特色：出色的詩藝能幫助入仕；就干謁者的角度出發，是嘗試與對方分享詩中意境、韻味。例如鄭谷給狄歸昌的詩作，〈寄獻狄右丞〉：

　　　　逐勝偷閒向杜陵，愛僧不愛紫衣僧。
　　　　身為醉客思吟客，官自中丞拜右丞。
　　　　殘月露垂朝闕蓋，落花風動宿齋燈。
　　　　孤單小諫漁舟在，心戀清潭去未能。〔註113〕

《北夢瑣言》有「狄石丞鄙著紫僧」條，即第二句所指。從詩意看來，前六句圍繞著對方，最後兩句回到自身，表達無法赴約的心意。值得注意的是次聯「身為醉客思吟客」一句，「醉客」當指狄歸昌，所思者「吟客」應是鄭谷，當然，這裡醉、吟可以互文，指在酒宴中吟賞詩詞。接著描繪一幅夜晚於公舍的場景，但為何要描寫此情景呢？在末聯，鄭谷自稱「小諫」，即時任補闕；將後半首連讀，意謂自己要職在身，只得孤單一人，恐無法赴右丞之約，此刻的「清潭」恐非退隱生活，更可能是未能出席的笑談詩酒場合。「醉客」「吟客」的比喻，比起職位高低有別的贈酬詩作，更能貼近雙方關係。鄭谷另首〈獻大京兆薛常侍能〉開頭將薛能形容為「恥將官業競前途，自愛篇章古不如」的嗜詩之人，〔註114〕其鮮明形象在後代筆記中被塑造為「妄自尊大」；〔註115〕詩末二句「唯有明公賞新句，秋風不敢憶鱸魚」似是指薛能〈天際識歸舟〉詩，兩句合觀，意謂秋季歸意已被薛公此詩窮

〔註112〕干謁詩作的來源，除了專為對方而作，還可以從日常詩作修改而來。例如李頻〈長安夜懷〉和〈陝下投姚諫議〉二詩，中二聯相同，可能是先有前作，後為了投獻而改作。

〔註113〕鄭谷，《鄭谷詩集箋注》，卷3，頁327。

〔註114〕鄭谷，《鄭谷詩集箋注》，卷3，頁331。

〔註115〕洪邁撰，孔凡禮點校，〈薛能詩〉，《容齋隨筆》（北京：中華書局，2005年），卷7，頁97。

盡，後人難再翻出新意。〔註116〕從此可見，與干謁詩一般稱美對方家世、德行不同，鄭谷著重在個人詩藝，並且指出對方所作的一詩的精采處；這在對方看來，毋寧以「欣賞詩藝」的關係交往。可以說，這是一種是雙方以詩為媒介的一種社交關係，同時也需要以詩來穩固、維持。

此種以詩藝為主的社會交往，不只見於「知音」關係，在干謁詩中還表現為「吟詩」場景。許棠〈講德陳情上淮南李僕射〉塑造吟詩的情境：「涼夜酒醒多對月，曉庭公退半吟詩」、「夜宴獨吟梁苑月，朝遊重見廣陵春」、「三紀吟詩望一名，丹霄待得白頭成」，〔註117〕以及李山甫〈寄太常王少卿〉：「雅飲純和氣，清吟冰雪文」，〔註118〕李咸用〈酬鄭進士九江新居見寄〉：「前期招我作，此景得吟還」，〔註119〕或是溫庭筠〈感舊陳情五十韻獻淮南李僕射〉稱許對方：「書迹臨湯鼎，吟聲接舜絃」。〔註120〕又或是李洞送別時希望對方能寄贈詩作〈送東宮賈正字之蜀〉：「若次江邊邑，宗詩為遍搜」，以及在詩中想像兩人的退休生活〈和知己赴任華州〉：「樹谷期招隱，吟詩煮柏茶」。〔註121〕也有苦吟詩歌、等待知音者，如李頻〈陝府上姚中丞〉：「覓句秋吟苦，酬恩夜坐勞」、〈酬姚覃〉：「醉眠春草長，吟坐夜燈銷」。〔註122〕或是稱美對方為官清閒、甚有吟詩雅致，如曹松〈贈衡山麋明府〉：「晚吟公籍少，春醉積林開」、羅隱〈廣陵李僕射借示近

〔註116〕薛能，〈天際識歸舟〉，《增訂注釋全唐詩》，卷552，頁17。

〔註117〕許棠，〈講德陳情上淮南李僕射〉，《增訂注釋全唐詩》，卷598，頁396～397。

〔註118〕李山甫，〈寄太常王少卿〉，《增訂注釋全唐詩》，卷637，頁737。

〔註119〕李咸用，〈酬鄭進士九江新居見寄〉，《增訂注釋全唐詩》，卷639，頁752。

〔註120〕溫庭筠，〈感舊陳情五十韻獻淮南李僕射〉，《增訂注釋全唐詩》，卷573，頁207。

〔註121〕李洞，〈送東宮賈正字之蜀〉、〈和知己赴任華州〉，《增訂注釋全唐詩》，卷715、716，頁1465、1472。

〔註122〕李頻，〈陝府上姚中丞〉、〈酬姚覃〉，《增訂注釋全唐詩》，卷582、581，頁280、270。

詩因投獻〉：「閑尋綺思千花麗，靜想高吟六義清」。〔註123〕更甚者，有表示傾慕對方詩才者，如羅隱〈酬丘光庭〉：「行吟坐讀口不倦，瀑泉激射琅玕摧」、杜荀鶴〈投從叔補闕〉：「吾宗不謁謁詩宗，常仰門風繼國風」、張喬〈送龐百篇之任青陽縣尉〉：「都堂公試日，詞翰獨超群」。〔註124〕從這些例子來看，唐末干謁詩作的內容與唱和部分相似，並不全然以請託為主，還有一大部分是以詩藝為主、藉此希望對方也重視詩藝的作品。

討論至此，可知比起強調政事能力、德行高潔，那些想要更親近關係的干謁詩則更重視凸顯個人詩藝。這也與干謁詩有時不只是建立、維繫兩人關係，更與有名人士的交往亦能增益「詩價」有關。例如李洞〈和淮南太尉留題鳳州王氏別業〉雖非嚴格意義上的干謁詩，但得窺見以詩人以詩交往，並且期待獲得名聲的心思：

> 清秋看長鷺雛成，說向湘僧亦動情。
> 節屋折將松上影，印龕移鎖月中聲。
> 野人陪賞增詩價，太尉因居著谷名。
> 閑想此中遺勝事，宿齋吟遶鳳池行。〔註125〕

詩注云淮南太尉「疑指高駢」，存疑。前二句應是藉著前詩和意而來，上句點出時節，下句的湘僧或為湘西之僧，齊己有「有興尋僧否，湘西寺最靈」，意指清修僧人；兩句合觀，主在描寫王氏別業的清幽雅致。次聯就著視覺與聽覺寫別業，前句指屋上瓦片將松影折出一節一節的樣子，後句指夜半月影照在龕上，又周遭寂靜無聲，彷彿「鎖」住一般。二句未見用典但精煉意境，展現詩人的過人巧思。頷聯藉由

〔註123〕曹松，〈贈衡山麇明府〉，《增訂注釋全唐詩》，卷710，頁1435；羅
隱，〈廣陵李僕射借示近詩因投獻〉，《羅隱集繫年校箋》，卷4，頁
208。

〔註124〕羅隱，〈酬丘光庭〉，《羅隱集繫年校箋》，補編卷1，頁589；杜荀
鶴，〈投從叔補闕〉，《增訂注釋全唐詩》，卷685，頁1225；張喬，
〈送龐百篇之任青陽縣尉〉，《增訂注釋全唐詩》，卷686，頁1225。

〔註125〕李洞，〈和淮南太尉留題鳳州王氏別業〉，《增訂注釋全唐詩》，卷
717，頁1478。

「野人」、「太尉」的相對關係，指自己因為陪賞賦詩而增益詩價，而太尉住在谷裡就可讓谷出名，意謂能得以「攀附」太尉，還望提拔。最後則將全詩收束在行吟賦詩的閒情逸致之中。縱觀全詩，首聯自遊賞別業而起，頸聯極盡雕琢，領聯略顯請託，最後仍在閒致之中。細思「增詩價」之意，其實不僅止太尉的直接賞識或拔擢，亦有此次隨著太尉遊賞賦詩之事，能受天下人廣為流傳之意。在筆記中，不乏因和詩而出名的例子。例如，顧況戲作的和句「風來屎氣多」，以及孫光憲和句「曉廚烹淡菜，春杼織橦花」，〔註126〕或是羅袞與羅隱的相互贈答，〔註127〕這些具有話題性的詩句頗能受到世人注意。

　　過去研究曾為唐代舉子科考的社交關係描繪了輪廓：「科考及第的需求因素主要集中在詩文能力、社會聲望和基本物質三個方面，因此，我們可以看到唐代進士的社交對象主要圍繞這三大要素展開。」〔註128〕就孤寒詩人而言，這三個面向實乃同一方向，即向有權勢的貴人「求薦」，並希望成為彼此為「知音」。在求薦與知音的社交活動之間，干謁詩便是值得觀察的詩歌類型。其中重要的是，除了解讀詩作中的干謁意圖、干謁者的姿態、雙方關係，還可以注意「賦詩」活動帶有面向公眾表演的性質。〔註129〕因為在中晚唐以來社會崇尚詩文學的風氣下，高官貴族與孤寒賤子之間的交往「詩」，總能引起人們注意並且廣為流傳，而詩人更藉此「名聲」以折桂枝、躍龍門。那麼，同樣在科考赴舉生涯，孤寒詩人又如何看待自己的處境，調適年復一年的挫敗與失落？以下將圍繞著此問題，並以「公道」為關鍵詞展開討論。

〔註126〕孫光憲，〈洞庭湖詩〉，《北夢瑣言》，卷7，頁57。
〔註127〕王定保，〈海敘不遇〉，《唐摭言校注》，卷10，頁199～200。
〔註128〕劉琴麗，《唐代舉子科考生活研究》，頁161。
〔註129〕已有研究指出，中晚唐時期干謁者在史書以及詩中呈現不同形象，前者呈現政治、道德的形象，後者則是「揚名與表演人」形象。筆者認同這個論斷。韓立新，《唐代干謁詩中的士人形象研究》（北京：人民出版社，2015年），頁318。

表 2-1：黃滔干謁詩文與赴舉關係表〔註 130〕

西元年	干謁對象	關　係	作　品	文體	赴舉
872	侯圭	高級官員	侯博士啟	文	V
873	鄭從讜	高級官員	南海幕和段先輩送韋侍御赴闕	詩	V
874	幕中判官	高級官員	段先輩啟	文	
874	韋荷	主持州試	南海韋尚書啟	文	V
874	鄭畋	高級官員	絳州鄭尚書	詩	V
875	高駢	高級官員	西川高相啟	文	V
876	鄭誠	同鄉	刑部鄭郎中	文	V
877	崔沆	知貢舉	崔右丞啟	文	V
877	茬誠	同鄉	下第東歸留辭刑部鄭郎中	詩	V
881	林嵩	同鄉	寄越從事林嵩侍御	詩	
882	侯翮	高級官員	喜侯舍人蜀中新命	詩	
887	李思孝	高級官員	鄜畤李相公	詩	
888	陳嶠	同鄉	喜陳先輩嶠及第詩	詩	
891	裴贄	知貢舉	上裴侍郎啟	文	V
892	楊贊禹	高級官員	舉楊狀頭書	文	V
892	楊贊禹	高級官員	與楊狀頭啟	文	V
892	楊贊圖	高級官員	寄楊贊圖學士	詩	V
892	裴贄	高級官員	投刑部裴郎中	詩	V
893	楊涉	知貢舉	上楊侍郎啟	文	V
894	趙光逢	高級官員	上趙員外啟	文	（V）
894	趙光逢	高級官員	投翰長趙侍郎	詩	（V）
894	薛貽矩	高級官員	薛舍人書	文	（V）

〔註 130〕此表主要根據李國棟，《黃滔詩文繫年》（武漢：華中科技大學碩士論文，2007 年）與龐國雄，〈黃滔年譜簡編〉，《廣東第二師範學院學報》，2019 年第 4 期，頁 80～88，另參考陶敏，《增訂注釋全唐詩》。赴舉「（V）」代表尚無明確行跡，但觀詩文內容，詩應是赴舉期間之作。

894	薛貽矩	高級官員	翰林薛舍人	文	（V）
894	徐寅	同鄉	酬徐正字寅	詩	（V）
894	陳嶠	同鄉	和陳先輩裴陸舍人春遊曲江	詩	（V）
896	吳融	高級官員	和吳學士對雪獻韋令公次韻	詩	－
昭宗朝			酬俞鈞	詩	
昭宗朝			趙起居	文	

第四節　公道：舉子們謀身的精神依托

　　本章首節從制度因素探討孤寒舉子為何在子弟當道的情形下，仍對科舉趨之若鶩，關鍵在於，朝廷不曾絕棄科舉公道所展現的「至公」精神。當然，舉子們也承認此精神雖非年年皆有，但仍堅信有朝一日能被公道眷顧。在漫長的赴舉生涯中，孤寒詩人擺盪在期待與失落之間，該類詩歌作品遂為中晚唐的一大主題；傅璇琮觀察到，落第詩在中晚唐的氣勢、情調都有別盛唐，妹尾達彥亦注意到此現象，將之視為九世紀的科舉文學。〔註131〕以下從詩歌中的「公道」論起，先追溯該詞的運用情形，接著探討孤寒詩人浮沉於科舉生涯的作品。

　　「公道」一詞很早便與選舉政事相關。《漢書·蕭望之傳》對宣帝的建言便有：「唯明主躬萬機，選同姓，舉賢材，以為腹心，與參政謀，令公卿大臣朝見奏事，明陳其職，以考功能。如是，則庶事理，公道立，姦邪塞，私權廢矣。」〔註132〕可以看到，「公道」與「私權」相對，是政治清明的理想。但這個詞在六朝並沒有得到太大重視，至初唐魏徵反對旁人認為兩人過於親暱的建言才又出現：「臣聞君臣協契，義同一體。不存公道，唯事形迹，若君臣上下，同遵此路，則邦之興喪，或未可知。」這裡的公道，並非對立於私權，比較接近公理

〔註131〕傅璇琮，《唐代科舉與文學》，頁430；妹尾達彥，〈詩のことば、テクストの權力──九世紀中國における科舉文學の成立──〉，《中國─社會と文化》第16期（2001年6月），頁25～55。

〔註132〕班固，《漢書·蕭望之傳》（北京：中華書局，1997年），卷78，頁3273。

（大義）的意思，即魏徵認為，如果兩人所商討政事乃基於國家大義，那麼就不必害怕有過於親暱的問題。較寬鬆的說，「公道」一詞可理解為為政者不具私心，按照法度行事之意，由此概念而來，亦可稱為「至公」之精神。除了前述蕭倣的「明時至公」，在史書中，就有「公道隘塞，官由賄成」、「唯其愛憎，不顧公道」等用例。〔註133〕儘管如此，這個詞彙在中古時期還不能算是穩定的被運用在政治語境，但有趣的是，它卻被唐代詩人接受，運用於詩歌語言之中。

　　若檢索《全唐詩》，提及「公道」一詞總共 36 位作者、57 首詩歌，從這份清單中，除了陳子昂、孟雲卿的兩首之外，其餘作者皆亡於在安史之亂後，即「公道」一詞使用的時間集中在中晚唐時期。令人在意的是，這份名單中有 14 位是孤寒詩人，若扣除詩僧 2 人，則佔中晚唐詩人總數約 41%，從詩作數量比例來看，則佔 55%。〔註134〕從上述數據可得出：就唐代詩歌中使用「公道」一詞而言，唐末孤寒詩人使用人數佔有一定比例，且使用頻率較以往來的高得多。

　　為何唐人會使用「公道」一詞？最主要的原因，乃是這個詞彙與科舉相關。公道與科舉的關聯，可追溯自費冠卿（元和二年及第）感嘆干謁之苦的〈久居京師感懷〉「求名俟公道，名與公道遠」與顧非熊（會昌五年及第）〈陳情上鄭主司〉的「藝慚公道日，身賤太平年」。〔註135〕就科舉史的角度，這段時期乃進士科已然成為高級官員主要來源，也成為公道為進入詩歌語言的背景，〔註136〕且已有「戚

〔註133〕劉昫等撰，《舊唐書‧崔祐甫傳》，卷 119，頁 884；《舊唐書‧楊炎傳》，卷 118，頁 881。

〔註134〕這 14 位共 28 首分別是：劉駕（2 首）、李頻（3 首）、曹鄴（1 首）、李咸用（7 首）、方干（1 首）、羅隱（1 首）、章碣（1 首）、鄭谷（1 首）、杜荀鶴（5 首）、韋莊（1 首）、張蠙（1 首）、黃滔（2 首）、曹松（1 首）、李洞（1 首）。

〔註135〕費冠卿，〈久居京師感懷詩〉，《增訂注釋全唐詩》，卷 484，頁 960；顧非熊，〈陳情上鄭主司〉，《增訂注釋全唐詩》，卷 498，頁 1074。

〔註136〕中唐以後公道用例中較有意思的是杜牧〈送隱者一絕〉，其云：「無媒徑路草蕭蕭，自古雲林遠市朝。公道世間唯白髮，貴人頭上不曾

里稱儒愧小才，禮闈公道此時開」的明確用例。〔註137〕進一步觀察使用的語境，中晚唐多半在明確的情境中使用，例如薛能〈春早選寓長安〉、劉得仁〈省試日上崔侍郎〉、裴翻與丘上卿的同題之作〈和主司王起〉，諸作皆由詩題來看，便能知曉是在社交場合中使用公道一詞。

　　到了唐末，公道主要由孤寒詩人所使用，情境雖也與科舉相關，但不僅止於社交用途。例如，李頻〈送許棠及第歸宣州〉恭賀許棠及第為「待得逢公道」，李咸用勸友人赴舉爭名〈贈陳望堯〉：「明時公道還堪信」；〔註138〕甚至，詩人在詠懷自嘆時也會運用到，例如劉駕的〈出門〉：「況今闕公道」是在離鄉赴舉時作，李咸用〈宿漁家〉自憐奔波在外，未被公道眷顧，羅隱的下第詩〈東歸〉感嘆蹭蹬科場：「難將白髮期公道」，杜荀鶴亦有不遇之感「公道與誰期」。〔註139〕由此可知，「公道」一詞不只是從前的政治話語或是干謁社交的語彙，背後乘載著的舉子們科舉生涯間的悲歡喜樂。而與科舉生涯相關者，除了自己的干謁、及第、下第詩作，亦有親友間的贈答或送別詩，因

鏡。」公道之釋意為公平、平等，謂唯有白髮不分貴賤，人人有之；延伸來說，即貴賤有別，而生死無別。此公道用法似與科舉無關，李定廣即認為此處「意義有別」，筆者以為，觀詩題「送隱者」與開頭「無媒」，可知詩旨發端乃喻君子不遇。故而，杜牧似以雙關用法使用「公道」，指隱者雖於科舉不遇，但仍合「公道」（自然規律）以慰之。《唐詩選脈會通評林》引劉辰翁「反語，謂世道不公，負此隱者。」可為佐證。杜牧著，馮集梧注，《樊川詩集注》（上海：上海古籍出版社，1962 年），卷 4，頁 309。劉辰翁語，轉引自：陳伯海主編，《唐詩匯評（增訂本）》第 5 冊（上海：上海古籍出版社，2015 年），頁 3578。李定廣之釋意，見〈東歸〉箋注第 3 條，《羅隱集繫年校箋》，頁 208。

〔註137〕劉得仁，〈省試日上崔侍郎〉，《增訂注釋全唐詩》，卷 538，頁 1583。
〔註138〕李頻，〈送許棠及第歸宣州〉，《增訂注釋全唐詩》，卷 581，頁 270；李咸用，〈贈陳望堯〉，《增訂注釋全唐詩》，卷 640，頁 758。
〔註139〕李咸用，〈宿漁家〉，《增訂注釋全唐詩》，卷 640，頁 758～759；羅隱，〈東歸〉，《羅隱集繫年校箋》，卷 4，頁 207；杜荀鶴，〈途中春〉，《增訂注釋全唐詩》，卷 685，頁 1210。

而以下圍繞著這些詩作，勾勒出孤寒詩人浮沉於科場生涯時所創作的詩作。

「公道」與科舉生涯緊密聯繫，當上榜時會將之視為翻轉人生的恩惠，有時難掩溢於言表的興奮之情。曹松〈及第敕下宴中獻座主杜侍郎〉詩中充斥著感激、報恩、欣喜若狂的情緒：

> 得召丘牆淚却頻，若無公道也無因。
> 門前送勅朱衣吏，席上銜杯碧落人。
> 半夜笙歌教泥月，平明桃杏放燒春。
> 南山雖有歸溪路，爭那酬恩未殺身。〔註140〕

此詩是及第後獻上座主的宴會詩，開頭便提到成名的關鍵要素：知音（座主）與公道（制度）。當詩人成名後得召至宴中，可謂感激涕零，中二聯敘述眾人在「燒尾宴」徹夜的酣暢之情。最末，新科進士也表達捨身「報恩」的心願，可謂將座主視為再生父母一般的崇敬。同樣的，在孤寒詩人少數的及第詩作中，也能見到類似表述，徐寅〈曲江宴日呈諸同年〉：

> 鸒鷽驚與鳳皇同，忽向中興遇至公。
> 金榜連名昇碧落，紫花封勅出瓊宮。
> 天知惜日遲遲暮，春為催花旋旋紅。
> 好是慈恩題了望，白雲飛盡塔連空。〔註141〕

與曹松不同的是，徐寅此首的對象是同年上榜的新科進士，因此情緒相對收斂與自制。前二句自喻「鸒鷽」與「鳳皇」同行，得到公道的眷顧，接著隨著時序描寫了放榜、游慈恩寺塔，以及當下的曲江宴。雖然，從字面上沒有明顯的情緒，但詩中出現了多種顏色「金」、「碧」、「紫」、「紅」、「白」，令人應接不暇，也能從側面窺看詩人及第後的所見的繽紛色彩世界。較不同的是黃滔〈成名後呈同年〉：

> 業詩攻賦薦鄉書，二紀如鴻歷九衢。

〔註140〕曹松，〈及第敕下宴中獻座主杜侍郎〉，《增訂注釋全唐詩》，卷711，頁1444。

〔註141〕徐寅，〈曲江宴日呈諸同年〉，《增訂注釋全唐詩》，卷703，頁1387。

> 待得至公搜草澤，如從平陸到蓬壺。
> 雖慚錦鯉成穿額，忝獲驪龍不寐珠。
> 蒙楚數疑休下泣，師劉大喝已為盧。
> 人間灰管供紅杏，天上煙花應白榆。
> 一字連鑣巡甲族，千般唱罰賞皇都。
> 名推顏柳題金塔，飲自燕秦索玉姝。
> 退愧單寒終預此，敢將恩嶽怠斯須。〔註142〕

就詩題來看，這首大概是宴會之後的作品，內容相比前二首多了自我的反省與體悟。前四句回顧赴舉生涯，最終受公道眷顧，起自草澤。而就「雖慚」、「忝獲」與結尾的「退愧」來看，詩人對及第是有些慚愧之情的，觀其詩意，蓋因出身單寒，恐無法回報座主的「恩嶽」。細思「慚愧」之所由，可能與此詩呈與多半出自高門大族「同年」有關。〔註143〕由此也見到，孤寒文人上榜後，也仍處在貴賤森嚴的環境中，進退之際皆格外謹慎。

不只是自己上榜，友人上榜時亦視為公道的復返。例如，黃滔〈喜陳先輩及第嶠〉形容同鄉先輩上榜為返復公道：

> 今年春已到京華，天與吾曹雪怨嗟。
> 甲乙中時公道復，朝廷看處主司誇。
> 飛離海浪從燒尾，嚥卻金丹定易牙。
> 不是駕前偏落羽，錦城爭得杏園花。〔註144〕

春天是禮部放榜的時節，今年總算能洗雪「我們」（吾曹）屢次落榜的怨恨、嘆息。陳嶠與黃滔同鄉，兩人同赴科場、情誼深厚，陳嶠死後，黃滔甚至執筆其祭文、墓誌銘，並將他定位於「開路於後人」的閩中登科先導之一，〔註145〕足見黃滔對斯人之敬重。在詩中，黃滔以「吾

〔註142〕黃滔，〈成名後呈同年〉，《增訂注釋全唐詩》，卷700，頁1359。
〔註143〕另似或當年崔凝榜出時有所爭議，經昭宗再試後黜落十人有關，即意味著黃滔自謙不及黜落十人。徐松撰，孟二冬補正，《登科記考補正》，卷24，頁922～931。
〔註144〕黃滔，〈喜陳先輩及第〉，《增訂注釋全唐詩》，卷699，頁1346。
〔註145〕黃滔，〈祭陳侍御〉，《黃御史集》，卷5，頁153。

曹雪怨嗟」表示與有榮焉。洗雪的暢快感始自三、四句的「公道復」、「主司誇」，其後，想像新科進士必經的「燒尾宴」，正式成為服金丹後升天的「仙人」。〔註146〕詩末，詩人欣羨著友人，自憐如同駕前的傷落之鳥，不及見到這從錦城（蜀中）而來的杏園之花呢。這裡忽及蜀中似有二指，一是光啟四年僖宗結束奔逃至蜀、暫停鳳翔、回翔京師的路程，二是陳嶠「適蜀中之貢府」，後隨輦下經蜀至京的科考路途。〔註147〕總之，從黃滔對同鄉友人上榜的祝賀來看，「公道」對於孤寒文人而言是一場不那麼偏私的選舉，且能替我輩「雪怨嗟」，其間展示了彼此遭遇的同情共感。另一首劉駕的〈送友人擢第東歸〉亦見孤寒舉子之間的相知相惜：

> 同家楚天南，相識秦雲西。古來懸弧義，豈顧子與妻。
>
> 攜手踐名場，正遇公道開。君榮我雖黜，感恩同所懷。
>
> 有馬不復羸，有奴不復飢。灞岸秋草綠，却是還家時。
>
> 青門一瓢空，分手去遲遲。期君轍未平，我車繼東歸。〔註148〕

起句便云「同家」、「相識」以示情誼，兩人同赴「名場」，最終我遭黜落、友人奪得一第──此可謂「正遇公道開」。在友人即將「衣錦環鄉」時，兩人在「青門」道別：青門為長安城東之門，不只是分別之所、亦是此次下第東歸的起點。最終，詩人也期許自己能步上友人後路，繼以「凱旋」東歸。細讀兩作之後，可以發現每當「公道復」、「公道開」，在恭賀對方之餘，最終亦會回視自身，期許來年能遭到眷顧。

〔註146〕唐人習以登仙喻登科，許棠〈放榜日〉、劉滄〈看榜日〉都是例子。黃滔，〈放榜日〉，《增訂注釋全唐詩》，卷699，頁1343；劉滄，〈看榜日〉，《增訂注釋全唐詩》，卷579，頁257。

〔註147〕關於陳嶠的及第年，可參考陳尚君，〈登科記考正補〉，《唐代文學研究》第4輯（桂林：廣西師範大學出版社，1993年），頁352，以及徐松撰，孟二冬補正，《登科記考補正》，卷23，頁902～903。黃滔，〈司直陳公墓誌銘〉，《黃御史集》，卷5，頁151。事實上，黃滔自庚子亂離之後的廣明元年至文德元年的行跡不明，此「傷落鳥」不必指落榜，也可能是避難他方。

〔註148〕劉駕，〈送友人擢第東歸〉，《增訂注釋全唐詩》，卷578，頁242～243。

如同李頻祝賀許棠所云「高科終自致，志業信如神。待得逢公道，由來合貴身。」〔註149〕親見「公道」之後，「待得逢公道」成為精神依託──也許下一個就是自己；李中也以此安慰下第友人「況是清朝至公在，預知喬木定遷鶯」。〔註150〕當然，這種企盼毫無根據，例如崔塗〈喜友人及第〉便持悲觀態度：

孤吟望至公，已老半生中。不有同人達，兼疑此道窮。

只應才自薄，豈是命難通。尚激摶溟勢，期君借北風。〔註151〕

詩人自稱「孤吟」，「望」字可謂概括了孤寒舉子的求舉心態，在等待、企盼的過程中，已然蹉跎半輩子。見到同人（同輩、相似處境者）顯達之後，並非燃起希望，而是陷入自我懷疑之中──究竟是「才薄」？還是「命窮」？但如同前詩例一般，此詩結尾亦希望友人騰達之際，也能適切的幫助自己。

正如同前述黃滔、劉駕、崔塗看到友人上榜時，所想到是自己未能上榜的處境，依託「公道」之餘，亦不乏有低落之情。例如許棠〈下第東歸留別鄭侍郎〉所示：

無才副至公，豈是命難通。分合吟詩老，家宜逐浪空。

別心懸闕下，歸念極吳東。唯畏重回日，初情恐不同。〔註152〕

面對科舉看似「至公」的選拔人才，自己是否「無才」？或是「命難通」（命窮）？這恐怕是大哉問了。對此，一種消解方式是返回家鄉、遠離名場；有意思的是，詩末「唯畏」的心緒，似又未完全棄絕壯心。「唯畏重回日，初情恐不同」指重回家鄉時，與當初離開家鄉的躊躇滿志的「初情」不同，此不同或有兩種解釋，一是頹喪失志，二是不甘心的憤恨，彼此不必然矛盾。李咸用〈宿漁家〉則自嘆終非潛龍、且為凡物：

促杼聲繁螢影多，江邊秋興獨難過。

〔註149〕李頻，〈送許棠及第歸宣州〉，《增訂注釋全唐詩》，卷581，頁270。

〔註150〕李中，〈送夏侯秀才〉，《增訂注釋全唐詩》，卷742，頁1657。

〔註151〕崔塗，〈喜友人及第〉，《增訂注釋全唐詩》，卷673，頁1082。

〔註152〕許棠，〈下第東歸留別鄭侍郎〉，《增訂注釋全唐詩》，卷598，頁392。

雲遮月桂幾枝恨，煙罩漁舟一曲歌。

難世斯人雖隱遁，明時公道復如何。

陶家壁上精靈物，風雨未來終是梭。〔註153〕

此詩的掙扎處在中二聯：「月桂」是常見科舉的象徵，帶著「恨」意的詩人如今在漁舟中吟歌，配合下聯對舉士人奉行「難世隱遁」與「明時公道」之準則，乃推敲詩人欲準於《論語》「天下有道則見，無道則隱」之訓，卻苦於一第；故以「復如何」的詰問語氣作結，以表憤懣不平。詩末，自嘲的使用陶侃「少時漁於雷澤，網得一織梭，以挂于壁。有頃雷雨，自化為龍而去」故事，〔註154〕喻自己為壁上之梭，在風雨未來之前（指及第），仍舊凡物。

　　前二詩例，雖然都言失落之情，但在結尾都對未來保留一點期許，即若待得來年、風雨逢時之際便能扭轉乾坤。因此，對「未來／來年」的企盼可說是孤寒詩人鍥而不捨的內在動力。且看章碣〈下第有懷〉：

故鄉朝夕有人還，欲作家書下筆難。

滅燭何曾妨夜坐，傾壺不獨為春寒。

遷來鶯語雖堪聽，落了楊花也怕看。

但使他年遇公道，月輪長在桂珊珊。〔註155〕

下第之後，除了自身的失落外，更難的是告知家人這個消息，恰似「却是難修骨肉書」之意。中間二聯描繪了獨自一人在夜中獨酌的失意情景，連欣欣向榮的鶯語、楊花對比失意的自己，都不堪入目。在如此失意低落之際，大可設想隱逸歸鄉，從此不問世事──但結尾情調上揚，並拋出了宏願：若來年上榜，便成天上桂樹之一枝（其隱語是：那麼先前一切辛酸便值得了）。尋繹此詩，很難找到詩人自信的來源，但不可否認實乃下第所懷心緒之一。但同樣的，也在不同的詩

〔註153〕 李咸用，〈宿漁家〉，《增訂注釋全唐詩》，卷640，頁758～759。

〔註154〕 房玄齡等，《晉書·陶侃傳》（北京：中華書局，1997年），卷66，頁459。

〔註155〕 章碣，〈下第有懷〉，《增訂注釋全唐詩》，卷663，頁978。

人身上也看到這樣的結尾方式。〔註156〕由此，我們可以追問：「公道」的什麼性質，何以使諸大的孤寒舉子們持續赴舉不輟？

　　首先，朝廷不時榜放孤寒造就一定程度的「公正」性，但畢竟錄取人數稀少，每年依舊有許多人落榜。如同方干云「公道何曾雪至冤」；或是黃滔在下第後感嘆「事事朝朝委一尊，自知無復解趨奔。試期交後猶為客，公道開時敢說冤？」〔註157〕歷經試前請託、干謁，以及場屋中的奮力一搏，最終無果，也不禁反詰「〔豈〕敢說冤？」。自視甚高的羅隱屢次未第，在東歸之際抒發落榜的不甘：

> 仙桂高高似有神，貂裘敝盡取無因。
> 難將白髮期公道，不覺丹枝屬別人。
> 雙闕往來慚請謁，五湖歸後恥交親。
> 盈盤紫蟹千巵酒，添得臨岐淚滿巾。〔註158〕

「仙桂」、「丹枝」皆指上榜及第，自己已如說客四處奔波仍渺茫無因，但又滿懷抱負「不覺丹枝屬別人」，這現實與理想間的衝突使得干謁、省親都充滿愧疚感。因為當初的躊躇滿志、誓在必得，對比如今的落魄，更顯尷尬不堪。在張喬的〈自諂〉則見不甘、不滿背後的「期待」：

> 每到花時恨道窮，一生光景半成空。
> 只應抱璞非良玉，豈得年年不至公。〔註159〕

由「每到」推測，張喬此時不只應試一次，次句更告訴我們他已經

〔註156〕以杜荀鶴最常以此結尾，例如「明年到今日，公道與誰期」、「還應公道在，未忍與山期」、「且將公道約，未忍便歸耕」杜荀鶴，〈途中春〉、〈長安冬日〉、〈秋晨有感〉，《增訂注釋全唐詩》，卷685，頁1210、1212、1218。或是韋莊「何事欲休休不得，來年公道似今年」，裴說「安能只如此，公道會相容。」韋莊著，聶安福箋注，〈癸丑年下第獻新先輩〉，《韋莊集箋注》（上海：上海古籍出版社，2002年），卷8，頁290；裴說，〈冬日作〉，《增訂注釋全唐詩》，卷714，頁1455。

〔註157〕方干，〈贈上虞胡少府百篇〉，《增訂注釋全唐詩》，卷646，頁821；黃滔，〈關中言懷〉，《增訂注釋全唐詩》，卷699，頁1340。

〔註158〕羅隱，〈東歸〉，《羅隱集繫年校箋》，卷4，頁207。

〔註159〕張喬，〈自諂〉，《增訂注釋全唐詩》，卷633，頁692。

連年落榜。在第三句，詩人用了巧妙的譬喻，那個曾被多次誤判為凡石的「和氏璧」，終究會獲得賞識。而這個被發掘的契機，指向公道所蘊藏的「至公」精神。進一步看，上述黃滔、羅隱、張喬的例子，皆因落榜而有不甘心的情緒，而這份情緒乃建立在「公道」一定程度的公正性，且就前述來看，孤寒舉子及第不但為筆記談資、更會受友人恭賀，這在某種程度上亦會鼓舞其他未上榜的舉子。若非如此，詩中應多見指責朝廷不公、既得利益者的私相授受的憤慨之辭，〔註160〕但更多的是自疑間帶有強烈的不服「不覺丹枝屬別人」、「豈得年年不至公」，甚至是如李洞的血淚之語「公道此時如不得，昭陵慟哭一生休」。〔註161〕總而言之，科舉的公正性是舉子們努力不懈的因素之一，儘管心有不服，但少質疑榜上人物，也由於應考與錄取人數的懸殊，導致下第詩作充斥著期待、等待著未來被公道眷顧之心曲。

其次，公道「常年延續」的性質，是造就舉子能夠期待來年、甚至將實現志業推遲數年的另個因素。下列這個數據或能推翻陳舊的想像：〔註162〕若從《登科記考》所記載的科舉執行年來看，自咸通元年（860）至天祐四年（907）之間僅有四次停舉，舉行效率高達91.7%。〔註163〕有賴於此，落榜並不是最為絕望之事，「停舉」或許

〔註160〕例如《北夢瑣言》有載曾有舉子以詩表達控訴「先是胡曾有詩曰：『翰苑何時休嫁女，文章早晚罷生兒。上林新桂年年發，不許平人折一枝。』羅隱亦多怨刺，當路子弟忌之」。孫光憲，〈高蟾以詩策名〉，《北夢瑣言》，卷7，頁57。需注意的是，當出現不那麼公正的榜單，便會有議榜事件，但這並非常例，不可視為常態。

〔註161〕王定保，〈海敘不遇〉，《唐摭言校注》，卷10，頁201。

〔註162〕老一輩學者如溫廣義認為：「什麼『禮部』『吏部』『座主』『門生』，一股腦地被農民義軍〔案：指黃巢軍〕砸了個粉碎，科舉也挽救不了李唐王朝覆亡的命運了。」溫廣義認為動亂使得科舉制度崩壞，但事實並非如此。溫廣義著，張淑元編著，〈晚唐詩人與進士科──唐詩衰落原因的初步探討〉，《溫廣義先生文集》（呼和浩特：內蒙古人民出版社，1998年），頁158～170。

〔註163〕這四年分別是870年、884年、902年、903年。

才是。公道常年延續的吸引力，在劉駕〈出門〉詩或能窺見一二：

> 出門羨他人，奔走如得塗。翻思他人意，與我或不殊。
> 以茲聊自安，默默行九衢。生計逐贏馬，每出似移居。
> 客從我鄉來，但得鄰里書。田園幾換主，夢歸猶荷鋤。
> 進猶希萬一，退復何所如。況今闢公道，安得不躊躇。〔註164〕

劉駕詩中可見心情幾波轉折，從「欣羨」到「不殊」他人的懷抱希望，隨著連年應舉，故鄉也歷經滄海桑田般「田園幾換主」。儘管，連年失利使得自己陷入了自我懷疑的處境「進猶希萬一，退復何所如」，然而，想到「公道」又將再次敞開，那微小的希望又再次驅使詩人再次投入科考──中是回扣詩題「出門」。如此反覆煎熬，正是建立在科舉長年穩定的運作之上。如同李咸用所云「聖朝公道如長在，賤子謀身自有門」、章碣「但使他年遇公道，月輪長在桂珊珊」、杜荀鶴「公道算來終達去，更從今日望明年」、韋莊「何事欲休休不得，來年公道似今年」，〔註165〕這些詩句的「長在」、「他年」、「明年」、「來年」猶如追逐謀身的「誘惑」，驅使著堅持科舉生涯。

　　回顧本章，公道的公正性以及常年延續性，加之進士科出身高貴、社會輿論的關注，共為中晚唐以來科舉風氣盛行的基本因素。此背景促使一群人在儘管沒有足夠的政治資源的情形下，也能夠放手一搏，憑著自身詩藝四處干謁、尋求「知音」，企圖搏得「聲價」、擅於「名場」；於是乎，孤寒舉子大量出現並以謀身為目標，遊走在社會各處。但畢竟孤寒人數眾多，難以一夕成名，困於一第之際，「公道」遂作為遠方渺小希望，成為共通的精神依託。由此，可以看到「制度」如何深刻影響一時期一群文人的思考與行動，甚至是價值觀、心理狀態。更進一步說，若以行動者的角度觀察「唐代科舉與文學」這一議題，孤寒詩人毋寧是與制度相互影響最為深刻的

〔註164〕劉駕，〈出門〉，《增訂注釋全唐詩》，卷578，頁242。
〔註165〕李咸用，〈謝所知〉，《增訂注釋全唐詩》，卷640，頁758；章碣，〈下第有懷〉，《增訂注釋全唐詩》，卷663，頁978；杜荀鶴，〈長安春感〉，《增訂注釋全唐詩》，卷686，頁1234。

一群。〔註166〕透過本章觀察，過去研究所錯估的「干謁」，其實不只是態度卑微的乞求，也是能夠透過賦詩贈答定位彼此關係、甚至能帶有私情的社交行為；以及「詩」不只展現個人情志與藝術技巧，由「公道」的關鍵詞來看，折射出群體的、時代的共同語言與價值傾向。

〔註166〕陳飛曾對此議題有過深刻的回顧，指出過去研究主要從歷史的（科舉制度）、文學的（詩賦）兩端進入，而他主張在前二基礎上，導入政治的（儒家）視角加以整合。筆者贊同陳飛的反省，而欲結合過往研究，展開動態的、文化的觀察。陳飛，〈隋唐五代文學與科舉制度〉、〈唐代科舉制度與文學精神品質〉，《文學與制度：唐代試策及其他考述》（北京：商務印書館，2015 年），頁 56～77、78～97。

第三章　苦吟與謀身──孤寒詩人的生命形態

　　上一章聚焦孤寒詩人的赴舉生涯，主在說明制度對於一代詩人的深刻影響。承此思路，本章圍繞著中晚唐重要的文學現象「苦吟」，結合科舉制度與文化的因素，說明孤寒出身與苦吟行為的緊密關係，以此進一步說明「苦吟」與「苦於謀身」的同源性質。但畢竟學界對苦吟已有豐碩研究，必要先回顧與本章相關的重要研究，其次，考察孤寒詩人運用苦吟的實際情形，最後，討論苦吟之詩所透顯的謀身姿態，以及他們的理想追求與關懷。

第一節　晚唐「賈島時代」與「普遍苦吟」說法的提出

　　自聞一多以「晚唐五代為賈島的時代」探明中唐與晚唐關係的研究方向，〔註1〕後人便以賈島等人為起點，不斷擴充、充實對晚唐的研究，可以說，該論斷具有深遠的影響。〔註2〕其中，賈島其人其

〔註 1〕聞一多，〈賈島〉，《唐詩雜論　詩與批評》（北京：三聯書店，2012年），頁 56。
〔註 2〕幾乎相關的討論都繞不開聞一多的研究視野，直至近年仍有相關延伸的論題出現。例如：虞華燕的《晚唐賈島接受史論》（華中師範大學碩士論文，2008 年）可視為〈賈島〉的現代學術改寫版本；張玉

詩的重要特色被歸諸於「苦吟」，因而苦吟對於晚唐來說別具意義，乃至為深刻的「標籤」──「普遍苦吟現象」的提出可謂標誌性的發展。〔註3〕然而，一個現象的形成、普遍，絕非僅止於賈島一人所導致，〔註4〕還須有時代文化等條件相互「共鳴」，才可能具有普遍性；即是，若從接受之視角重新看待晚唐的普遍苦吟現象，勢必得一併將時代文化與風尚納入考量，而這也是目前研究仍未深論之處。〔註5〕

面對苦吟這個龐大的研究歷程，有必要從「原點」重新看看這個論斷。聞一多在〈賈島〉這篇散文當中，開頭便將元和長慶間的詩壇分為老、中、青三個勢力，分別是代表老年的孟郊、盧仝、劉叉、韓愈，中堅的元稹、張籍、王建、白居易，以及青年的賈島、姚合。他對青年的賈、姚是這麼描述的：

> 這般沒功名、沒宦籍的青年人，在地位上職業上可說尚在「未成年」時期，種種對國家社會的崇高責任是落不到他們肩上的。……有抱負也好，沒有也好，一個讀書人生在那時代，總得作詩。作詩才有希望爬過第一層進身的階梯。詩做到合乎某種程式，如其時運也湊巧，果然混得一「第」，到

雪《唐代末期「賈島現象研究」》（湖南師範大學碩士論文，2018 年）則是就著〈賈島〉的一句判斷而展開的研究。

〔註 3〕 相關研究評介可參考：鄒艷，〈近三十年苦吟研究述論〉，《江西科技師範學院學報》，2009 年第 6 期，頁 88～92。

〔註 4〕 在較早的研究中，苦吟只是眾多詩派之一，賈島也不必是苦吟詩派裡最重要的詩人。陳伯海依據〈詩人主客圖〉將晚唐詩壇分為六派，「清奇僻苦」即是其中之一。馬承五從中唐幾位詩人的交往關係裡歸納出「苦吟」的共同特色，他認為苦吟詩派的成員有：孟郊、賈島、盧仝、馬異、姚合、劉叉、韓愈。陳伯海，〈宏觀世界話玉溪──試論李商隱在中國詩歌史上的地位〉，收入《全國唐詩討論會論文選》（西安：陝西人民出版社，1984 年）；馬承五，〈中唐苦吟詩人綜論〉，《文學遺產》，1988 年第 2 期，頁 81～90。

〔註 5〕 為何中唐苦吟詩派不只賈島一人，但晚唐卻以賈島為尚，此問題學界已有若干討論。張震英，〈二十年賈島研究述評〉，《廣西師範學院學報（哲學社會科學版）》，2005 年第 1 期，頁 68～74；王景鳳，〈近二十年姚賈詩派研究綜述〉，《山東廣播電視大學學報》，2011 年第 3 期，頁 67～70。

　　那時，至少在理論上你才算在社會中「成年」了，才有說話
　　做事的資格。時運不濟，那你只好做一輩子的詩，為責任作
　　詩以自課，為情緒作詩以自遣。賈島便是在這古怪制度下被
　　犧牲，也被玉成了的一個。〔註6〕

這是過去研究者較少關注的一段文字，但卻有重大意義。聞一多認
為，賈、姚所身處的時代，是要以「混得一第」作為「成年」的標誌，
甚至，若終生不第，那麼只得一生「為責任作詩」、「為情緒作詩」。
為責任作詩，約指干謁行卷的獻詩以求功名之舉，相對的，為情緒作
詩則是對於「時運不濟」的消極反抗。如此遭際，是這一群「青年」
所共同面臨的困境。聞一多雖未明言，此「古怪制度」應指以進士科
為尚的科舉風氣，而賈島作為科舉的失敗者，其行徑不僅有許多軼
事，〔註7〕更成為晚唐無數苦於一第的詩人們所共鳴的對象，此乃
「被玉成」之寓意。由此來看，晚唐詩人推崇賈島，便不只緣於高超
的詩藝，也有制度、文化等相關因素；然而，過去研究似乎沒有給予
此足夠重視。為了清晰這段研究史，以下先簡述聞一多以降的賈島與
中晚唐苦吟研究，而後提出一個重新審視的視角。

　　聞一多所描寫的賈島，引起後人對賈島的特殊性與影響力的討
論。岡田充博與李知文是兩位早期關注苦吟的研究者。岡田充博〈關
於賈島和孟郊的「苦吟」〉試圖翻轉先人揚孟抑賈的批評，指出賈島
的苦吟為「自我寬解型」、孟郊的苦吟則是「抒瀉憤懣型」，而賈島在
「選擇從心靈平和的角度入墨，因而能毫無抵抗地為讀者接受，並
使讀者感到舒暢」此點上受到讀者的酷愛。〔註8〕然而，岡田充博的
觀點僅從個人感受而來，未深入觸及到文學史與接受史的課題，因

〔註6〕聞一多，〈賈島〉，《唐詩雜論　詩與批評》，頁50。
〔註7〕有學者考察賈島的軼事，認為「關於賈島的這些傳說多產生在賈島卒
　　　後的三四十年裡，多表達了唐末科場寒士對苦吟詩人的體認」。王燁，
　　　〈淺談「賈島衝撞」繫〔系〕列軼事的產生與意義〉，《古籍研究》第
　　　67卷第1期（2018年10月），頁19。
〔註8〕岡田充博，〈關於賈島和孟郊的「苦吟」〉，《復旦學報（社會科學版）》，
　　　1989年第4期，頁92、93。

而學界的反響較小，〔註9〕但起到了使學界關注「賈島與苦吟的關係」的作用。李知文於同年發表的〈論賈島在唐詩發展史的地位〉以及〈賈島「苦吟」索解〉可說奠定了日後賈島與苦吟研究的緊密關係，〔註10〕於稍後反駁他人說法的〈賈島評價質疑〉當中，更展現出他對賈島的整體看法，往後學者也甚少提出質疑。由上述可見「苦吟」被重視、並且被詳細討論內涵──同時可注意的是，聞一多並沒有論及苦吟，此乃後世學者發現並且逐步構築的學術歷程。〔註11〕概括來說，李知文通過詩作分析確立了苦吟之於賈島以及中晚唐文學史的意義，他所廓清的苦吟蓋有三義：創作精神的、創作過程的、作品內容的。其後的學者，則從作品內容的苦吟擴張為身世之感、反映時代等等，甚至進一步以為賈島與宋詩的形成有關。〔註12〕由此概述，已經可以看到論者傾向將賈島視為「一個（新）時代的縮影」，透過「苦吟」這個多層次的概念、觀念，遙接聞一多「晚唐五代為賈島

〔註9〕 甚至，也有因比較對象的不同而有近於相反的結論。例如，趙榮蔚認為姚合、孟郊、賈島三人皆有苦吟，但孟郊、賈島帶有不平則鳴的憤激情緒，而姚合則多情感平和、風格雅正。趙榮蔚，《晚唐士風與詩風》（上海：上海古籍出版社，2004 年），頁 98。

〔註10〕 李知文，〈論賈島在唐詩發展史的地位〉，《文學遺產》，1989 年第 5 期，頁 79～86；李知文，〈賈島「苦吟」索解〉，《北京社會科學》，1989 年第 4 期，頁 94～96；李知文，〈賈島評價質疑〉，《貴州社會科學》，1993 年第 2 期，頁 77～81＋91。

〔註11〕 若以時間先後來看，1983 年胡中行〈略論賈島在唐詩中的地位〉或許才是首次對於賈島苦吟研究有深入探討的研究，然從研究回顧來看，這篇文章的重要性稍不如之後的李知文〈論賈島在唐詩發展史的地位〉。誠如張震英之評價：「胡文首次全面評價了賈島在詩史中的地位和對後世的深遠影響，並初步分析了詩歌的風格及『苦吟』等問題，立論高遠，有發軔之功。但胡文有急於立論之嫌，許多問題尚可商榷。」張震英，〈二十年賈島研究述論〉，頁 70。

〔註12〕 例如王南，〈苦吟詩論〉，《首都師範大學學報》第 2 期（北京：1995），頁 105～111＋104、張春萍，〈賈島「苦吟」創作的內涵及淵源解讀〉，《語文學刊》，2000 年第 3 期，頁 15～18；將賈島詩與宋詩特色相接者，可參吳淑鈿，〈賈島詩之藝術世界〉，《鐵道師院學報》，1996 年第 6 期，頁 40～45。

的時代」之斷語。

　　另一方面，若將聞一多的斷語視為一個學術工程，在賈島研究方面，最終以苦吟總結了中唐賈島研究，另一截「晚唐五代的時代」的研究乃由他人所賡續。在早期，有王夢鷗注意到賈島對晚唐「幾乎獨領風騷」的影響力。〔註13〕相同時期的葉慶炳也提出晚唐文學的雙軌：「一面流行中唐賈島之僻苦詩風，一面有華美詩風興起」，並舉同為孤寒詩人的崔塗、杜荀鶴之詩例，指出他們苦吟乃由於：「一由於苦吟詩人或秉性怪僻，世俗不容；或功名失意，窮愁潦倒，自易引賈島為同病，進而愛好其詩。」〔註14〕在中國學界，促成這一論述者，主要是吳在慶、李定廣於相近年間同在《文學遺產》發表的〈略論唐代的苦吟詩風〉與〈論唐末五代的「普遍苦吟」現象〉。吳在慶將「普遍苦吟」視為主要問題，問到：「這一趨勢因何而生？為何至唐，尤其是中晚唐會出現這一普遍的苦吟風尚？」舉出聲律說的影響、崇尚苦心經營、對名句的推賞之風愈來愈濃、尚奇好怪的風尚等原因；而苦吟作詩的群眾也多半「仕途坎坷或未入仕途的貧寒舉子、山人、處士、僧道之徒。」〔註15〕總結來說，吳在慶注意到普遍苦吟現象集中在中晚唐，並以宏觀的視角看待這個現象的來由。茲可注意，吳在慶對於「苦吟」的認識，乃基於前人對苦吟諸多面向的探討之上，已有層積的討論，並非空穴來風。李定廣則開宗明義的說：「由於晚唐是『賈島的時代』，學習賈島苦吟為詩的人很多，因此學術界在給晚唐五代詩歌劃分流派的時候，有人習慣將學習賈島苦吟作風的詩人劃為『苦吟派』，與『通俗派』、『豔情派』等詩派並列。」〔註16〕李

〔註13〕王夢鷗，〈唐「武功體」詩試探〉，《傳統文學論衡》（臺北：時報文化，1987年），頁186。

〔註14〕葉慶炳，《中國文學史》（臺北：臺灣學生書局，1987年），頁433。

〔註15〕吳在慶，〈略論唐代的苦吟詩風〉，《文學遺產》，2002年第4期，頁40。

〔註16〕李定廣，〈論唐末五代的「普遍苦吟」現象〉，《文學遺產》，2004年第4期，頁51。

定廣並不同意這樣的劃分，不將苦吟視為詩派，而是一種普遍的文學現象；此舉把苦吟的價值從詩派上升到時代風氣、文化精神，從而放大了賈島（連帶姚合）的影響力。〔註17〕在兩位學者相繼定調後，中國學界出現以「普遍苦吟」為題的研究，利用不同研究對象，加以全面落實。〔註18〕臺灣學界方面，則有李建崑《中晚唐苦吟詩人研究》以同是苦吟的賈島、孟郊、姚合三人風格為線索，分析晚唐詩風的組成。〔註19〕由上述簡要爬梳，可以大致看到「普遍苦吟」成為學界對晚唐五代的總體認識之過程。

　　進一步看，「普遍苦吟」研究雖源出賈島等人，但已然自成體系，甚至成為觀察晚唐的一種視角。對於詩人來說，苦吟乃相當程度的投入創作以及耽溺其中，使得「詩」上揚為終極價值之一；這在文學批評史與文化史上都別具意義。例如，劉明華、宇文所安、楊玉成、鍾曉峰等人從苦吟現象揭示詩人職業化、獨立自覺的可能性。劉明華從「刻苦的寫作狀態」與「詩美的追尋」兩端論苦吟創作狀態下的作品乃一種後造的「第二自然」，給予詩文學藝術獨立的地位。〔註20〕宇文所安則認為賈島的苦吟姿態近於職業化，並且能夠具有獨立價值。〔註21〕較有突破的是楊玉成〈後設詩歌：唐代論詩詩與文學閱讀〉，

〔註17〕例如李小榮認為賈島與晚唐的接點是苦吟的詩歌思想，從而論證賈島對晚唐的影響力；他也由此認為晚唐籠罩在賈島的影響之下：「也正是只有繼承而無創新才使『十哲』的創作不可能超越賈島的『晚唐體』範式」。李小榮，〈賈島對「咸通十哲」影響之檢討〉，《淮陰師專學報》，1997 年第 4 期，頁 37。

〔註18〕近來以普遍苦吟為題或以為前提的研究，諸如：金佳敏，《晚唐五代詩僧普遍苦吟現象研究》（江西師範大學碩士論文，2016 年）、高志欣，〈中、晚唐詩人苦吟現象探究〉，《語文學刊》第 11 期（呼和浩特：2015）、趙文潔，〈宋代普遍苦吟生發的文化語境〉，《文學界》第 12 期（長沙：2011），頁 72〜74。

〔註19〕李建崑，《中晚唐苦吟詩人研究》（臺北：秀威資訊科技，2005 年）。

〔註20〕劉明華，〈刻苦與創造——論苦吟〉，《西南大學學報（哲學社會科學版）》，1998 年第 1 期，頁 57〜60。

〔註21〕宇文所安著，田曉菲譯，《他山的石頭記》（南京：江蘇人民出版社，2006 年），頁 159〜175。

該篇名看似與苦吟無關，實則全篇以中晚唐為重心，並以「苦吟」為
論詩詩的一大部分，探討該文化下的「詩人」身兼創作者與閱讀者的
互動心理，並給予一個理論高度：

> 這些現象〔案：指論詩詩的後設意義〕意味著一個新的主
> 體時代的到來，這種主體是在層層社會與歷史的壓力向內
> 擠壓，在焦慮與苦澀的心情中掙扎的產物，從自卑到自大，
> 從迎合到抗拒，主體透過時而怪誕時而滑稽的書寫，嘗試
> 建構自我。唐代論詩詩在這個文化轉型的時刻，自我反射出
> 一幅矛盾分裂、光怪陸離的自畫像，預示一個宋代詩學的新
> 時代。〔註22〕

「苦吟」作為論詩詩的一人部分，理應也被納入這個宏觀的推移之
間，對應於「在焦慮與苦澀的心情中掙扎的產物」之下。較可惜的是，
或於篇幅所限，作者無暇展開「層層社會與歷史的壓力向內擠壓」的
社會背景與「焦慮與苦澀的心情」之間的詳細關係。後來，則由鍾曉
峰以文學社會學的視角加以補充，他著眼於晚唐人重視「詩名」的現
象，文中也論及「苦吟」。雖然，他的論文並非針對苦吟展開，其內涵
沿襲自李知文、而原理近於楊玉成，重點意在添增科場文化的背景，
使得「晚唐」有別於初盛中唐，呈現社會文化發展較為正向之一面，
或能擺脫過去對晚唐多承繼而無新創的印象。〔註23〕從上述諸家論調
來看，「苦吟」已非僅是詩派之一，而是作為認識晚唐文化風氣的重
要元素，換言之，這些研究是以承認「普遍苦吟」為前提，嘗試說明
苦吟之於晚唐，乃至之於唐代文學史「最後一頁」的意義。

　　回顧至此，「晚唐五代為賈島的時代」可謂被強化與完善，〔註24〕

〔註22〕楊玉成，〈後設詩歌：唐代論詩詩與文學閱讀〉，《淡江中文學報》第
　　　　14期（2006年6月），頁129。

〔註23〕鍾曉峰，〈論晚唐的「詩名」：一個文學社會學的考察〉，《師大學報》
　　　　第57卷第1期（2012年3月），頁71～101；鍾曉峰，〈詩領域的自
　　　　覺：晚唐的「詩人」論述〉，《彰師大國文學誌》第24期（2012年6
　　　　月），頁49～83。

〔註24〕李定廣認為這句話應被修正為：「唐末五代是賈島的時代。賈島作為

期間歷經了從賈島際遇與詩作中提煉出苦吟的特色，並擴大解釋到晚唐時代，最終成為唐代文學發展的一環，且預示著宋代新典範的到來。但是，「苦吟」在中唐以及晚唐是否有所區別？是否有文學內在發展以外的其他因素？──要回答此問題，還得回到聞一多所描述的中唐以及身處其中的賈島。先前已言聞一多「賈島便是在這古怪制度下被犧牲，也**被玉成**了的一個」是別具意義的判斷，其中蘊藏著制度與風氣變化的時代因素。

　　倘若聚焦在中唐、晚唐的時代變化，學者已各有深淺的論述苦吟的出現與科舉制度文化的關係。例如，胡中行認為：「由於晚唐朝政極端腐敗，官場的黑暗使大批有真材實學的人連敗文場，……可見此時像賈島那樣的遭遇具有相當的普遍性」。〔註 25〕李福標〈試論唐末的文壇風尚〉所述的苦吟，是在講求程式化、競爭日益激烈的科舉考場文化下的產物，為「練字、造句、謀篇」的工夫。〔註26〕趙榮蔚論及晚唐詩人為何苦吟時，指出：「黑暗科場是造成苦吟寒士們胸襟氣度狹隘和思想感情平庸的直接根源，……它是苦吟寒士雖窮精竭慮、力疲神勞地致力於詩歌創作，但終究難以企及盛唐詩人的一個根本原因。」〔註 27〕楊明論張為〈詩人主客圖〉歸納分類的依據時，對「清奇僻苦」解釋到「這一系的詩人，都是命蹇運乖之士。孟郊之啼飢號寒，人所共知」，意味著以文人的苦寒語、悽苦語為準，且從楊明所選詩文內容來看，指的是困頓科場的失意文人。〔註28〕前述大抵

　　　　唐代第一個以『苦吟』而馳名的詩人，在唐末五代終於得到了全面的響應。」可見「苦吟」是連接賈島與晚唐時代的重要接口。李定廣，《唐末五代亂世文學研究》（北京：中國社會科學出版社，2006 年），頁 99。

〔註25〕胡中行，〈略論賈島在唐詩發展中的地位〉，《復旦學報（社會科學版）》，1983 年第 3 期，頁 49。

〔註26〕李福標，〈試論唐末的文壇風尚〉，《中山大學學報（社會科學版）》，2003 年第 4 期，頁 34。

〔註27〕趙榮蔚，《晚唐士風與詩風》，頁 78。

〔註28〕楊明，〈淺論張為的《詩人主客圖》〉，《文學遺產》，1993 年第 5 期，頁 56。

指詩人迫於科舉生涯，不得不苦吟，李定廣則有不同意見：「詩歌作為科舉的暫時替代物，成為文人們實現人生價值的最主要載體；唐亡以後的五代詩人逐漸養成『詩病』或『吟癖』，使五代詩人進一步將詩的價值降格定位到『苦吟』這一行為上。」〔註29〕認為苦吟能夠取代科舉所能達成的建功立業之價值，因而逐漸受到重視。

更甚者，學者指出苦吟盛行於晚唐也有時世動亂的大環境因素。李嘉言〈賈島詩之淵源及其影響〉曾列舉晚唐學賈島者二十二人，受到許多學者據以說明賈島、苦吟之影響力。〔註30〕鄭谷也是受影響之一人，而他的詩風被評作：「聲調悲涼，吟來可念」，〔註31〕被納入「清真僻苦」之門。趙昌平對「聲調悲涼」則有不同詮釋角度：「最值得注意的是《雲臺編》中佔三分之一強的奔亡詩。黃巢起義後，唐末重大的政治軍事動亂幾乎都能從鄭谷漂流江湖的一葉破舟中直接或間接地得到反映。」〔註32〕司空圖是受影響的另一人，劉寧論司空圖遭逢亂世、不得不退隱歸棲的心境，也認為：「如此交織著仕隱尖銳衝突的內心，顯然與韋應物、姚合、賈島對待仕隱關係不無矯激的態度更為接近。」〔註33〕吳在慶宏觀的說：「而更多的士子則因時世艱難，自覺前途無望，在一種沉重的失落感的籠罩下，他們不再放眼家國天下，甚至也失去了諷時刺世的感嘆與勇氣，……有的則如那師學賈島的李洞和周朴，懷著悵然而憂鬱的心態，追隨著賈島的影子。」〔註34〕或是李定廣認為唐末「黃巢之亂」與「唐朝滅亡」的

〔註29〕李定廣，《唐末五代亂世文學研究》，頁78。

〔註30〕李嘉言，〈賈島詩之淵源及其影響〉，收入賈島著，李嘉言新校，《長江集新校》（開封：河南大學出版社，2008年），頁243～251。

〔註31〕薛雪著，杜維沫校注，《一瓢詩話》（北京：人民文學出版社，1979年），頁155。

〔註32〕趙昌平，〈前言〉，收入鄭谷著，趙昌平等箋注，《鄭谷詩集箋注》（上海：上海古籍出版社，2009年），頁5。

〔註33〕劉寧，〈晚唐視野中的右丞詩──司空圖對王維的解讀〉，《北京大學學報（哲學社會科學版）》，2014年第6期，頁78。

〔註34〕吳在慶，〈晚唐五代詩概述〉，《聽濤齋中古文史論稿》（合肥：黃山書社，2011年），頁475。

動盪，促使苦吟成為實踐人生價值之一。〔註35〕

　　從上述回顧看來，「苦吟」之所以在晚唐有重大影響，除了中唐賈島等人的文學遺響，還有晚唐以來越演越烈的進士科風氣、政治動搖的時世，共同催化出苦吟之士與苦吟詩歌。從此面向闡釋唐末苦吟，便不只觀察歷時性的承與變，也要關照共時性的世風、個人遭際等具體情境，以說明晚唐文人的容受歷程。同時，這也是對過去學界從苦吟視角看待晚唐的一次再檢驗。

第二節　誰在苦吟：中晚唐苦吟詩人群及其時代風氣

　　前節關於苦吟的研究概述，可知苦吟在晚唐普遍性已為學界所共識，於此前提下，有必要檢視各家說法之間是否有相互扞格之處。首要面對的是「誰在苦吟」的問題，即研究者們所構築的苦吟詩人群的標準以及人物，相比於眾晚唐詩人所想像的苦吟人物又有何不同？理所當然的是孟郊、賈島、姚合嗎？

　　歷來研究中關於晚唐「誰在苦吟」的歸納，其實分類的標準不一。〔註36〕下表 3-1 是重要苦吟研究中所列出的晚唐苦吟詩人名單，便可看到由於分類方式的不同，導致名單的長短、內容或有差異：〔註37〕

〔註35〕李定廣，《唐末五代亂世文學研究》，頁 100。

〔註36〕誠如黃奕珍研究宋人（以歐、梅為主）的晚唐觀，認為苦吟詩人「當指自孟郊、賈島以下維持苦吟作風的詩人」，但其餘成員的面目則相對模糊「在這個時期〔案：指北宋〕，所謂『唐之晚年』或就唐詩圖象而言所謂的唐代後期苦吟詩人的定義還在縹緲之間、抓不住它完整的形貌」。可以看出，即便從較近的宋人看來，苦吟也是以孟、賈為核心，但無法確定邊界的一種觀念。黃奕珍，《宋代詩學中的晚唐觀》（臺北：文津，1998 年），頁 67。

〔註37〕下表根據的研究是：李嘉言，〈賈島詩之淵源及其影響〉，收入賈島著，李嘉言新校，《長江集新校》，頁 243～251；吳在慶，〈略論唐代的苦吟詩風〉，頁 29～40；李定廣，〈論唐末五代的「普遍苦吟」現象〉，頁 51～61；李建崑，〈釋苦吟——代緒論〉，《中晚唐苦吟詩人研究》，頁 1～40。

表 3-1：現代研究中苦吟詩人群名單舉隅

研究者	晚唐為主的苦吟詩人群名單	分類方式
李嘉言	馬戴、周賀、張祜、劉得仁、方干、李頻、張喬、鄭谷、林寬、張蠙、姚合、顧非熊、喻鳧、許棠、唐求、李洞、司空圖、尚顏、曹松、于鄴、裴說、李中	詩評話提及學效賈島者
吳在慶	喻鳧、張祜、曹松、儲嗣宗、周繇、無可、周賀、方干、杜荀鶴、齊己、周朴、尚顏、李洞、裴說、劉得仁、繆島雲、張迥、任蕃	低層士人、隱者處士、僧道
	陸龜蒙、薛能、鄭谷、喻鳧	瘦弱早衰者
	孟郊、韓愈、李賀、賈島、李洞、張祜	奇險怪僻、幽冷細微者
	李洞、盧延讓、李昌符、裴說、曹松、林寬、鄭谷、貫休、任蕃、劉昭禹、許棠、唐球（求）	奇僻生新者
李定廣	方干、劉得仁、杜牧、齊己、李頻、李洞、羅隱、韋莊、韓偓、陸龜蒙、鄭谷、杜荀鶴、李山甫、盧延讓、皎然、于濆、無可、可止、劉威、劉望、許棠、李昌符、李咸用、翁洮、崔致遠、崔櫓、曹松、韓偓、裴說、徐鉉、伍喬	詩中曾用苦吟詞彙者
李建崑	孟郊、賈島、姚合、盧仝、馬異、劉得仁、方干、無可、喻鳧、李洞、張蠙、周賀、曹松、馬戴、裴說、許棠、唐求、雍陶、周朴、李中、崔塗、杜荀鶴、劉叉、李中	生平行事、往來交遊、詩風表現、詩歌成就、後人評價各角度

從標準來看，吳在慶跟李建崑的標準較為寬泛，而他們選取的範圍是從個人際遇、詩歌內容、筆記記載、詩評詩話等，之中涉及「苦」或「苦吟」者，皆納入苦吟的行列。李嘉言不涉個人際遇與詩歌內容，臚列先人記載效法賈島者，以示晚唐學島者眾。李定廣則是以詩歌內容為主，將詩文中涉及「苦吟」一詞者，視為苦吟詩人。對照四家所列的名單，可以發現：其一，李嘉言的分類方式較無法見得晚唐風貌，且或有失偏頗，例如司空圖苦吟之說僅見於《唐才子傳》，但缺乏相應的佐證，並不為其他三家研究者所採信；其二，吳在慶與李建崑都把個人遭際納入考慮範圍，吳在慶將底層士人的貧苦之聲視為苦

吟內容，李建崑則認為還需要有文學史意義上的詩風繼承才能稱之苦吟，換言之，李建崑更像在文學史的脈絡上論苦吟的承與變，而吳在慶旨在擴張苦吟運用的面向，意欲落實該「普遍的」學術預設；其三，李定廣基於詩歌語言中苦吟一詞的普遍性，論及晚唐文學現象的特徵與文化根源，後指向更大的詩學議題「晚唐體」，而吳在慶重在透過歸納時代風氣與人物群像，企圖提煉一個泛用的關鍵詞。由此見，隨著企圖不同、標準不同，所認識的苦吟人物則或有差異；從前節回顧也可知，此歧異性自李知文主張以知人論世的態度分析賈島苦吟之時便已埋下。

　　學界對苦吟詩人群的意見不一，其實源頭來自歷來重要古籍對苦吟的模糊界定。從晚唐以來幾本有關苦吟記載的古籍當中，所列名單成員列表如下：

表 3-2：重要古籍所載苦吟詩人名單

詩人主客圖	孟郊、陳陶、周朴、劉得仁、李溟
唐詩紀事	盧延讓、裴說、胡玢、李昌符、周朴、章碣、方干、劉得仁
唐才子傳	賈島、韓湘、張祜、邵謁、陸龜蒙、司空圖、杜荀鶴、任蕃、劉得仁、周朴、裴說、曹松
重訂中晚唐詩主客圖	姚合、李洞、喻鳧、馬戴、張喬、鄭谷、裴說、劉得仁、方干、司空圖、于鄴、周賀、張祜、李頻、張蠙、曹松、李中

從晚唐至清，其實也呈現出各自的苦吟系譜，同時也引起學界對分類方式的若干討論，〔註38〕但就筆者寓目所及，學界並沒有因為廓清過去的苦吟觀念而徹底解決中晚唐苦吟群體等相關問題，部分原因是現今並沒有留下關於最早苦吟系譜的〈詩人主客圖〉的完本，在

〔註38〕較早的研究代表可參楊明，〈淺論張為的《詩人主客圖》〉，近來較有突破者屬張震英，〈《詩人主客圖》與唐人詩歌流派觀念的形成〉，《學術論壇》，2010 年第 11 期，頁 70～74。儘管關於姚合、賈島、孟郊的研究已汗牛充棟，張震英仍承認：「與我們目前所達成的共識上有一定差異。」

不明前人意圖的情形下，遂以各種角度詮釋苦吟與晚唐詩人的關係。〔註39〕不妨大膽的說，早在聞一多以前，「苦吟」就是富有詮釋餘地的模糊地帶，而如何認識苦吟性質將會很大部分決定晚唐唐末文學的底色。

　　事實上，苦吟詩人群名單的歧異性所不可避免的是苦吟非單一的、較寬泛的定義或解釋。例如李建崑分析苦吟的涵義，便分為：「殫精竭慮之寫作態度」、「耽思冥搜之創造歷程」、「貧寒哀苦之詩歌內容」、「耽溺詩詠之詩人典型」等四項，而造成晚唐普遍苦吟之現象，亦區分出「社會政治與文化氛圍之影響」、「詩人個性之制約」、「自我理想之堅持」等原因。由這些涵義與原因，至少可以確定，苦吟之所以盛行於晚唐唐末，除了後世詩人對前賢的崇拜模仿，外在的社會風氣與個人遭遇皆可能是苦吟的原因。

　　若將苦吟盛行的原因分作內部與外部兩個因素，那麼唐末詩人崇尚苦吟的原因，便與賈島結合文學與生活的典範性有密切關係。詳細來說，賈島的苦吟之所以被認為具有普遍性、代表性，在於他的詩歌與遭際與晚唐士人的處境高度吻合。過去總結賈島苦吟的兩個原因：其一，「熱愛詩歌，也熱愛生活，跟詩歌共著命運，從不輟筆停吟」；其二，「個人宦途的坎壈多舛（屢舉不第）、辛酸苦辣，生活上的流離孤寂、貧寠」。〔註40〕關於第一點，前文已有過分析，此乃反映中晚唐士人要建功立業，得先靠著干謁投獻以求知己，從而博得一第的風氣。第二點乃就著個人遭際而來，屢舉不第、苦貧孤單，都是失意文人的普遍處境，而中晚唐大量孤寒舉子的冒現，更說明有許多與賈島相似遭遇的詩人。〔註41〕基本上，確實能見到這兩個理由在晚唐

〔註39〕誠如王夢鷗所云：「然而三卷本終不得見，後人執此殘缺不全之主客圖以議得失，自亦難獲周延之結論。」王夢鷗，〈唐「詩人主客圖」試析〉，《傳統文學論衡》，頁206。

〔註40〕李知文，〈賈島「苦吟」索解〉，頁94。

〔註41〕根據余恕誠的觀察，晚唐有兩大詩人群落，一是對「心靈世界與綺豔題材作出重大貢獻」的李商隱、溫庭筠、杜牧，二是「對自己貧寒困

的「普遍化」，同時這也是「普遍苦吟」與「晚唐五代為賈島的時代」之間的共同之處。

還需要特別強調的是，若僅從文學內部的一端，很難解釋賈島獨見於晚唐唐末的影響力。主要原因在於，中唐也有其他使用苦吟的詩人，因此當後人使用苦吟一詞，並不必然意味著師法賈島。〔註42〕而賈島身為被時代風氣與制度「玉成」的詩人，其個人遭際以及將生活視為苦吟對象的創作態度，才是他被視為影響力的關鍵。唐末孤寒詩人，也正是從賈島詩歌的苦吟態度之中得到生活情境上的共鳴，進而大倡苦吟之風、甚至以苦寒為自我標榜的形象。

據此可以發現，觀察中唐苦吟的文學風氣，不可忽視時代風氣的外部因素。在許多「被玉成」的詩人中，並非出身孤寒的「劉得仁」可以說是一個較為後世所忽略的詩人。〔註43〕與劉得仁交往的人物，稱他「為愛詩名吟至死」，而在唐末諸子眼裡，他可說是與賈島並列的苦吟詩人，韋莊稱許他的詩名、杜荀鶴與貫休為他的「苦」而心生憐憫、司空圖亦將他與賈島及無可並比而觀。〔註44〕不僅如此，

窮的處境進行多方面的審視、發掘、體驗」的窮士詩人群。平心而論，此「兩大」群落的數量差距甚大，且李、溫、杜三人皆亡於庚子亂離前，甚至只有溫庭筠涉及咸通時代，就生存年代來說尚不足概括整個晚唐唐末。且若遵循此說，那麼咸通以降便是窮士詩人群的時代了。余恕誠，〈晚唐兩大詩人群落及其風貌特徵〉，《安徽師範大學學報（人文社會科學版）》第 24 卷第 2 期（1996 年 5 月），頁 161～171。而中晚唐有許多苦吟之士多出自貧寒下層，也被吳在慶、李定廣、劉寧、李建崑等諸多學者一再提起，於此不贅。

〔註42〕甚至，若我們注意到杜甫將「冥搜」視為詩論的一環，也許整個苦吟傳統將會更加提前。較早觀察到這點的是吉川幸次郎，他以「緻密」和「飛躍」兩個概念詮釋杜甫冥搜作詩的原理。吉川幸次郎著，孟偉譯，〈杜甫的詩論和詩——京都大學文學部最終講義〉，《鵝湖月刊》第 463 期（2014 年 1 月），頁 36～48。

〔註43〕Thomas J. Mazanec 是少數注意到劉得仁的研究者，同時，他也注意到劉得仁的苦吟具有與科舉成名相似意義的特點。Thomas J. Mazanec, "How Poetry Became Meditation in Late-Ninth-Century China," *Asia Major*, vol. 32.2 (2019), pp. 113-151.

〔註44〕栖白，〈哭劉得仁〉，《增訂注釋全唐詩》，卷 818，頁 531；韋莊著，

劉得仁在〈詩人主客圖〉就從屬清奇僻苦，其後《唐詩紀事》、《唐才子傳》、《重訂中晚唐詩主客圖》也都名列其中，可以說是最無爭議的苦吟詩人。但由於劉得仁傳記資料稀缺，詩作評價也多不如孟郊、賈島、姚合等大手，在苦吟研究中無法擁有獨立地位。〔註45〕

　　正因如此，或能從另個角度把握「苦吟」的基本特質。劉得仁並非出身孤寒卻被視為苦吟詩人，直接原因是使用苦字時常與吟相連。劉詩用苦字凡8首，有5首是苦吟相連，足見「苦吟」、「吟苦」是有意被重複使用的詞彙。〔註46〕若追尋「苦」之本義，其原為五味之一，引申為辛勞之意。李定廣追溯中晚唐的苦吟，指出原有二意，一為作者角度的殫精竭慮，另一為讀者角度的欣賞玩味，兩者皆連帶有再三吟詠之動作與聽覺感受。因而，李定廣認為苦吟乃是「一種艱苦創作的自覺追求，而且是一種審美鑑賞、抒發感情的方式」，〔註47〕不必與詩歌風格、內容有絕對關係。李定廣的觀察，在劉得仁的作品當中也可得到驗證。劉得仁所用的苦吟，大多帶有持續不止、反覆推敲之意，例如「到曉改詩句，四鄰嫌苦吟」或是「吟苦曉燈暗，露零

　　聶安福箋注，〈劉得仁墓〉，《韋莊集箋注》，卷1，頁6；胡嗣崑、羅秦，〈哭劉得仁〉，《杜荀鶴及其唐風集研究》（成都：巴蜀書社，2005年），卷1，頁85；貫休，〈讀劉得仁賈島集二首〉，《增訂注釋全唐詩》，卷824，頁571；司空圖著，祖保泉、陶禮天箋校，〈與王駕評詩書〉，《司空表聖詩文集校箋》（合肥：安徽大學出版社，2002年），文集卷1，頁190。

〔註45〕關於劉得仁的專論，目前少有可供參考者，較有代表性的是胡遂，〈佛禪意蘊與「亦足滌煩」的劉得仁詩〉，《文學遺產》，2006年第6期，頁129～131。胡文著眼於司空圖的評價，加之「清瑩」、「冰魂雪魄」，認為劉詩特色來自佛理禪意的沾漑。換言之，目前研究尚未深入探討劉得仁與苦吟的關係。

〔註46〕「苦吟」與「吟苦」是否同義，是值得留意的問題。至少在劉得仁的例子中，兩者的情境是相似的，他曾使用兩句相似的詩句：「到曉改詩句，四鄰嫌苦吟」（〈夏日即事〉）、「病多三徑塞，吟苦四鄰驚」（〈病中晨起即事寄場中往還〉），至於為何如此，除了格律要求之外，吟苦更強調「苦」的狀態，例如詩人在病中苦吟，便成了吟苦。

〔註47〕李定廣，〈論唐末五代的「普遍苦吟」現象〉，頁54。

秋草疏」都是典型例子。但同時也要注意到，劉詩所用「吟」共 27
首，即苦字常與吟字連用、吟字不必與苦字連用；〔註 48〕此外，若
從使用「吟」的語境比對，仍可發現有許多吟的詩例也在表達相似
之意，例如「吟興忘飢凍，生涯任有無」、「永夜無他慮，長吟畢二
更」、「省學為詩日，宵吟每達晨」、「偶與山僧宿，吟詩坐到明」等。
〔註 49〕可見，「苦吟」雖有推敲、沉溺作詩之意，但未必見得何以苦
吟、或是「苦」的獨特性。對此，還須回到詩歌脈絡中，探討其所蘊
含的詮釋可能。

　　劉得仁詩直接涉及苦吟的例詩共有五首，最常被討論的是〈夏
日即事〉，該詩自述徹夜吟詩而被鄰居投訴的事情：

　　　　到曉改詩句，四鄰嫌苦吟。中宵橫北斗，夏木隱棲禽。

　　　　天地先秋肅，軒窗映月深。幽庭多此景，惟恐曙光侵。〔註50〕

前二句描述了現實世界歷經一夜時間推移，緊接著邁入詩人的時間
──「橫北斗」既指中宵夜半、同時也指由「冬季」過渡到「春季」，
其後有「夏木」、「秋肅」，最終迎來一天之曙光。〈夏日即事〉以一夜
比喻四季輪替，凸顯的是創作期間對時間流逝的感受不同。然而，詩
的開頭已揭示，現實的四鄰是以嫌棄、抱怨的態度看待劉得仁，而他
亦害怕曙光的來臨，意指面對日常活動中有關人際的諸種紛擾。透過

〔註48〕「吟」字廣泛使用是苦吟詩人的共同特徵，從下列表格中可以看到重
　　　　要苦吟詩人的吟、苦、苦吟／吟苦的使用情形。

	吟	苦	苦吟／吟苦
孟郊	67	42	2
賈島	36	14	6
姚合	69	21	2
劉得仁	27	8	5

〔註49〕劉得仁，〈夜攜酒訪崔正字〉、〈秋夜寄友人〉、〈寄無可上人〉、〈中秋
　　　　宿鄧逸人居〉，《增訂注釋全唐詩》，卷 537、537、537、538，頁 1569、
　　　　1574、1577、1584。
〔註50〕劉得仁，〈夏日即事〉，《增訂注釋全唐詩》，卷 537，頁 1570。

開頭與結尾的對照，隱然有「二元世界」相互拉扯，一是夜晚屬於自己的小宇宙、另一則是世俗的、充滿交際關係的社會。〔註51〕因此，「四鄰」在此詩是對詩人創作的他人眼光：在他人看來，徹夜吟詩不過是擾人清夢之舉。在另首詩當中，則看到「四鄰」飽受劉得仁的苦吟驚擾：

> 昨日離塵裡，今朝懶已成。豈能為久隱，更欲泥浮名。
>
> 虛牖晨光白，幽園曉氣清。戴沙尋水去，披霧入林行。
>
> 疊葉孤禽在，初陽半樹明。桑麻新雨潤，蘆荻古波聲。
>
> 易向田家熟，元於世路生。病多三徑塞，吟苦四鄰驚。〔註52〕

由詩題〈病中晨起即事寄場中往還〉可知，劉得仁因為生病的緣故無法赴舉，乃基於關心好友而贈詩往返。前四句言友朋啟程前往場屋，接著十句描寫清晨的生活即景，可以發現，在友朋離開後的隔日可說杳無人煙，或能解讀為詩人送客後隔日起身，乍覺寂寥，遂以無人之景表達思念之情。詩末自嘆多病而少有知音來訪，〔註53〕終日吟詩又驚擾四鄰，顯得尷尬且無所適從。

　　上述二例逼顯苦吟的一個特徵，即在冥搜精思、取境作用之後，〔註54〕後設的看待吟誦行為，使讀者意識到詩與現實乃不同世

〔註51〕筆者在此挪用陳弱水闡述中唐思想變化時所提出的二元世界觀框架，稍有區別的是，陳弱水的二元分別指儒家與佛教、道教等方外思想，而筆者則是將佛、道等思想置換為自我內在的、較不受世俗價值侵略的意識。之所以能夠如此替代，蓋其框架乃內／外分際，與自我／社會的性質相仿，都是既兩極又能相互冥契的「一種神秘的結合，而非分離」。詳參：陳弱水，〈中古傳統的變異與裂解——論中唐思想變化的兩條線索〉，《唐代文士與中國思想的轉型》，頁72～79。

〔註52〕劉得仁，〈病中晨起即事寄場中往還〉，《增訂注釋全唐詩》，卷538，頁1582。

〔註53〕三徑典出蔣詡。嵇康著，戴明揚校注，〈聖賢高士傳〉，《嵇康集校注》（臺北：河洛圖書，1978年），頁415～416。

〔註54〕苦吟長時間、專心致意的創作態度，很大程度來自於中唐以來「詩境說」的文學理論的成熟與實踐。詳參：劉衛林，《中唐詩境說研究》（臺北：萬卷樓，2019年）。蔣寅認為「『苦吟』其實就是皎然說的『取境』的艱難過程」，而賈島在中唐文學的意義是將詩歌推向「意

界。〔註55〕正如同宇文所安對苦吟形象的側寫「一種富有自我反省精神的照耀──照亮了詩人殫精竭慮苦苦吟詩的行為本身」,〔註56〕在一篇追憶亡鶴的作品中,劉得仁想像亡鶴的姿態「來向孤松枝上立,見人吟苦却高飛」,〔註57〕此「人」便是鶴眼中的自己──正在「苦吟」的詩人。那麼,為何是「苦」吟呢?若從後設的觀點來看,這個源出於秋蟲形象的苦吟反身指向詩人自身──與脫俗的鶴相比──那個俗世價值意義之下的酸苦姿態。〔註58〕更具體來說,是寄身他方、無所適從的落魄文人,只得每夜沉溺於吟誦之中。如〈雲門寺〉開頭「上方僧又起,清磬出林初」為破曉之晨,在「清磬」干擾下借僧人之眼看到自己「〔見人〕吟苦曉燈暗」──此際創作主體迫降回俗世肉身,猶如「二元世界」的緊張乍現,遂覺「寄寺欲經歲,慚無親故書」。〔註59〕由「寄寺」一詞推測,此時劉得仁仍於「出入舉場三十年」的浮沉宦途之中,奔波四處以尋求知音賞識。〔註60〕又或

〔註55〕 象化」的方向。蔣寅,〈賈島與中晚唐詩歌的意象化進程〉,《百代之中──中唐的詩歌史意義》(北京:北京大學出版社,2013 年),頁105～120。

〔註55〕 賈島也有此用法,例如「苦吟誰喜聞」、「溝西吟苦客」、「風光別我苦吟身」;但誠如筆者所述,劉得仁更感受到「他者」(四鄰)的壓迫。賈島著,李建崑校注,〈秋暮〉、〈雨夜同厲玄懷皇甫荀〉、〈三月晦日贈劉評事〉,《賈島詩集校注》(臺北:里仁書局,2002 年),卷 4、4、10,頁 128、127、415。

〔註56〕 宇文所安著,田曉菲譯,〈苦吟的詩學〉,《他山的石頭記──宇文所安自選集》(南京:江蘇人民出版社,2006 年),頁 161。

〔註57〕 劉得仁,〈憶鶴〉,《增訂注釋全唐詩》,卷 538,頁 1584。

〔註58〕 宇文所安簡要的說明苦吟由郭震「詩人的鏡像」轉變為孟郊將自己比喻為「寒蟬」的特殊意義。宇文所安,〈苦吟的詩學〉,《他山的石頭記──宇文所安自選集》,頁 168～169。

〔註59〕 劉得仁,〈雲門寺〉,《增訂注釋全唐詩》,卷 538,頁 1584。筆者在原詩句「吟苦曉燈暗」前加了「見人」,固為增字解詩,不過也更能讓讀者感受到後設特質。

〔註60〕 「劉得仁,貴主之子。自開成至大中三朝,昆弟皆歷貴仕,而得仁苦於詩,出入舉場三十年,竟無所成。」王定保撰,姜漢椿校注,〈海敘不遇〉,《唐摭言校注》(上海:上海社會科學出版社,2002 年),卷 10,頁 200。

在送友人下第覲親時，詩人想像友人「到家調膳後，吟苦落蟬暉」，〔註61〕此處的吟苦，在行為上是耽溺創作，在精神上則是一位再次落第的文人，或因落寞、或因責任而做著「功課」；而「蟬」的意象，更出自賈島的自我寫照。〔註62〕進一步說，正因為劉得仁與此友人都蹭蹬於科舉制度風氣之下，在互相稱呼「苦吟」之人時，更多的是同病相憐，暗藏互勉互勵之意。

　　相對地，劉得仁若不是用苦吟，後設的意味多半不那麼濃厚。有與他人共吟的用法，例如「莫說春闈事，清宵且共吟」、「靜吟傾美酒，高論出名場」等，〔註63〕主要描寫會面時應把握當下，且宜高談闊論的惜友之情。或是試圖從吟詠之中稍以解悶，例如「事事不求奢，長吟省嘆嗟」、「此中足吟眺，何用泛滄溟」、「是景吟詩徧，真於野客宜」。〔註64〕或是同樣表達長時間吟誦的「省學為詩日，宵吟每達晨」、「永夜無他慮，長吟畢二更」。〔註65〕但也有例外的〈聽夜泉〉：

> 靜裏層層石，潺湲到鶴林。流迴出幾洞，源遠歷千岑。
> 寒助空山月，清兼此夜心。幽人聽達曙，相和蘚牀吟。〔註66〕

詩人在夜中對著泉水吟詠，想像泉水歷經層石、千岑之後，才潺湲眼

〔註61〕劉得仁，〈送友人下第歸覲〉，《增訂注釋全唐詩》，卷537，頁1575。
〔註62〕賈島自喻以「病蟬」，姚合也曾形容賈島「蟬客心應亂，愁人耳願聾」。李建崑校注，〈病蟬〉，《賈島詩集校注》，卷6，頁242；姚合，〈聞蟬寄賈島〉，《姚少監詩集》（上海：上海古籍出版社，1994年），卷10，頁57。張震英指出：「賈島筆下的蟬，正是其自身境遇的寫照和那個特有時代寒士形象的化身。」張震英，〈賈島與蟬——兼評蘇軾與嚴羽的相關論點〉，《寒士的低吟——賈島藝術新探》（北京：中國社會科學出版社，2006年），頁56。
〔註63〕劉得仁，〈秋夜喜友人宿〉、〈宿韋津山居〉，《增訂注釋全唐詩》，卷537，頁1569。
〔註64〕劉得仁，〈池上宿〉、〈宿宣義池亭〉、〈冬日駱家亭子〉，《增訂注釋全唐詩》，卷537，頁1570、1572、1573。
〔註65〕劉得仁，〈寄無可上人〉、〈秋夜寄友人〉，《增訂注釋全唐詩》，卷537，頁1577、1574。
〔註66〕劉得仁，〈聽夜泉〉，《增訂注釋全唐詩》，卷537，頁1573。

前。也適逢如此清閒之夜,詩人得以精思熟慮的以聽泉為題創作。結尾自視為「幽人」,徹夜細聞泉聲,吟詠之詞亦似與泉水沖激處的蘚苔相互唱和,即泉水發「聲」處與詩人「吟」處遙相呼應之意。就結尾自視「幽人」而言,〈聽夜泉〉所渲染的靜謐、細緻之景,加之身處「鶴林」(佛寺),心境上便猶如隱居巖穴之人,如同在其他詩作說的「此境屬詩家」。〔註 67〕然而,此與「苦吟」的情境又有區別,苦吟的後設旨在凸顯世俗與自我的相互碰撞,而幽人是較客觀看待自己之視角,屬於閒適的、並無苦悶及落拓之情。因此,儘管在「吟」也見後設的用例,但從情境來說,仍可說是有別的。

　　劉得仁儘管並非出身孤寒,但他同樣有著蹭蹬科場的遭遇,同時這也是促使苦吟的來源之一。雖然他的詩歌有頗多與僧道交往的詩作、也常寄住寺院道觀,但觀詩中所述寺觀大抵集中在長安,例如慈恩寺、青龍寺、興善寺、普濟寺、昊天觀等等,可說一生活動大抵集中於此。〔註 68〕更重要的是,久居長安的赴舉生涯使得他的詩歌不只有受佛理禪意沾溉的「亦足滌煩」風格,亦多有關於赴舉、干謁的內容。從劉得仁目前所存詩作中,就可見〈夏日感懷寄所知〉、〈省試日上崔侍郎四首〉、〈陳情上知己〉、〈陳情上李景讓大夫〉等作品,亦有「誰憐信公道,不泣路岐中」、「自憐在岐路,不醉亦沈迷」、「中郎今遠在,誰識爨桐音」等蹭蹬哀怨之情。〔註 69〕很自然的,「苦吟」的詩人形象與困頓不已的舉子相結合,例如〈陳情上知己〉的自我剖析:

　　　　性與才俱拙,名場跡甚微。久居顏亦厚,獨立事多非。
　　　　刻骨搜新句,無人憫白衣。明時自堪戀,不是不知機。〔註70〕

〔註67〕劉得仁,〈池上宿〉,《增訂注釋全唐詩》,卷 537,頁 1570。
〔註68〕根據《長安志》,慈恩寺在進昌坊、青龍寺在新昌坊、興善寺在靖善坊、普濟寺在昇道坊、昊天觀在保寧坊。宋敏求,《長安志》,《四庫全書珍本》第 11 集第 91 冊(臺北:臺灣商務,1981 年),卷 7～9。
〔註69〕劉得仁,〈晚夏〉、〈秋夕即事〉、〈夏日感懷寄所知〉,《增訂注釋全唐詩》,卷 537,頁 1570、1570、1573。
〔註70〕劉得仁,〈陳情上知己〉,《增訂注釋全唐詩》,卷 537,頁 1573～1574。

這位「知己」想必是有能力提拔劉得仁的貴人。詩旨大抵是赴舉成名之路上艱辛，卻又無從放棄的兩難心緒，結尾提到，自己仍「知機」，只是適逢「明時」，還應當勇於追求功業。在開頭，詩人自述為「名場跡甚微」的舉子，而在頸聯則成為「苦吟」的詩人。這裡再次以後設視角出發：正如四鄰嫌棄苦吟一般，世人對這個持續不斷的冥搜與構思「新句」、但尚未出名的「白衣」予以漠視。從干謁詩的策略上，應為暗示需要一位「知音」幫助自己成名，但這個形象也似非空穴來風，一定程度反映了當時對劉得仁這類身懷詩藝卻久困科場之人的既定印象。畢竟劉得仁還是中晚唐之交的人物，這種後設視角並未固定，其他干謁詩則是「遇物唯多感，居常只是吟」、或是「自合清時化，仍資白首吟」等，〔註71〕只能說苦吟為幾種描述自我的方式之一，或許就劉得仁而言，雖然他已有意識的區別苦吟的用法，但還未成為自我標榜的形象。

在辨析劉得仁有關苦吟詩作其情境之後，回過頭來看看「賈島時代」的評價，以及宇文所安所言：「如果現代批評家們認為其他詩人更完美地『反映』那一時代的情況，那是出自現代批評家們的興趣。」〔註72〕反而有著不同理解。首先必須承認賈島極具有典範性，但是，賈島苦吟的傾向並非全然源自個人才性，也有著「被玉成」的時代因素。一位同樣受到唐末詩人關注的劉得仁便是一個例子。他非出身孤寒卻仍舊苦吟，並且從他使用苦吟的情境看來，也與賈島有著相似性。也就是說，看待苦吟在晚唐唐末的普遍現象時，除了文學內部的影響外，外部因素也值得注意。依此視角看待唐末，我們不妨將苦吟現象納入科舉制度與文學創作之間交互作用的視野之中，也就是他們同時苦吟的現象並非無所依傍，而是同源於對現實的挫折與憤

〔註71〕劉得仁，〈陳情上李景讓大夫〉、〈送河池李明府之任〉，《增訂注釋全唐詩》，卷538、537，頁1582、1571。

〔註72〕宇文所安著，賈晉華、錢彥譯，《晚唐：九世紀中葉的中國詩歌：827～860》（北京：三聯書店，2011年），頁94。

懣。由此觀察孤寒詩人,他們苦吟的行為,亦可被視為從科舉到文學之系列過程的漣漪之一。於是乎,梳理「苦吟」的相關問題後,便能在「賈島時代」的基礎上,進一步地探討外部因素,也就是從個人遭際與情境的角度看看唐末孤寒詩人的苦吟現象。

第三節 在舉子和詩人之間:唐末的苦吟情境

即使追溯苦吟的源頭,也不能回答晚唐以來為何有普遍苦吟的現象,仍需回到詩人與詩文的情境當中檢視。討論情境,便不能僅限於討論一句或一聯之內苦吟的涵意,而要從詩題、詩旨、上下文等,詮釋苦吟於一詩之中的意義。於此視角下的苦吟,所呈現的將是為何苦吟、何以苦吟的可能解答。

從使用頻率來看,歷來研究者已注意到,唐代使用「苦吟」的時期集中在中晚唐,而又以晚唐唐末最為普遍。從用例上也可證明這點:全唐詩檢索詩句有苦吟、吟苦者計有 124 首,若檢視時代與人物性質的分布,便可發現其中尤以孤寒詩人為不可忽視之群體。下列數據能呈現苦吟與孤寒詩人的關係:據筆者統計,孤寒詩人所用苦吟一詞者,計有 46 題,佔總體苦吟詩約 37%,使用苦吟一詞者共 19 人,佔孤寒詩人總量約 35%。這表示,唐末所有使用苦吟一詞的詩人中,約有四成是孤寒出身,而所有孤寒詩人中,約三成五使用苦吟一詞──這僅是最保守的估計,此數據尚未計入未言苦吟、卻表現苦吟態度的詩作(容或這才是更普遍的現象)。如此一來,可以說「苦吟」一詞被相似處境的詩人們重複使用,而釐清孤寒詩人使用苦吟的情境便值得注意。

歸納孤寒詩人運用苦吟的詩例,其一有逆境中仍筆耕不輟之意。雖然,晚唐以來有〈苦吟〉:「世間何事好?最好莫過詩。一句我自得,四方人已知。」〔註73〕將寫詩視為有價值之事,沉溺於創作中也

〔註73〕杜荀鶴,〈苦吟〉,《杜荀鶴及其《唐風集》研究》(成都:巴蜀書社,2005 年),卷 1,頁 96。

已非苦吟所專屬，例如「新詩吟未穩，遲日又西傾。」〔註74〕但倘若細細檢視有關苦吟詩作，總能發覺或隱或顯的苦寒語境。例如事賈島如神的李洞，〔註75〕筆下的苦吟乃或貧或病之中孜孜矻矻的形象：

> 忽聞清演病，可料苦吟身。不見近詩久，徒言華髮新。
> 別來山已破，住處月為鄰。幾遶庭前樹，于今四十春。〔註76〕

> 蜀道波不竭，巢鳥出浪痕。松陰蓋巫峽，雨色徹荊門。
> 宿寺青山盡，歸林綵服翻。苦吟懷凍餒，為弔浩然魂。〔註77〕

兩首詩都是贈予友人的詩作，詩中的苦吟都是指涉對方的處境。前首聽聞僧人清演病後，又感久未逢面，故寄一詩以表問候。玩其詩意，首二句乃借得病調侃對方想必是苦吟不已而生病的吧！或可視為兩人之間的趣味語。但也由此看到，吟詩創作已非閒情逸致的娛樂，不妨想像清演未病以前便苦吟不斷；進一步說，即便表面上是輕鬆的趣味語，也暗示著苦吟有著不得不然、驅使人們不斷作詩的性質——正如同曹松所言「此景關吾事，通宵寐不成」。〔註78〕第二首是送別詩，詩題「自蜀下峽歸覲襄陽」對應開頭「蜀道」，途經「巫峽」、「荊門」，至結尾「浩然（襄陽人）」。尾聯「苦吟懷凍餒」是以苦吟代指對方，乃想像下峽之際，沿路行旅儘管身懷凍餒，但且以吟詩弔慰浩然之魂吧。言下之意，可能寬慰對方在準備不及或物資缺乏的情況下出發省親，而不斷吟詩是能稍緩逆境的手段。雖難以確定尾聯是否化用他人事蹟，但此處苦吟所展現的特質是精神面的力量能克服或緩解現實中的困厄。裴說更將吟詩視為「精神糧食」，試看〈冬日作〉：

> 糲食擁敗絮，苦吟吟過冬。稍寒人却健，太飽事多慵。

〔註74〕李咸用，〈春晴〉，《增訂注釋全唐詩》，卷639，頁753。

〔註75〕李洞生平事蹟請見：陶敏，《全唐詩作者小傳補正》（瀋陽：遼海出版社，2009年），頁1167。

〔註76〕李洞，〈寄清演〉，《增訂注釋全唐詩》，卷716，頁1469。

〔註77〕李洞，〈送皇甫校書自蜀下峽歸覲襄陽〉，《增訂注釋全唐詩》，卷715，頁1464。

〔註78〕曹松，〈宿山寺〉，《增訂注釋全唐詩》，卷711，頁1445。

　　樹老生煙薄，牆陰貯雪重。安能只如此，公道會相容。〔註79〕
一個窮困潦倒的文人在嚴冬裡縮衣節食，但他並不是想著溫飽，而打
算以吟詩的方式度過。詩人運用兩個吟字，再次強調原本苦吟具有
的沉溺感，也從刻意強調中看到吟詩不過是非物質的精神滿足，並無
法因此解決飢寒之苦。下聯分就衣、食，以戲謔口吻安慰自己，但最
末，詩人終於承認不甘於現狀，認為總有一天會受到「公道」眷顧，
得以翻身擺脫困厄；相似的例子也見李咸用：「不寐孤燈前，舒卷忘
飢渴。」〔註80〕前述可知，無論苦吟用於指稱自己或對方，基本上都
源於「苦」的情境，而擺脫此的方法就是不懈吟詩——這近乎是能力
所及的唯一手段。

　　逆境中仍筆耕不輟，延伸而來就是奔波各地之餘亦要構思詩作
的辛勞。張喬送友人下第時，作有「思苦秋迴日，多應吟更清」感慨
對方奔波於家鄉與京城之際，仍要苦思創作。〔註81〕杜荀鶴〈旅感〉
則用苦吟表達對連年奔波的厭棄感：

　　白髮根叢出，鑷頻愁不開。自憐空老去，誰信苦吟來。

　　客路東西闊，家山早晚回。翻思釣魚處，一雨一層苔。〔註82〕
詩人由白髮叢生反思到歲月的流逝，又從時間推移之間引發人生的空
虛感。頷聯相對的「空老去」與「苦吟來」，呈現一幅儘管潦倒不遇，
卻仍在舟行勞頓之間殫精竭慮的圖像。「誰信」即不信、「來」指將
來，意指不願屈服於當下的處境，一般而言，就是歸隱與及第兩種可
能；若結合下句描述旅途的辛勞，詩人希望能夠擺脫辛勞，轉而退棲
林澤、歸於平淡。相似的情境也見於滇〈旅館秋思〉，開頭「旅館
坐孤寂，出門成苦吟」同樣以苦吟代稱構思取境，就整體調性而言，

〔註79〕裴說，〈冬日作〉，《增訂注釋全唐詩》，卷714，頁1455。
〔註80〕李咸用，〈覽友生古風〉，《增訂注釋全唐詩》，卷638，頁745。
〔註81〕張喬，〈送人歸江南〉，《增訂注釋全唐詩》，卷632，頁685。整句白
　　　　譯是「想必你秋日回京路上時，多半也是苦思清吟不已吧！」此句清
　　　　吟為徒吟之意，可以想像詩人在顛簸的路上，不時入神構思，同時嘴
　　　　裡叨叨念念。
〔註82〕杜荀鶴，〈旅感〉，《杜荀鶴及其《唐風集》研究》，卷1，頁94。

雖不若杜荀鶴較負面的解讀，也有「軫我離鄉心」所流露的思鄉之情。〔註83〕上述二例都結合苦吟與行旅，反映的是四處尋求賞識的干謁風氣，韋莊〈柳谷道中作却寄〉苦吟與干謁的關係更為明顯：

> 馬前紅葉正紛紛，馬上離情斷殺魂。
> 曉發獨辭殘月店，暮程遙宿隔雲村。
> 心如嶽色留秦地，夢逐河聲出禹門。
> 莫怪苦吟鞭拂地，有誰傾蓋待王孫。〔註84〕

根據箋注，此詩是韋莊咸通三年秋下第出京時作，從詩題的「柳谷道」與詩中秦地、禹門（龍門關）可知道韋莊自長安往東北進發，但未知目的地。全詩有明確的離情、羈旅主題，結尾的「苦吟」將情感推拓一層，增添失意色彩。〔註85〕細玩尾聯，上句苦吟乃自稱，鞭拂代指移動，意為「且莫怪我這苦吟之人策馬四方」；下句傾蓋指途遇友好，引申為尋得知音，若結合前句，則是說：「若非如此奔走，誰能輕易遇到貴人知音呢？」由是，韋莊筆下的苦吟不只有純粹的創作意義，更外延為苦於不得成名、苦於失意落拓之形象。與此同時，吟詩也可視為繞不開的「儒業」之一，如李咸用在〈夜吟〉時感嘆「白兔輪當午，儒家業敢慵」。〔註86〕進一步說，晚唐以降的文人戮力吟詩，不乏帶著建功立業之心，而屢次不得者，自然也有苦吟之姿。方干〈貽錢塘縣路明府〉揭示志業與吟詩的關係：

> 志業不得力，到今猶苦吟。吟成五字句，用破一生心。
> 世路屈聲遠，寒溪怨氣深。前賢多晚達，莫怕鬢霜侵。〔註87〕

許多苦吟研究會以頷聯的經營文字來說明苦吟的性質，但較少提及整首詩的情境。首二將志業與苦吟賦予因果關係，「猶」字有不得不

〔註83〕于濆，〈旅館秋思〉，《增訂注釋全唐詩》，卷593，頁353。

〔註84〕韋莊，〈柳谷道中作却寄〉，《韋莊集箋注》，卷1，頁15。

〔註85〕傳統詩評也有類似之意，例如趙臣瑗云：「七、八，及問其去將誰依？則究竟茫無所主。噫！人生若此，豈非《詩》所云『我瞻四方，蹙蹙靡所』者乎？可哀也！」。轉引自：韋莊，《韋莊集箋注》，頁17。

〔註86〕李咸用，〈夜吟〉，《增訂注釋全唐詩》，卷639，頁748。

〔註87〕方干，〈貽錢塘縣路明府〉，《增訂注釋全唐詩》，卷642，頁792。

然的無奈感，顯示此志業應不只有詩名、亦有與詩名般配的功名，故在頸聯有「屈聲」、「怨氣」之恨意。尾聯則稍作寬慰，「多晚達」呼應開頭的「至今」，鼓勵對方莫要氣餒。從「多晚達」也可以窺見，長期赴舉似乎已成常態，隨之而來的四處干謁、隨時隨地都要寫詩，便成苦吟常見的情境。邵謁便曾感嘆文人修習文學的功利性目的「古人力文學，所務安疲氓。今人力文學，所務惟公卿。」〔註88〕另一方面，我們也已從韋莊的上疏中知道唐代後期社會上有許多類似之人，〔註89〕這也凸顯孤寒詩人的普遍境遇：儘管有超絕的詩藝，在社會上也頗富聲名，進士及第仍是人生價值的歸趨之一。

　　當苦吟情境與建功立業的價值相關時，便不只是中唐時的後設語言，也為失意、落拓文人所習用的自我描述。杜荀鶴在一篇干謁詩中提到詩人與士人的關係：

　　　無祿奉晨昏，閑居幾度春。江湖苦吟士，天地最窮人。

　　　書劍同三友，蓬蒿外四鄰。相知不相薦，何以自謀身。〔註90〕

開頭的「閒居」並非優游自得的心態，乃與「無祿」相對，是自覺為「士」、卻在現實中沒有相應職責的焦慮。承續「無祿」的處境，一個複合身分很自然的產生了：「苦吟詩人／無祿之士」基於不遇落拓的際遇，互為表裡。而此天地間最窮厄之人，不得力之餘只能隱居郊外，等待時機。〔註91〕事實上，不只是杜荀鶴，其他詩人亦有類似詩句，例如劉駕將詩視為一種志業「昔蒙大雅匠，勉我工五言。業成時不重，辛苦只自憐」，以及李咸用將吟詩視為儒者應為之事「為

〔註88〕邵謁，〈送徐羣宰望江〉，《增訂注釋全唐詩》，卷599，頁403。

〔註89〕韋莊，〈乞追賜李賀皇甫松等進士及第奏〉，《全唐文》，卷889，頁9287～9288。關於奏疏的討論，可見本文第二章第二節。

〔註90〕杜荀鶴，〈郊居即事投李給事〉，《杜荀鶴及其《唐風集》研究》，卷1，頁40。

〔註91〕一個較為特殊的例子是陸龜蒙，他主動隱居不仕，但不意味著其精神世界是遺世而獨立的。關於此個案的研究，請參考：李奇鴻，〈陸龜蒙——「士不成士」的隱居者難題探論〉，《東華漢學》，第33期，2021年，頁47～83。

儒自愧已多年，文賦歌詩路不專」。〔註92〕另一個例子是裴說〈見王
貞白〉：

　　共賀登科後，明宣入紫宸。又看重試榜，還見苦吟人。
　　此得名渾別，歸來話亦新。分明一枝桂，堪動楚江濱。〔註93〕

此詩為裴說會見歷經覆試之後甫登科的王貞白之作。重試在科考史
上並不尋常，由《登科記考》得知，王貞白與黃滔同榜，為乾寧二年
進士（895），但時有榜議，遂重新試題，最終選得二十五人。〔註94〕
首聯講述本已登科的王貞白即將覲見皇帝，以享進士出身，然而官方
卻傳來「重試」的決定──「又看」、「還見」以旁人眼光生動的描寫
由欣喜轉為擔憂之心情起伏，而這位「苦吟人」王貞白的內心煎熬想
必更勝旁人。所幸王貞白仍順利通過重試，裴說也似有餘悸的說道
「此次得名與以往不同，連帶著社會輿論也不一樣。」並感嘆科考對
文人的一生影響甚鉅。可以注意到，「苦吟」在此幾乎不具創作方面
的意義，更多的是對王貞白這一類人的指稱。若查檢史籍筆記對王貞
白的描述，除了批評詩歌風格，也提及他上榜的意義是受「昭宗皇帝
頗為寒畯開路」之惠的「孤寒」中人；〔註95〕同時，裴說也是以行卷
苦吟之詩著稱的詩人。〔註96〕兩人乃謂共同浮沉於宦海、同病相憐，
也從中見得苦吟詩人與孤寒舉子在身分意義上的重疊。

　　由此回顧唐末詩人所使用的苦吟，已與中唐時期有所不同。在前
一節分析劉得仁的用例中，他那藉由長時間沉浸在夜晚的創作世界，

〔註92〕劉駕，〈贈先達〉，《增訂注釋全唐詩》，卷578，頁241；李咸用，〈和
　　　　友人喜相遇十首〉其一，《增訂注釋全唐詩》，卷640，頁764。
〔註93〕裴說，〈見王貞白〉，《增訂注釋全唐詩》，卷714，頁1457。
〔註94〕徐松撰，孟二冬補正，《登科記考補正》（北京：中華書局，2019年），
　　　　卷24，頁922～931。
〔註95〕王定保，〈好放孤寒〉，《唐摭言校注》，卷7，頁140。
〔註96〕「裴說應舉，只行五言詩一卷。至來年秋復行舊卷，人有識者。裴曰：
　　　　『只此十九首苦吟，尚未有人見知，何暇別行卷哉？』咸謂知言。」
　　　　錢易撰，尚成校點，《南部新書》（上海：上海古籍出版社，2012年），
　　　　卷庚，頁56。

而後被外在事物打破的情形，在唐末幾乎不見，更多的是習以為常的身分越界。〔註97〕因此，苦吟可以說總是發生在舉子與詩人的身分之間。接著看看更多與科考生涯有關的苦吟詩例。在一首下第詩中，杜荀鶴將屢次下第的心情與苦吟相結合，〈下第東歸道中作〉：

　　一迴落第一寧親，多是途中過却春。
　　心火不銷雙鬢雪，眼泉難濯滿衣塵。
　　苦吟風月唯添病，遍識公卿未免貧。
　　馬壯金多有官者，榮歸却笑讀書人。〔註98〕

從詩題與首句得知，這是又一次下第後東歸見親的途中所作。對舉子而言，下第總帶有忿忿不平的心緒，在此詩為情緒化、形象化，「心火」、「眼泉」的不甘與「雙鬢雪」、「滿衣塵」所暗示的長年奔波，兩句之間盡顯蹭蹬情態。下句「苦吟風月唯添病，遍識公卿未免貧」頗有怨懟之意，就著語境而言，苦吟除了作文搜句之外，對比於下句嘗試到處干謁、結識公卿後卻仍舊一貧如洗，「唯」字彷彿有著「浪費」、「虛擲」光陰的意味。徐寅也曾抱怨如此辛勞的生活，若是公卿貴子早已無法支撐「十載公卿早言屈，何須課夏更冥搜」，或是自傷為了宦途而虛擲那些辛勤為文的光陰「浮世宦名渾似夢，半生勤苦謾為文。」〔註99〕可見，「冥搜」、「為文」並不只是自娛的沉溺詩藝，還有外在現實因素的不得不然。反觀中唐文人，這種「吟賞風月」式的浪費時間，顯露從容不迫的情態，例如白居易〈閒吟〉：

　　自從苦學空門法，銷盡平生種種心。

〔註97〕廖美玉曾以杜甫為例，觀察士人無法實現志業時，轉而為農的身分認同問題。也從杜甫的例子看到，盛中唐文人即使遭遇困頓也仍舊保持對於士身分的執著，以及不得不「越界」的心理。廖美玉，〈杜甫士／農越界的身分認同與創作視域〉，《回車：中古詩人的生命印記》（臺北：里仁書局，2007年），頁199～279。

〔註98〕杜荀鶴，〈下第東歸道中作〉，《杜荀鶴及其《唐風集》研究》，卷2，頁147～148。

〔註99〕徐寅，〈長安述懷〉、〈十里煙籠〉，《增訂注釋全唐詩》，卷703、702，頁1382、1373。

唯有詩魔降未得，每逢風月一閒吟。〔註100〕

詩人自嘲像是尚未完全離俗的袇子，儘管能銷息大多物慾，但唯有作詩之欲仍未降服。在此，作詩像一種「癮」，偶及風月山川時，便心生「詩魔」，須吟詩一首以解癮頭。可以注意到，白居易畢竟是在「閒吟」，鑽研佛法也是閒暇之餘的興趣使然，故而全詩並沒有緊張感，讀者對於「苦學」多半會視為一種幽默；而杜荀鶴儼然是一種對世間的控訴，末句「榮歸却笑讀書人」以後設眼光反諷「我們這群苦寒儒生／詩人」的徒勞無功——容或許棠於下第後寫出的「閒吟」更能凸顯此差異：「此去知誰顧，閒吟只自寬」。〔註101〕杜荀鶴在另首〈投李大夫〉中，將長時間的艱苦創作過程與四處干謁的辛酸相互對舉：

自小僻於詩，篇篇恨不奇。苦吟無暇日，華髮有多時。

進取門難見，升沉命未知。秋風夜來急，還恐到京遲。〔註102〕

開頭二句自述自己的「詩癖」，但遺憾的是未達到「奇」的評價。從本文第二章可知，「好奇」是詩人成名的要素之一；由此推測，在這首干謁詩裡提到恨不奇，乃自陳雖有詩癖却苦無聲名之意。下聯承前意，「苦吟無暇日」表達吟詩佔據大部分時間、「華髮有多時」則是長時間蹉跎了人生。由此詩前半來看，雖然吟詩是詩人的愛好，隱隱然有著不甘於自我滿足，希望詩藝有著進一步的人生價值。詩的下半部則講述另一身分的遭遇：作為一個兢兢業業的舉子，想奮發進取却總被拒於朱門之外，浮沉於年年考試，奔波於四方，總被科考日程所驅使。可以說，無論是哪種身分都是苦不堪言，甚至可以相互對照、彼此共鳴，也如同他在另首下第詩所言：「況是孤寒士，兼行苦澀詩」，〔註103〕「兼行」使人有苦上加苦的窮途之感。事實上，「苦吟」原生

〔註100〕白居易撰，謝思煒校注，〈閒吟〉，《白居易詩集校注》（北京：中華書局，2006年），卷16，頁1333。

〔註101〕許棠，〈春暮途次華山下〉，《增訂注釋全唐詩》，卷597，頁381。

〔註102〕杜荀鶴，〈投李大夫〉，《杜荀鶴及其《唐風集》研究》，卷1，頁78。

〔註103〕杜荀鶴，〈下第出關投鄭拾遺〉，《杜荀鶴及其《唐風集》研究》，卷1，頁74。

的語境便是如此:「苦吟莫向朱門裏,滿耳笙歌不聽君」,〔註104〕詩人自喻為「蛩」,每晚向森嚴的朱門大戶發出微弱的鳴叫——後設的意象又再次出現,不過這次凸顯的是貴族與賤子的兩個世界,而非劉得仁式的內在與外在之別。到了唐末,則有更尖銳、露骨的表現:

家隔重湖歸未期,更堪南去別深知。

前程笑到山多處,上馬愁逢歲盡時。

四海內無容足地,一生中有苦心詩。

朱門秖見朱門事,獨把孤寒問阿誰。〔註105〕

前四句基本上著重在年末向南遠遊思歸的情緒,並於下四句開始感懷。兩句開頭分別是「四海」、「一生」,乃以空間、時間兩個維度省視自身,前者「無容足地」即四處漂泊無依,後者「有苦心詩」乃謂詩藝的苦心造詣,結合上下句即是四處干謁、費日苦吟之意。但是,如此艱辛的生活,並沒有得到應有的回報,那些「朱門」貴子對於「孤寒」者們不屑一顧,如同許棠在陳情詩中所言「此去吟雖苦,何人更肯聽」,〔註106〕朱門與孤寒之間形似存在著不可跨越的鴻溝,而這也是詩人們苦吟不已的普遍情境。

　　對於苦吟詩人與孤寒舉子在身分意義上的重合,宇文所安通過分析〈投李大夫〉,指出一個「新」詩人的形象:

在這裡,沉溺詩藝的詩人同時也是為自己的產品做廣告的半職業作家。杜荀鶴宣稱他對詩藝的專心、投入佔據了所有的時間:本來是閒暇之時從事的活動現在是他的「工作」。……另一方面,這裡的苦吟是一種宣言,而不是從詩人的行為得出的結論。更重要的,是緊接著這一宣言,詩人在詩的下半部分很清楚地對李大夫表示出了自己的希望

〔註104〕郭震,〈蛩〉,《增訂注釋全唐詩》,卷55,頁459。

〔註105〕杜荀鶴,〈冬末自長沙遊桂嶺留獻所知〉,《杜荀鶴及其《唐風集》研究》,卷2,頁124。

〔註106〕許棠,〈陳情獻江西李常侍五首〉其四,《增訂注釋全唐詩》,卷597,頁386。

與要求。〔註107〕

「半職業」、「接近職業化」是宇文所安觀察苦吟現象後得出的主要論點。在他看來，杜荀鶴此詩是向對方的請求為自己的「半職業」埋單，〔註108〕然若從干謁風氣的角度，也不妨說希望對方為「讀書人」、「儒生」身分出一份平步青雲的助力。「半」所意味的不完滿，在另一身分也同樣成立；同樣的，苦吟之「宣言」，不啻也為苦於及第，呼應著「進取門難見，升沈命未知」的漫漫赴舉生涯。當理解了「不完滿」為詩人的常態，看待那些吟苦呻吟的詩作或許能有更深一層的體會。例如黃滔的下第詩「詩苦無人愛，言公是世仇」、曹松的憤恨語「吟詩應有罪，當路卻如讎」，他們的「仇」都是結合著科舉之苦與吟詩之苦而言。〔註109〕更具體的例子是林寬〈下第寄歐陽瓚〉：

　　詩人道僻命多奇，更值干戈亂起時。

　　莫作江寧王少府，一生吟苦竟誰知。〔註110〕

在林寬眼中，王昌齡竟也是一位吟苦詩人，論其原因，大抵史書所云「名位不振」、「屢見貶斥」之故，〔註111〕此外，王昌齡歷經干戈，「以世亂還鄉里，為刺史閭丘曉所殺」，〔註112〕與本詩「干戈亂起」

〔註107〕宇文所安，〈苦吟的詩學〉，《他山的石頭記——宇文所安自選集》，頁175。

〔註108〕宇文所安認為杜荀鶴在說服對方為自己的「詩藝」提供溫飽，此理解固然沒錯；然若從長遠來看，此恐權宜之舉，誠如劉滄贈別雇主的詩〈入關留別主人〉：「此來多愧食魚心，東閣將辭強一吟」提到，詩人感謝主人（幕主）的賞識，但他仍有更值得追求之事——科舉謀身。劉滄，〈入關留別主人〉，《增訂注釋全唐詩》，卷579，頁256。

〔註109〕黃滔，〈出關言懷〉，《增訂注釋全唐詩》，卷700，頁1356；曹松，〈書懷〉，《增訂注釋全唐詩》，卷710，頁1430。

〔註110〕林寬，〈下第寄歐陽瓚〉，《增訂注釋全唐詩》，卷600，頁409。

〔註111〕劉昫等撰，《舊唐書·王昌齡傳》（北京：中華書局，1997年），卷190，頁1289。

〔註112〕歐陽修、宋祁，《新唐書·王昌齡傳》（北京：中華書局，1997年），卷203，頁1476。《唐才子傳》亦云：「以刀火之際，歸鄉里，為刺史閭丘曉所忌而殺」；亦可參酌校箋對此事的考辨。傅璇琮主編，〈王昌齡〉，《唐才子傳校箋》（北京：中華書局，1990年），卷2，頁257～258。

情境相似。值得注意的是，其實王昌齡詩中並沒有直接用到苦吟一詞，較近詩句「美人清江畔，是夜越吟苦」是用「越吟」典故，嚴格來說不應斷成「吟苦」。〔註113〕然而，林寬稱他「一生吟苦竟誰知」，形同以人論詩，此外，從頗富名聲的王昌齡卻「竟誰知」的明顯矛盾，不妨更深一層的想像，林寬乃以自身落拓遭際比附他人，且以為吟苦。黃滔、裴說各曾謂「苦心如有感，他日自推公」、「明庭正公道，應許苦心詩」，〔註114〕即把「苦心」與「公道」相對，認為有朝一日能一雪屈辱。由此看到，一位自稱苦吟的詩人，「苦」的指向已不限於詩歌，更圍繞著他的仕宦生涯。相對的，若能得其所望，那麼苦吟的哀凄色彩便會一掃而空，苦吟詩人中少數及第的詩例是李頻的〈及第後歸〉：

　　家臨浙水傍，岸對買臣鄉。縱棹隨歸鳥，乘潮向夕陽。
　　苦吟身得雪，甘意鬢成霜。況此年猶少，酬知足自強。〔註115〕

唐人進士及第後需經過連串的歡騰宴會，此傅璇琮已辨之甚詳。李頻於歸鄉之後獨處的心情反倒趨於平靜。頸聯則是從眼前之景跳脫到人生感懷，「苦吟身得雪，甘意鬢成霜」回望赴舉科考生涯，欣慰自己最後如嘗所願。雖然，我們並不能確知李頻及第年歲，但從「年猶少」來看，相比「生為明代苦吟身，死作長江一逐臣」的賈島、「三紀吟詩望一名，丹霄待得白頭成」的許棠，〔註116〕他實屬較幸運的一人——亦可窺見：孤寒文人唯有及第才能澡雪苦吟之身的價值傾向。

　　從孤寒詩人大量使用苦吟情境來說，他們苦吟的姿態與蹭蹬科場的生涯可謂一體兩面。主要在於，他們長久鍛鍊詩藝，與力圖建功

〔註113〕王昌齡著，胡問濤、羅琴校注，〈同從弟銷南齋玩月憶山陰崔少府〉，《王昌齡集編年校注》（成都：巴蜀書社，2000年），卷2，頁79。

〔註114〕黃滔，〈別友人〉，《增訂注釋全唐詩》，卷698，頁1335；裴說，〈冬日後作〉，《增訂注釋全唐詩》，卷714，頁1455。

〔註115〕李頻，〈及第後歸〉，《增訂注釋全唐詩》，卷581，頁268。

〔註116〕張蠙，〈傷賈島〉，《增訂注釋全唐詩》，卷696，頁1325；許棠，〈講德陳情上淮南李僕射八首〉其五，《增訂注釋全唐詩》，卷598，頁396。

立業的價值觀，兩者在目的上有高度的重合，甚至可說彼此不即不離。由此可見，過去對苦吟的討論，多半集中在「詩人」身分之一端未免有所不足，倘若從時代風氣來看，「舉子」身分也是不可忽視的另一端。惟將兩端合併觀之，才能更全面地理解自中唐到唐末之間，苦吟創作態度之所以連綿不斷、甚至在唐末更加壯大的理由。

第四節　苦吟：一種後設的解讀方式

　　討論至此，在理解了外部時代風氣因素之後，就有必要回頭檢視苦吟文學的內在傳承關係，也就是自先便已具備的後設意義。從本文第二節的討論中，認為苦吟的特出之處，還在於藉由後設的性質引起相似情境者的共鳴。更進一步地，此種後設想像到了唐末成為自我標榜的形象，打開這些出身各不相同的詩人們相互認同的空間。

　　對孤寒詩人而言，長期處於赴舉與苦思作詩的情境，將導致苦吟之思沁入日常之中。離鄉背井有「夜倚臨溪店，懷鄉獨苦吟」的思鄉苦吟之句，旅途中有「冷極睡無離枕夢，苦多吟有徹雲聲」，即便暫歸別業之際，卻也有「鷗鳥猶相識，時來聽苦吟」的寂寥之感。〔註117〕本應歡慶的佳節時日，詩人們也倍感心酸，重陽日有「異國逢佳節，憑高獨苦吟」，中秋亦是「惟應苦吟者，目斷向遙天」。〔註118〕可見，即便在日常生活之中，詩人也會呈現自己苦吟不已的一面。箇中苦衷，仍來自於苦於一第，就如同頹喪失意的〈言懷〉所述：

　　　　萬事不關心，終朝但苦吟。久貧慙負債，漸老愛山深。

　　　　日月銷天外，帆檣棄海陰。榮枯應已定，無復繫浮沉。〔註119〕

在〈言懷〉當中，「萬事」可以指天下之事或是周遭不甚關心的俗事，

〔註117〕韋莊，〈信州溪岸夜吟作〉，《韋莊集箋注》，卷7，頁280；杜荀鶴，〈館舍秋夕〉，《杜荀鶴及其《唐風集》研究》，卷2，頁149；許棠，〈冬杪歸陵陽別業〉其一，《增訂注釋全唐詩》，卷597，頁389。

〔註118〕韋莊，〈婺州水館重陽日作〉，《韋莊集箋注》，卷7，頁278；許棠，〈中秋夜對月〉，《增訂注釋全唐詩》，卷598，頁394。

〔註119〕許棠，〈言懷〉，《增訂注釋全唐詩》，卷598，頁402。

而「苦吟」當是精思作意，從兩句來看，詩人看似遁入了獨立的創作精神世界，不與外界接觸交流。然而，詩人次聯描寫自己意欲「遠離」的心境，解釋遠離之思來自長年奔波的負債累累與蹉跎年華，並在頸聯以日月銷天的「黑暗」意象以及自喻浮沉汪洋中的小舟，以表達浮沉於成名之路的絕望與辛酸；容或李咸用將此意刻畫得更明白：「難世斯人雖隱遁，明時公道復如何」，〔註120〕「明時」尚無法保證受到公道眷顧，遑論「日月銷天」的至黯時刻？最後，詩人將一切付之命定榮枯，不再執著，如同杜荀鶴〈自述〉當中提到行遍四海之餘卻苦無知音，最後：「如今已無計，祇得苦于詩。」〔註121〕如此低沉絕望的心境，在許棠〈遣懷〉也能見到，前三聯感慨一生風塵僕僕、虛擲光陰，最末「章句非經濟，終難動五侯」似乎認清了自己的心血結晶並無法感動貴人；或是鄭谷感慨致力文章卻難得一宦的「文章至竟無功業，名宦由來致苦辛」。〔註122〕上述諸例，透過詩人的自省，揭示無時無刻的苦吟，指向源自於內部的、舉子身分的不完滿，同時在此焦慮下，也凸顯了如此生命形態該如何自我完滿的終極課題。

有關唐末士人的終極課題，實屬思想史的範疇，但有條出自《唐摭言》的材料或能賅要士人謀身的心態，王定保曾謂：

> 士之謀身，得之者以才，失之者惟命，達失二揆，宏道要樞，可謂勤於修己者與！苟昧於斯，系彼能否，臨深履薄，歧路紛如，得之則恃己所長，失之則尤人不盡；干祿之子，能不慎諸！〔註123〕

《唐摭言》蒐羅了唐末科舉各種佚事談資，其中不乏光怪陸離者，王定保儘管如實的紀錄下來，但並不樂見此風滋長，故於卷末有這麼一

〔註120〕李咸用，〈宿漁家〉，《增訂注釋全唐詩》，卷640，頁758。
〔註121〕杜荀鶴，〈自述〉，《杜荀鶴及其《唐風集》研究》，卷1，頁43。
〔註122〕許棠，〈遣懷〉，《增訂注釋全唐詩》，卷597，頁382；鄭谷，〈谷屮歲受同年丈人故川守李侍郎教諭衰晏龍鍾益用感歎遂以章句自貽〉，《鄭谷詩集箋注》，卷3，頁371。
〔註123〕王定保，〈論曰〉，《唐摭言校注》，卷8，頁174。

段道德勸說。王定保將謀身宦途的結果分作得與失，而無論得與失，其根本之道在於「修身」，即修養道德、不改其志。他認為，那些「干祿之子」過於注重事功，將謀身之事視為終極價值，若得之便「恃己所長」、失之則「尤人不盡」，這無疑會帶來負面影響。換個角度看，當時社會恐怕就瀰漫著以個人之「才」為高下的競逐風氣，而科舉名場亦為文人廝殺拚搏之地，那些反復求之不得者，乃面臨著不可解的「命」之定數。〔註124〕另一方面，「才」與「命」看似衝突對立，但實際上，落榜者並無法確知自己落榜是因為才不足還是命定如此，加之科舉穩定舉行、無考試年限，便很容易有連考多年的情形；誠如許棠下第的心有不甘：「無才副至公，豈是命難通」。〔註125〕而落榜之不得，反倒指向對「才不足」的焦慮──便成為「苦吟」的內在動力；換言之，舉子身分的不完滿導致了詩人身分的不完滿，這也是為何詩人自省、自述時亦會自稱苦吟。

　　有趣的是，那些「失之者」甚至會互稱對方為苦吟之人，這顯示苦吟已成為一種共同境況、甚至是相互認同的符碼。方干作為屢試不第後歸隱的名士，曾贈詩給同樣孤寒的章碣，詩云：

　　織錦雖云用舊機，抽梭起樣更新奇。

　　何如且破望中葉，未可便攀低處枝。

　　藉地落花春半後，打窗斜雪夜深時。

　　此時才子吟應苦，吟苦鬼神知不知。〔註126〕

〔註124〕王定保也曾論性命，反對「性能則命通」，認為「命通性能」；即認為角逐名場，得要有命數，而後要求才性。王定保，〈論曰〉，《唐摭言校注》，卷 2，頁 32。街談巷議總有許多關於道者算命預言的逸事，例如竇易直自小家貧，但被他的老師預言有日必當「後為人臣，貴壽之極」，後果然如此。趙璘，《因話錄》，收入陶敏主編，《全唐五代筆記》（西安：三秦出版社，2012 年），卷 6，頁 1935。對命數的探索，在宋代成為士人「問命」的文化現象與筆記談資。廖咸惠，〈閒談、紀實與對話：宋人筆記與術數知識的傳遞〉，《清華學報》新 48 卷第 2 期（2018 年 6 月），頁 387～418。

〔註125〕許棠，〈下第東歸留別鄭侍郎〉，《增訂注釋全唐詩》，卷 598，頁 392。

〔註126〕方干，〈贈進士章碣〉，《增訂注釋全唐詩》，卷 646，頁 828。

首聯「舊機織錦」的譬喻大抵指章碣已久富名聲，卻苦於一第，因此以老舊紡織機形容之，〔註127〕而方干緊接著下句以「更新奇」寬慰對方。次聯承續著未及第的酸楚，以一箭中的形容進士及第，開導對方且可「攀低處枝」。觀上下文，此處攀枝或指另尋出路，例如在寄食於某貴府，以待時機；但若檢視章碣所留存的詩作，其中也有「小儒末座頻傾耳，祗怕城頭畫角催」的干謁之舉，〔註128〕此處方干作意仍未甚明朗。頸尾二聯分別描述落第失意之情，以及章碣雖為才子卻於夜中不斷騷首呻吟的苦貌。值得注意的是，結尾「吟苦鬼神」似呼應了孟郊的詩人形象：

> 夜學曉未休，苦吟神鬼愁。如何不自閑，心與身為讎。
>
> 死辱片時痛，生辱長年羞。清桂無直枝，碧江思舊遊。〔註129〕

根據校注，此首詩是孟郊「貞元八年再下第作」。「夜學」可能不只有寫詩，但下句「苦吟」就專指寫詩了。如此汲汲營營、勞苦不堪的作詩，便非自娛娛人，乃為功名利祿。由此，又見兩種身分的交疊──詩的後半談及儒者士人的價值，舉出象徵進士及第的「桂枝」，直指詩人／儒者的共同焦慮之源。若進一步比較孟郊「苦吟神鬼愁」與方干「吟苦鬼神知不知」，孟郊的「神鬼愁」意味著天地神靈也抱屈的不平之鳴，對應著「生辱長年羞」；相比孟郊直面宣洩委屈之情，方干為友感到不平，以反詰語氣叩問天地鬼神，較之孟郊則有激憤之情。從兩方比較來看，「苦吟」不僅止於自憐自艾，且更延及孤寒詩人之間，進而產生彼此憐憫之情，正如方干贈給另位友人所擔心的：「沈思心更苦，恐作滿頭絲」。〔註130〕

〔註127〕 這段本事的蠡測根據以下兩條零星的資料：《唐摭言》「章碣，不知何許人，或曰孝標之子。咸通末，以篇什著名。」王定保，〈海敘不遇〉，《唐摭言校注》，卷10，頁210。《唐詩紀事》：「碣未第時，方干贈詩云……。」計有功撰，王仲鏞校箋，〈章碣〉，《唐詩紀事校箋》（北京：中華書局，2007年），卷61，頁2079。
〔註128〕 章碣，〈陪浙西王侍郎夜宴〉，《增訂注釋全唐詩》，卷663，頁978。
〔註129〕 孟郊，〈夜感自遣〉，《孟郊集校注》，卷3，頁122。
〔註130〕 方干，〈贈喻鳧〉，《增訂注釋全唐詩》，卷642，頁793。

　　若以後設方式解讀苦吟，它既為一種境況，也具有相互共鳴的可能。在裴說寄給曹松的詩中，則有相互勉勵與邀請鑑賞之意：

　　　　莫怪苦吟遲，詩成鬢亦絲。鬢絲猶可染，詩病却難醫。

　　　　山暝雲橫處，星沈月側時。冥搜不可得，一句至公知。〔註131〕

詩的開頭「莫怪」一副好友口吻，也注意到詩人將苦吟借代為贈詩，乃著眼於長久創作、得之不易的性質，故以「遲」形容之。也由於創作需要投注大量時間，身體也付出了相應的代價：老化及其連帶的病痛。然而，肉身苦痛並不是詩人所關注之事，「詩病」才是。〔註132〕頸聯則是精雕細琢的寫景句，鑲嵌在詩中，但無明確上下文可循，彷彿邀請詩友鑑賞新得之句。最後感慨，能否有苦思經營的對句，可為至公（知貢舉）所賞識呢？有意思的是，尋求賞識本是干謁詩的作意，但在這首贈友詩當中，或由於兩人皆久舉不第，〔註133〕長久困厄之下不免有自我懷疑、自我貶抑的「不可得」之嘆，而苦吟之作此時成為相互勉勵的媒介。進一步說，裴說贈與曹松詩作中的「苦吟」、「冥搜」，既帶有後設的自我形象，又同時以此傾訴著「我們」的共同境況。在其他贈答詩中，也有相似例子，例如杜荀鶴〈浙中逢詩友〉：

　　　　到處有同人，多為賦與文。詩中難得友，湖畔喜逢君。

〔註131〕裴說，〈寄曹松〉，《增訂注釋全唐詩》，卷714，頁1453。

〔註132〕晚唐以來有許多的詩格作品，詳細以張伯偉《全唐五代詩格彙考》（西安：陝西人民出版社，1996年）為代表。學者研究晚唐詩格時，也指出詩格對試帖詩有著指導意義，並在後期有程式化的現象。李江峰，〈詩格與試帖詩〉，《晚唐五代詩格研究》（北京：人民出版社，2017年），頁231～241。此外，科舉史上確實有因格律不合而覆試的情事，例如乾寧二年便有許多人因「所試詩賦，不副題目，兼句稍次，且令落下，許後再舉」、更有人「師賦最下，不及格式，蕪類頗甚。……不令再舉」。徐松撰，孟二冬補正，《登科記考補正》，卷24，頁924。

〔註133〕曹松登進士第時已七十餘歲，為「五老榜」之一人。而裴說生卒年不詳，登第年為天祐三年，若裴曹年齡相差不遠，那麼也是久舉不第之人。

　　凍把城根雪，風開嶽面雲。苦吟吟不足，爭忍話離羣。〔註 134〕
開頭所謂「同人」大抵也是孤寒舉子，同是依靠著詩賦文筆的技藝尋
求進入宦途的機會；而詩人所遇到的「詩友」，應是相似處境之人，
從全詩詩意來看，也可能不止一人。可以預料的是，他們各自奔波
四方，偶然於異地相逢，欣喜之餘不免吟詩作對、各抒懷抱。結尾
為此次會面「吟不足」而婉惜，可注意到的是，詩人把創作活動稱以
「苦吟」，而若仔細考慮其用意，參酌開頭的「同人」與結尾的「離
羣」，這些人當與杜荀鶴一般，時常夜半獨自尋詩卻「苦吟方見景，
多恨不同君」，〔註 135〕而今逢詩友，不免大大「苦吟」一番。〔註 136〕
此次「苦吟」之聚，除了歡愉之外，其實也有著鄭谷所云「知己竟何
人，哀君尚苦辛」或是林寬「每憐吾道苦，長說向同人」的相惜相憐
之感。〔註 137〕

　　前述以方干、章碣、裴說、杜荀鶴為例，說明苦吟在孤寒舉子間
相互流傳的後設性質。詳細來說，詩人們不僅自稱苦吟，也在認同的
基礎上互稱苦吟。此或足以成為晚唐以來「普遍苦吟」的文人景觀，
然而，我們同時也要注意一個現象——在唐末相對完整的筆記中，幾
乎沒有對於此有過記載。查檢唐末幾本重要筆記材料提及「苦吟」條
目，統計如下：《北夢瑣言》1 條、《雲溪友議》1 條、《本事詩》1 條、
《唐摭言》0 條。有趣的是，宋元所提及唐代苦吟的數量激增：宋代

〔註 134〕杜荀鶴，〈浙中逢詩友〉，《杜荀鶴及其《唐風集》研究》，卷 1，頁
　　　　　27。

〔註 135〕杜荀鶴，〈秋宿棲賢寺懷友人〉，《杜荀鶴及其《唐風集》研究》，卷
　　　　　1，頁 102。

〔註 136〕由此苦吟用例回顧李定廣分析唐末苦吟的情況，他認為唐末時苦吟
　　　　　已經不止是孟、賈的苦心經營，乃「『苦』與『樂』不再對立，而是
　　　　　融合起來支撐起絕大部分詩人的生命。」此詩例確實能看到「苦吟」
　　　　　能用在歡愉的情境中，但如同文中所搭建的本事是孤寒舉子們偶然
　　　　　相逢之作，筆者更願意將此詮釋為在謀身之餘的「苦中作樂」。李定
　　　　　廣，〈論唐末五代的「普遍苦吟」現象〉，頁 54。

〔註 137〕鄭谷，〈贈文士王雄〉，《鄭谷詩集箋注》，卷 1，頁 73；林寬，〈寄省
　　　　　中知己〉，《增訂注釋全唐詩》，卷 600，頁 410。

的《唐詩紀事》6 條、元代《唐才子傳》8 條，若加列吟苦，《唐才子傳》便多達 10 條。《唐才子傳》所提及苦吟詩人，計有：崔顥、賈島、韓湘、張祜、邵謁、陸龜蒙、司空圖、杜荀鶴、顧況、任蕃等，除崔顥外，其餘皆是中晚唐人。據此，遲至元代的《唐才子傳》才形成普遍苦吟的認知。對於這個現象，不免反映著唐與宋元間的認知差異，然若展開此議題，同時須參酌彼此的文化差異，則有離題之嫌。為此，不妨在認識此現象的基礎上，回過頭來以後設方式解讀「苦吟」如何成為一種向「他者」展現的表現方式。

　　我們不妨從一個有趣詩例看起。鄭谷也是唐末蹭蹬科場多年的舉子之一，極其幸運的登科及第、釋褐、守選之後，首份工作是鄠縣尉，走馬上任後作有〈結綬鄠郊麋攝府署偶有自詠〉：

　　　　鶯離寒谷士逢春，釋褐來年暫種芸。

　　　　自笑老為梅少府，可堪貧攝鮑參軍。

　　　　酒醒往事多興念，吟苦鄰居必厭聞。

　　　　推却簿書搔短髮，落花飛絮正紛紛。〔註138〕

或由於畿縣縣尉在唐代是不錯的起家官，〔註139〕詩人自述到任後的心情，猶如「遷鶯出谷」般的沐春舒暢，前途一片光明。頸聯藉著酒意回首過去，浮現的是在屋中苦吟不已的場景──讀者很容易將此勾連到劉得仁的「到曉改詩句，四鄰嫌苦吟」，鄭谷當年苦吟時所遭受的不容己，如同劉得仁所感受到的厭棄眼光與耳語，同樣感受到源自「他者」的壓力。若從他同時的另首詩作來看，「結綬位卑甘晚達，登龍心在且高吟」，〔註140〕正式踏上宦途之後，儘管是九品小官，卻也將長期「苦吟」一轉為「高吟」，心境已不可同日而語。由此見，孤

〔註138〕鄭谷，〈結綬鄠郊麋攝府署偶有自詠〉，《鄭谷詩集箋注》，卷3，頁350。

〔註139〕鄠縣為畿縣，屬京兆府。李吉甫撰，賀次君點校，〈關內道‧京兆〉，《元和郡縣圖志》（北京：中華書局，1983 年），卷 2，頁 29。關於縣尉的討論，可見賴瑞和，《唐代基層文官》（臺北：聯經出版事業公司，2004 年），第三章〈縣尉〉，頁 139～220。

〔註140〕鄭谷，〈作尉鄠郊送進士潘為卜第南歸〉，《鄭谷詩集箋注》，卷3，頁324。

寒舉子總在謀身的無形壓力下，不得不持續苦思造境。再來看另個例子，周朴賃居外地時作有一詩〈客州賃居寄蕭郎中〉云：

松店茅軒向水開，東頭舍賃一裴徊。

窗吟苦為秋江靜，枕夢驚因曉角催。

鄰舍見愁賒酒與，主人知去索錢來。

眼看白筆為霖雨，肯使紅鱗便曝腮。〔註141〕

《唐才子傳》形容周朴為「無奪名競利之心」的「嵩山隱君」，〔註142〕然從結尾來看，這是一首近於「求救」的干謁詩，暗示周朴在早年仍有一段不短的科考生涯。開頭詩人自述賃居於傍水的茅軒，時常臨窗苦吟不已，鄰居見其愁貌，也不時贈酒言歡。然而，這樣的生活卻是窘迫的，茅軒的「主人」知曉詩人將要離去時，便來索討租金。身無分文之下，只好向蕭郎中求援，尾聯的「白筆」代稱郎中，根據注釋，「霖雨」代稱宰相，即聽聞蕭郎中即將升官，順勢向對方請求略施「滴水之恩」以拯救快渴死的「紅鱗」。結尾的請求可說相當露骨，然觀整首情調，僅透過題目來暗示無處歸去、只得賃居的窘迫，可以想像的是，生活也是三餐不繼、衣不蔽體，但詩人的自述只似輕描淡寫的「窗吟苦為秋江靜，枕夢驚因曉角催」。細玩此聯，詩人日復一日坐在窗邊苦思，甫入夢中卻馬上被驚醒，其「驚」字背後不免蘊藏著對謀生／謀身的擔憂，亦如鄭谷對同樣孤寒出身但先達的李昌符所吐露的心聲：「夜夜冥搜苦，那能鬢不衰」。〔註143〕杜荀鶴旅行途中，作有〈宿欒城驛却寄常山張書記〉：

一更更盡到三更，吟破離心句不成。

數樹秋風滿庭月，憶君時復下堦行。〔註144〕

〔註141〕周朴，〈客州賃居寄蕭郎中〉，《增訂注釋全唐詩》，卷667，頁1019。

〔註142〕經過學者考訂，《唐才子傳》所言「嵩山隱君」為誤，但周朴曾有過隱居生活無疑。傅璇琮主編，〈周朴〉，《唐才子傳校箋》，卷9，頁103～111。

〔註143〕鄭谷，〈寄膳部李郎中昌符〉，《鄭谷詩集箋注》，卷1，頁66。

〔註144〕杜荀鶴，〈宿欒城驛却寄常山張書記〉，《杜荀鶴及其《唐風集》研究》，卷3，頁226。

張書記為何人雖已無從考據，但根據唐令，任幕府職位須為有出身
（大多為進士科及第）之人。〔註145〕因此，此詩或也是向前輩先達拜
謁後，聯繫感情之作。在這首絕句中，詩人連用三「更」字，以徹夜
創作卻苦於沒有合適句子的心情來表達離情依依。「吟破」的用法，
唐詩僅此一例，破字除了花費（破費），也有剖開、穿透之意，如投
入全身心在創作之中。如此長時間、刻苦用力的吟詩方式，無疑是
苦吟詩人的形象。對他者（讀者、貴人）而言，「苦吟」已然為鮮明的
意象，指向一種廢寢忘食的創作之間還擔憂著謀身的生活方式。

　　除了向他者表現吟詩不已的姿態，也有直陳心意、自剖心跡式的
苦吟。在干謁詩〈湘中秋日呈所知〉，詩人所自陳的不是孤寒、貧困的
出身，而是苦吟的酸楚：

　　　　四海無寸土，一生惟苦吟。虛垂異鄉淚，不滴別人心。

　　　　雨色凋湘樹，灘聲下塞禽。求歸歸未得，不是擲光陰。〔註146〕

首二句分別用空間、時間的對比以凸顯奔波四方、不斷吟詩卻一事無
成的坎坷生涯。其後著重在羈旅在外、思鄉情切，並在結尾以反詰語
氣說到，意欲歸去卻無法，豈不是虛擲光陰、違背心意嗎？觀詩意，
似乎有陶淵明「歸去來兮」的意味，乃拋卻建功立業之心，冀求回歸
與安逸。然此詩題來看，亦不免視為有干謁意圖，也能由此展開第二
層次的解讀：詩人自陳奔波四方、苦吟不已，已到了生活無以為繼、
灰心喪意的地步，遂萌生退棲之意；但若是「貴人」（所知）為己之伯
樂，那麼或有轉機。由此解讀來看，詩末的反詰語氣，反倒成了試探
性的詢問，意在尋求對方賞識。這種進退維谷的境況，於另首〈秋夜
苦吟〉也能見到：

　　　　吟盡三更未著題，竹風松雨共淒淒。

〔註145〕石雲濤指出，唐後期方鎮「掌書記一職，大多為進士科出身者充
　　　　任」。詳細討論可見，石雲濤，《唐代幕府制度研究》（北京：中國社
　　　　會科學出版社，2003 年），頁 274～279、298～303。

〔註146〕杜荀鶴，〈湘中秋日呈所知〉，《杜荀鶴及其《唐風集》研究》，卷 1，
　　　　頁 95。

此時若有人來聽，始覺巴猿不解啼。〔註147〕

苦吟者在淒風苦雨中嘔心瀝血的創作形象，已一再被詩人強調、並且映入世人眼中。他者又再次出現：若「有人」願意傾聽，便覺巴猿怎不解啼？又怎麼會不潸然淚下？這種苦之又苦、直欲斷腸的表述，也見於滯留長安時所云「吟苦猿三叫，形枯柏一枝」。〔註148〕由此，苦吟之姿態不只是自艾自憐，也有向希望獲得他者關注之意圖。李頻之苦吟，乃為「酬恩」，〈陝府上姚中丞〉云：

關東領藩鎮，關下授旌旄。覓句秋吟苦，酬恩夜坐勞。

天開吹角出，木落上樓高。閑話錢塘郡，半年聽海潮。〔註149〕

姚中丞為姚合，李頻作為晚唐前期人物，與姚合交好，且姚合作為前輩長官，李頻自然極其恭敬的對待。〔註150〕首聯恭維姚合新任陝虢觀察使、加御史中丞，〔註151〕在宴會中，李頻覓句苦吟，乃為造出足以酬謝恩情的作品。最末，李頻回憶起兩人五年前在杭州會面的情景，不禁有所感慨。〔註152〕從詩的意蘊來看，李頻苦吟並不具「表演」意味，而是著重在精思造句以「酬謝」對方的賞識，仍然能看出

〔註147〕 杜荀鶴，〈秋夜苦吟〉，《杜荀鶴及其《唐風集》研究》，卷3，頁236。
〔註148〕 杜荀鶴，〈長安冬日〉，《杜荀鶴及其《唐風集》研究》，卷1，頁42。
〔註149〕 李頻，〈陝府上姚中丞〉，《增訂注釋全唐詩》，卷582，頁280。
〔註150〕 李頻於《新唐書》有傳，但有部分錯誤，可參：陶敏，《全唐詩作者小傳補正》，卷587，頁997～998；陶敏，〈讀姚合、盧綺二誌札記〉，《文史》，2011年第1期，頁252。
〔註151〕 陶敏，〈姚合年譜〉，《文史》，2008年第2期，頁180～181。
〔註152〕 據年譜，姚合於大和八年（834）冬出為杭州刺史、九年春抵達、開成元年（836）春罷刺史回朝。由李頻詩中「半年聽海潮」與姚合〈杭州觀潮〉「怒雪驅寒氣，狂雷散大音」來看，李頻似已在大和九年春季謁見姚合，為期半年。雖然，現存並無詩證，但李頻與方干為同鄉好友，而方干亦於大和九年再次拜謁姚合，傳云「〔方干〕始舉進士，與同舉者數輩謁錢塘太守姚公」，其中李頻是否與會，或未可知。孫郃，〈傳〉，收入《玄英集·附錄》，《景印文淵閣四庫全書》集部（臺北：臺灣商務，1983年），頁83；陶敏，〈姚合年譜〉，頁176～178。雖然傳云方干「始舉進士」，但此次已非初謁姚合。吳在慶，〈關於方干生平的幾個問題〉，《文學遺產》，1997年第4期，頁36～40。

苦吟是有指向他者的、具備干謁意圖的行為，就如同他在另首詩中也提到：「翻覆吟佳句，何酬國士恩。」〔註153〕是以，晚唐以來的眾多詩人苦吟之際，在自我排遣、書憤之餘，更是向他者傳達一種謀身的表現姿態。

　　前述以後設解讀苦吟在孤寒詩人之間流傳，描述苦吟在孤寒詩人之間流傳，並且以此向大眾傳遞一種猶如「江湖苦吟士，天地最窮人」〔註154〕般舉子與詩人相結合生命型態。有趣的是，從現存的筆記史料來看，唐末時人並未清晰意識到「苦吟」的文化，而較關注舉子或名人的佚事。例如《雲溪友議》紀錄柳棠謁見裴休的場景：

　　〔裴休〕聞棠來，且喜。及〔柳棠〕再謁，則藍衫木簡而已。裴公問其故，對曰：「名場孤寒，虛擲光景。欲求斗粟之養，以成子道焉。」有宴，召馮戢、胡據、柳棠三舉士。裴公於棠名下注曰：「此柳秀才已於鹽鐵求事，不用屈私。」令棠見之，蓋惜其舉子也。……〔柳棠〕乃棄藍袍而歸舊服。〔註155〕

柳棠乃孤寒出身，自覺無法角逐名場，故謀身於鹽鐵小吏，而裴休見此，不禁感嘆如此人才應「不用屈私」，而後柳棠也毅然從舉，最終如意及第。〔註156〕雖然現存柳棠詩作稀少，但從登進士第的經歷來看，可確定擅於詩。而從這則節錄的逸事中，主要圍繞在舉子謀身的話題，「苦吟」可謂潛藏於底的伏流。到了元代，以《唐才子傳》為代表，對於晚唐以來的詩人評價，則有意識抬舉其苦吟詩學，而「孤寒」一詞反倒隻字未提。〔註157〕由此看來，唐宋間確有對詩歌文學觀的

〔註153〕李頻，〈冬夜酬范秘書〉，《增訂注釋全唐詩》，卷580，頁266。

〔註154〕杜荀鶴，〈郊居即事投李給事〉，《杜荀鶴及其《唐風集》研究》，卷1，頁40。

〔註155〕范攄撰，唐雯校箋，〈弘農忿〉，《雲溪友議校箋》（北京：中華書局，2017年），卷中，頁117。

〔註156〕徐松撰，孟二冬補正，《登科記考補正》，卷21，頁767～768。

〔註157〕《唐才子傳》大多用貧苦來指涉出身。根據檢索，晚唐共有：任蕃、方干、來鵬、汪遵、周繇、李洞、韋莊、張蠙、褚載、盧延讓、李中，共至少11人。

差異，〔註158〕但誠如范攄錄寫街談巷議時所云：「每逢寒素之士，作清苦之吟」，〔註159〕孤寒、苦吟皆可視為根基於科舉制度而來，一體兩面的文化形象。而對宋人而言，苦吟毋寧是正在「浮現」，並且成為想像晚唐詩壇的一塊拼圖。

　　本章著眼於唐末孤寒詩人的創作，回顧中晚唐以來既有的苦吟研究，並以詮釋有關苦吟的詩歌，企圖凸顯唐末苦吟不同的意義。藉由研究回顧發現，學界過去對於晚唐苦吟的研究，是以中唐為基點、延伸想像唐末的苦吟情形，從而提出「普遍苦吟」的深遠影響。此觀點固然成立，然若結合唐末的世風與文人價值取向，便發現「普遍苦吟」的文人風景仍有可展開的面向。而一個關節處必須回答：「普遍」如何可能？若只有文學內部的因素，何以造就如此深遠的影響？透過整理古今各家的苦吟系譜，可以發現各家有共識者，僅限於中唐最初的幾位詩人，而對於中唐詩人如何影響晚唐詩人、甚至哪些晚唐詩人，其實並沒有絕對共識。在此，本文提出除了原有文學內部的傳承外，外部的個人遭際與時代風氣也是不可忽視的因素。藉由探討劉得仁運用苦吟的例子，可知「後設」是其重要特徵，容易引起相似際遇的詩人共鳴。這也或是成為晚唐以來「普遍」的基礎。另一方面，從唐末運用苦吟的情境中，不難發現詩人的苦吟多伴隨著苦於一第的憤恨與赴舉途中的艱辛，這背後意味著鍛鍊詩藝與建功立業的價值相疊合，從而有苦吟之姿與蹭蹬科場的際遇相結合之情形。換言之，「普遍苦吟」的文學現象，其實指向唐後期因科舉制度而湧現的「孤寒」舉子，可謂相伴相生、一體兩面的新興現象。最後，孤寒詩人苦

〔註158〕劉寧觀察晚唐本事著作與宋代詩話的差異，或可視為其中一面向：由本事著作的「傳奇」色彩，到宋人求實的詩話特性，兩者除了存在明顯差異之外，也不容忽視詩話援引雜史類筆記精神的展開過程。劉寧，〈「詩話」與「本事」──再探《六一詩話》與晚唐五代詩歌本事著作的關係〉，《清華學報》新48卷第2期（2018年6月），頁327～356。

〔註159〕范攄，〈雲溪友議序〉，《雲溪友議校箋》，頁1。

吟的意義，除了在日常生活中無時無刻苦吟，亦有同儕間的相互憐憫與鼓勵，更成為一種共識的後設形象。更重要的是，這或許正與子弟相對，〔註160〕成為詩人們有意的向世人傳達特定的生命形態——苦於謀身的孤寒舉子。

〔註160〕「子弟」雖與「孤寒」不同，卻也仰賴社會上的聲望。姜士彬以趙郡李氏為例，認為高門大族歷經黃巢之亂後還能保持崇高聲望，除了他們能夠適應衝擊，更重要的是「基於大量民眾的尊崇、大族的自我界定以及自我矜持」。姜士彬，〈一個大族的末年——唐末宋初的趙郡李氏〉，收入范兆飛編譯，《西方學者中國中古貴族制論集》（北京：生活・讀書・新知三聯書店，2018年），頁245～252。

第四章　時、命與息機——孤寒詩人的出處之思

對孤寒詩人而言，與蹭蹬科場的遭遇相比，放棄入仕之想、隱逸山林或許是較為合適的生活方式。在唐末，隱逸的動機更加複雜，除自身久舉不第，還有時勢危險、政治昏暗等外緣因素，而在看待這些曾為舉子的隱居者時，尤要注意他們如何由追逐謀身的兼濟天下之志，或暫時或永久的轉為獨善其身的隱居者。質言之，本章不只是分析隱逸詩，更多關注的是他們的出處之思，進而一窺孤寒詩人的另一大精神面貌。

第一節　「行藏」作為唐末隱逸文學的關鍵詞

仕與隱的糾纏與迴響，可說佔據中國文人生命的主旋律，也構成文學傳統的一片風景。〔註1〕自先秦以來，仕與隱乃文人始終面臨的兩難抉擇：一方面，在儒家文化的薰陶下，入仕是參與政治，進而兼濟天下的合理方式，但另方面，在仕途百般受阻之餘，也會有獨善其身、隱居山林之想，而是否應該持續奮進，當是文人不如意之時衝突

〔註1〕吳璧雍，〈人與社會——文人生命的二重奏：仕與隱〉，收入蔡英俊主編，《抒情的境界》（臺北：聯經出版事業公司，1982年），頁161～201。

終極價值的大哉問。〔註2〕唐代亦是如此，學界有關仕與隱的思考，已有豐富的討論，以下先行回顧唐代特色的隱逸觀，其後聚焦於晚唐唐末的情境，提出一個可行的研究視角。

　　唐代隱逸與以往不同的地方是，隱逸也被視為入仕之途。雖然，六朝文人就有「希企隱逸」之風，〔註3〕但初盛唐時更有「終南捷徑」之說，「名山」遂為許多士人趨之若鶩之所，〔註4〕也有了「冠冕巢由」的隱逸思想。〔註5〕在此思想風氣底下，無論放跡山林卻心向廟堂，或是不慕榮利而歸隱山林者，都能表現出隱逸之一面，如此一來，便形成蔚為可觀的隱逸文學。其中，最具代表性的盛唐詩人應當是孟浩然、王維與李白，而他們也各自展現隱逸文學的不同面向。聞一多眼中的孟浩然，較少將仕隱矛盾呈現於詩中，其詩以「沖淡」為底色、是「人的剩餘」。〔註6〕陳貽焮詳盡闡述孟浩然前後期隱逸的差別，認為孟浩然後期與陶淵明極為相似：「他們生活雖似出世而精神是入世的，他們都有抱負，都經受了主觀願望與客觀現實矛盾的痛苦，都認

〔註2〕關於隱逸的討論，目前主要以思想根源及發生背景切入，尤其關注先秦至六朝。根本誠，《專制社會における抵抗精神：中國的隱逸の研究》（東京：創元社，1952 年）；神樂岡昌俊，《隱逸の思想》（東京：ぺりかん社，2000 年）；王仁祥，《先秦兩漢的隱逸》（臺北：國立臺灣大學文學院，1995 年）；劉翔飛，〈論唐代的隱逸風氣〉，《中國書目季刊》第 12 卷第 4 期（1979 年 3 月），頁 25～40。

〔註3〕王瑤，〈論希企隱逸之風〉，《中古文學史論集》（上海：上海古典文學出版社，1956 年），頁 49～68。

〔註4〕唐以前便有終南捷徑的概念，不過明確提出是在《大唐新語》：「盧藏用始隱於終南山中，中宗朝累居要職。有道士司馬承禎者，睿宗迎至京，將還，藏用指終南山謂之曰：『此中大有佳處，何必在遠！』承禎徐答曰：『以僕所觀，乃仕宦捷徑耳。』」劉肅，〈隱逸〉，《大唐新語》（北京：中華書局，1984 年），卷 10，頁 157～158。嚴耕望，〈唐人習業山林寺院之風尚〉，《嚴耕望史學論文集》（上海：上海古籍出版社，2009 年），頁 886～931。

〔註5〕林繼中，〈盛唐田園詩的心理依據〉，《詩國觀潮》（福州：福建教育出版社，1997 年），頁 61～64。

〔註6〕聞一多，〈孟浩然〉，《唐詩雜論》（北京：三聯書店，2012 年），頁 41～48。

識了並揭示了現實和官場的黑暗和醜惡，都冀求完成一種獨立的不
媚世人格。」〔註7〕至於王維，柯慶明分析王維「詩中的世界」，解讀
詩中有關仕進與隱居的矛盾以及調和之道，為我們演示詩人的內心
活動。〔註8〕至於比較孟、王的研究，葛曉音從山水田園之一面向論
及他們隱逸詩的特色，認為孟浩然「是一個典型的盛世隱士。其典型
意義就在於他代表了盛唐大多數終生不達或官至一尉的失意文人共
同的精神面貌」，而王維的隱逸思想隨著官歷幾經變動，最後「把適
意與否當作可與不可的標準，為自己的朝隱找到並不新鮮的論據」。
〔註9〕至於李白，較早如陳貽焮指出「他的隱逸、求仙，雖也不無出
世因素，但主要是出於處心積慮地極世俗的打算，其政治目的是十分
明確的」。〔註10〕稍後有施逢雨描述了唐代政教背景下的「隱士意
識」，認為李白於此意識下「自認超曠不群，是天生的隱士、神仙材。
但他也認為自己應該顯達濟世，以盡事君榮親的世俗任務」，乃以范
蠡、張良為典範的功成身退之姿。〔註11〕上述有關盛唐詩人隱逸之研
究，不過一隅，但已見隱逸與建功立業之心伴隨著唐人一生，並以各

〔註7〕陳貽焮，〈談孟浩然的「隱逸」〉，《陳貽焮文選》（北京：北京大學出
　　　　版社，2010 年），頁 69。

〔註8〕柯慶明，〈試論王維詩中的世界〉，《文學美綜論》（臺北：長安出版社，
　　　　1983 年），頁 341～405。

〔註9〕葛曉音也同時比較孟、王的風格差異。葛曉音，《山水田園詩派研究》
　　　　（瀋陽：遼寧大學出版社，1994 年），頁 196、224、242。此外，蕭
　　　　馳從空間詩學的角度探討孟浩然與王維，指出兩人隱逸詩的差異。蕭
　　　　馳，〈問津「桃源」與棲居「桃源」──盛唐隱逸詩人的空間詩學〉，
　　　　《中國文哲研究期刊》第 42 期（2013 年 3 月），頁 1～50。

〔註10〕陳貽焮，〈唐代某些知識分子隱逸求仙的政治目的──兼論李白的政
　　　　治理想和從政途徑〉，《唐詩論叢》（長沙：湖南人民出版社，1980
　　　　年），頁 167。

〔註11〕施逢雨，〈唐代道教徒式隱士的崛起：論李白隱逸求仙的政治社會考
　　　　察〉，《清華學報》，新 16 卷 1＋2 期（1984 年 6 月），頁 46。此外，
　　　　蕭麗華以李白五入廬山的創作為例，指出廬山對李白而言除了是道
　　　　教聖山，亦為避亂之地，更是發下效仿謝安出山以一匡天下之豪語之
　　　　所在。蕭麗華，〈出山與入山：李白廬山詩的精神底蘊〉，《臺大中文
　　　　學報》第 33 期（2010 年 12 月），頁 185～223。

自不同的方式展現於文學之中。

　　基本上，具唐代特色的隱逸觀在盛唐就幾乎發展完成，到了中唐則更傾向將隱逸視為「調適」仕宦之情的方式，以姚合、白居易為代表。關於姚合，王夢鷗較早闡述姚合武功體的內涵及衰落的原因，〔註12〕儘管姚武功的風格在晚唐以後聲勢漸弱，反倒是蔣寅與葛曉音先後藉由「郡齋」的線索，另拓出「吏隱」詩的新方向。郡齋為官舍，詩人在京外任上、特別是在官舍中所作之詩，便稱為郡齋詩。〔註13〕葛曉音指出，郡齋詩源於大歷時期，以韋應物為代表，至中唐則以白居易、姚合創作數量為最。〔註14〕郡齋詩的發生，一方面代表著文人不再過於執著出任京官，〔註15〕另一方面，文人將閒散、放逸之情置入郡齋、園林等人造空間，營造出隱逸空間的想像。〔註16〕蔣寅指出，文人之所以在郡齋、園林中產生隱逸之思，是因為他們所崇尚的是謝朓式「取其閒適，作為紛煩嘈雜的朝市生活的調節與逃避」隱逸觀，故而表現出「在盡忠職守的前提下尋求安寧適意的生活，作為對顛沛轉徙、羈旅辛勤的宦游生涯的調劑和補充」。〔註17〕如此脈

〔註12〕王夢鷗，〈唐「武功體」詩試探〉，《傳統文學論衡》（臺北：時報文化，1987 年），頁 179～188。其後有關武功體的研究有：李建崑，〈論姚合〈武功縣中作〉三十首〉，《興大中文學報》第 17 期（2005 年 6 月），頁 93～114；鍾曉峰，〈中唐縣級僚佐的官況書寫──以王建、姚合為討論中心〉，《東華人文學報》第 15 期（2009 年 7 月），頁 69～100。

〔註13〕蔣寅透過觀察韋應物在州縣任上所作之詩，進而拈出這個概念。蔣寅，〈隱逸的旋律〉，《大歷詩風》（南京：鳳凰出版社，2009 年），頁 94。

〔註14〕葛曉音，〈中晚唐的郡齋詩和「滄州吏」〉，《北京大學學報（哲學社會科學版）》第 1 期（2013 年 1 月），頁 88～103。

〔註15〕長部悅宏，〈唐代州刺史研究─京官との関連─〉，《奈良史學》第 9 期（1991 年 12 月），頁 27～51。

〔註16〕王毅指出，園林造景到了中唐以後傾向於「壺中天地」的設計原則，楊曉山則進一步論述此構造的文化意涵。王毅，《園林與中國文化》（上海：上海人民出版社，1990 年）；楊曉山著，文韜譯，《私人領域的變形：唐宋詩詞中的園林與玩好》（南京：江蘇人民出版社，2008 年）。

〔註17〕蔣寅，〈隱逸的旋律〉，《大歷詩風》，頁 98～99。

絡，至白居易則形成在宦途中仍事隱居的「中隱」之說。與先前文人在郡齋、園林中擬仿隱士的詩意生活稍有不同，孫昌武指出，白居易思想受洪州禪影響甚深，賈晉華則更進一步將洪州禪與中隱思想結合起來，形塑一種隨遇而安、隨地即隱的隱逸形態。〔註18〕從發展軌跡來看，隱逸已從一種特定生活方式，擴大為一種心境、情調，再不必與仕宦相對，〔註19〕更可以說，「中隱」乃仕宦生涯中的調劑，〔註20〕成為自盛唐以來士大夫休閒的風尚。〔註21〕

　　到了晚唐唐末，孤寒詩人們隱居目的與功能有所不同，原有的「終南捷徑」與「仕宦生涯中的調劑」都極大的失去效用，原本的仕隱關係也從而改變。劉寧提到了唐末隱逸事跡的兩種類型，一是以方干為代表，為失意隱居之人，二以司空圖為代表，為不得已避難山林之人。〔註22〕李定廣認為，這些亂世底下的文人充滿著大廈將傾的悲

〔註18〕孫昌武，〈白居易與禪〉，《禪思與詩情》（北京：中華書局，2006年），頁167～194；賈晉華，〈「平常心是道」與「中隱」〉，《漢學研究》第16卷第2期（1998年6月），頁317～349。

〔註19〕葛曉音認為「朝隱」與「待時之隱」的思想型態，共同造就初盛唐山水詩與田園詩的合流。葛曉音，〈開元前期山水田園詩的合流〉，《山水田園詩派研究》（瀋陽：遼寧大學出版社，1993年），頁180～193。

〔註20〕曹淑娟以白居易履道園為例，認為園林具有隔絕外界的功能，提供文人對抗險惡政治的心靈避風港；或是埋田重夫從白居易書寫房屋看到空間作為精神之延長與「洛陽履道邸」被賦予的閒適意義。曹淑娟，〈江南境物與壺中天地——白居易履道園的收藏美學〉，《臺大中文學報》第35期（2011年12月），頁85～124。埋田重夫著，王旭東譯，〈白居易詩歌中關於房屋的文學表現——與閒適的詩想相關聯〉，《白居易研究：閒適的詩想》（西安：西北大學出版社，2019年），頁147～204。

〔註21〕吳在慶，〈多姿多采的隱逸道路與生活〉，《唐代文士的生活心態與文學》（合肥：黃山書社，2006年），頁272～289；吳在慶，〈唐代文士隱逸生活述略〉，《聽濤齋中古文史論稿》（合肥：黃山書社，2011年），頁72～80。

〔註22〕劉寧，〈唐末五代詩人群體〉，《唐宋之際詩歌演變研究：以元白之「元和體」的創作影響為中心》（北京：北京師範大學出版社，2002年），頁121～125。

劇意識，而藉由隱居山林，那些「自然山水、花鳥草蟲、日常生活確實是化解悲劇意識的良方」。〔註23〕實際上，並不是所有文人──尤其是還未實現建功立業之志的孤寒詩人們──都主動選擇隱居，卻也不代表著內心都無所動搖，相反的，充滿歧路窮途的行藏之思不時閃現在詩作之中。〔註24〕由此，我們可以看到孤寒詩人並不似前人在仕宦生涯中思求隱逸，而是在求取仕途之中同時考慮放棄的可能性。因而，出處之思遂回歸為詩歌重要話題，也就是「謀身」之「行」與「歸隱」之「藏」該如何抉擇的難題。原本，行藏典出《論語》「用之則行，舍之則藏」，乃表達用與不用的兩種應對方式；隨著日益劇烈的政治動盪，士人對用與不用的判斷便不只是被動客觀的處境，也取決於自己是否應舉，一旦「不求仕進」之餘往往便是放跡山林。至此，有必要從有實際隱居經驗者開始討論，而後聚焦那些未必有隱居經驗，但游移於仕隱之間的詩人們。

　　為了對孤寒詩人實際隱逸狀況有基本的理解，以下整理他們隱逸事跡，列如下表 4-1：

表 4-1：唐末孤寒詩人具隱居經驗及事跡一覽表〔註25〕

事　跡	詩　人
無心進仕	周朴
先仕後隱	王駕、鄭谷、王貞白、鄭良士
先隱後仕	李群玉

〔註23〕 李定廣，〈亂世文人的悲劇意識及其文藝轉化〉，《唐末五代亂世文學研究》（北京：中國社會科學出版社，2006 年），頁 72。

〔註24〕 這實際上又回到阮籍式對未來的徬徨與焦慮。廖美玉，〈中古詩人如何走向「獨善」之路〉，《回車：中古詩人的生命印記》（臺北：里仁書局，2007 年），頁 54～61。

〔註25〕 此表整理自：林燕玲，〈附錄：唐代士人隱逸事跡表〉，《唐人之隱──一種文學社會學角度的觀察》（新北：花木蘭文化，2010 年），頁445～476；李紅霞，〈附錄：唐代士人隱逸事跡一覽表〉，《唐代隱逸與文學》（北京：商務印書館，2017 年），頁 246～285。

習業山林	李頻、邵謁、許棠、張喬
避亂歸隱	來鵬、羅隱、杜荀鶴、張喬、曹松、李咸用、司空圖
失意歸隱	方干、喻坦之

自表 4-1 可見，真正不求仕進者僅有周朴一人，而能以「終南捷徑」
之途入仕者，也僅有李群玉一人，〔註 26〕其餘皆是在有仕進之心的情
況下，或主動或被動選擇隱居。值得注意的是，先仕後隱者均是棄官
歸隱，除王駕行跡還可商榷外，〔註 27〕鄭谷、王貞白、鄭良士皆於天
復年間棄官。若對照當時情勢──關中有鳳翔李茂貞聯合韓全晦，與
朝中崔胤相互傾軋，同時有來自關外的朱全忠進軍相逼，情勢可謂危
急萬變──〔註 28〕他們明顯感受到關中即將淪陷的壓力而毅然棄官
歸隱。就情境而言，這些先仕後隱與避亂歸隱相似，皆為深受時勢拖
累之人，而這也在孤寒詩人的作品裡有所呈現。質言之，隱逸之思自
中唐以後又增添新的因素，主要圍繞在與科舉風氣與時局發展之間。
更重要的是，即使沒有歸隱事跡，那些蹭蹬仕途的舉子們仍不時有著

〔註 26〕 李群玉「大中八年，以草澤來京，詣闕上表，自進詩三百篇。」傅璇
琮主編，〈李群玉〉，《唐才子傳校箋》（北京：中華書局，1990 年），
卷 7，頁 392。這並不是指當時並沒有隱居求名之人，而是說在孤寒
詩人裡較為罕見。皮日休指出了三種隱逸情況，分別為賢人之道隱、
小人之名隱、野人之性隱，那些「天下無道」不得不隱逸者，應屬道
隱；換言之，在皮日休看來，孤寒詩人的隱逸亦具正當性。皮日休著，
蕭滌非整理，〈移元徵君書〉《皮子文藪》（上海：中華書局，1959 年），
卷 9，頁 91～92。

〔註 27〕 《唐才子傳》云：「〔王駕〕仕至禮部員外郎。棄官嘉遁於別業，與鄭
谷、司空圖為詩友，才名籍甚。」儘管，我們雖無法確知王駕棄官具
體何時，但鄭谷、司空圖於相近時間棄官歸隱。不妨將王駕也視為出
逃的官員之一。傅璇琮主編，〈王駕〉，《唐才子傳校箋》，卷 9，頁 254
～256。

〔註 28〕 各詩人行跡可參傅璇琮主編，《新編唐五代文學編年史·晚唐卷》（瀋
陽：遼海出版社，2012 年），頁 617～638。此外，由於天復距唐亡不
到十年，羅宗濤認為此時隱居「更明白單純的表示對新朝的不認
同」。羅宗濤，〈唐末詩人對唐亡的反應試探〉，收入中國唐代學會、
國立中正大學中國文學系、歷史系主編，《唐代文化學術研討會論文
集·第五屆》（高雄：麗文文化，2001 年），頁 404。

行藏之思，遂蔚為詩歌一大主題。以下略舉孤寒詩人與行藏有關的詩作，以明唐末詩歌之一面向。

　　詩人之所以周折於或行或藏之間，較為普遍的原因仍是仕途受阻。許棠〈長安書情〉可為代表：

　　　　疏散過閑人，同人不在秦。近來驚白髮，方解惜青春。

　　　　僻寺居將遍，權門到絕因。行藏如此輩，何以謂謀身。〔註29〕

題目點出詩人時在長安，一位外鄉人滯留長安，多半是為了科舉或結交權貴。在貴人雲集的都城之中，詩人卻閑散無事──這並非忙裡偷閒或怡然自得，乃因「同人」（同好、知音）不在此的寂寥。在「長安」蹉跎了青春，卻是屢遭冷落、住遍各家僻寺。最末的自我質疑更是悲切：如此不受用，不如歸去吧？一方面，他何嘗不想仕進，但不斷受挫之下，也不得不思考退卻之途。然而在晚唐長期科考的風氣中，舉子們對來年的期待總是愛恨交織，這使得他們難以做出隱逸這般重大決定，例如杜荀鶴〈辭鄭員外入關〉描述拜別貴人、入關赴考的心情：

　　　　男兒三十尚蹉跎，未遂青雲一桂科。

　　　　在客易為銷歲月，到家難住似經過。

　　　　帆飛楚國風濤闊，馬度藍關雨雪多。

　　　　長把行藏信天道，不知天道竟如何。〔註30〕

開頭點出作為士人最關切的問題：科舉，為了搏得一第而踏足四方，更是司空見慣。在蹭蹬仕途、虛擲歲月之際，詩人也不禁向上天發問──究竟該堅持（行）還是放棄（藏）？──當然，詩人也清楚，這是得不到回應的。在「士」不得「仕」的焦慮之下，杜荀鶴的「問天」乃是人之常情，也反映科舉與個人命運的緊密連結。另個例子是崔塗在受邀問卜前途時所作之詩：

　　　　何必問著龜，行藏自可期。但逢公道日，即是命通時。

〔註29〕許棠，〈長安書情〉，《增訂注釋全唐詩》，卷598，頁392。

〔註30〕杜荀鶴，〈辭鄭員外入關〉，《杜荀鶴及其《唐風集》研究》（成都：巴蜀書社，2005年），卷2，頁195。

　　　　樂善知無厭，操心幸不欺。豈能花下淚，長似去年垂。〔註31〕

詩人認為，有關前途之光明與否，並非求神問卜，乃取決於能否能得
公道眷顧；自己只要樂善知足、無愧於己即可。然而這看似堅決與自
信的論調，在結尾處暗藏隱憂。「花下」蓋指及第後的杏園花宴，於
花下落淚即是落榜，徐寅有「更無名籍強金榜，豈有花枝勝杏園」、喻
鳧送友人下第有「紫閣雪未盡，杏園花亦寒」皆用此意。「豈能花下
淚，長似去年垂」乃就問卜而發，指還須多加努力，不要重蹈去年覆
轍，但也看到他的自信並沒有明確根據：這個詩人已於去年落榜，今
年與來年皆或未可知。

　　既然，孤寒詩人的行藏之思繫於科場，那麼又是如何決定堅持赴
考或是毅然隱居？崔塗的「但逢公道日，即是命通時」已指出行藏之
思的重要主題：命之窮通。關於此，李咸用的詩作亦可一窺其心態：

　　　　不傍江煙訪所思，更應無處展愁眉。
　　　　數杯竹閣花殘酒，一局松窗日午棋。
　　　　多病却疑天與便，自愚潛喜眾相欺。
　　　　非窮非達非高尚，冷笑行藏秖獨知。〔註32〕

詩的前三聯大抵是向友人自述在家養病而鮮少外出的閒情逸致，最
末回扣到自視為「儒者」──正如他在這組詩開頭「為儒自愧已多
年，文賦歌詩路不專」〔註33〕所宣示的──卻無法實現建功立業之
志的焦慮。弔詭的是，詩人似非遵循先秦以來非仕則隱的價值觀，他
利用了三個否定，拒絕將自己劃入「窮」（不遇之士）、「達」（仕宦之
人）、「高尚」（具有德性的隱者）三種抉擇之中，對於或行或藏的答
案，留下了曖昧的「秖獨知」。其實，若觀同組另首詩，便可明白這種
心態：

〔註31〕崔塗，〈友人問卜見招〉，《增訂注釋全唐詩》，卷673，頁1079。

〔註32〕李咸用，〈和友人喜相遇十首其四〉，《增訂注釋全唐詩》，卷640，頁
　　　　764。

〔註33〕李咸用，〈和友人喜相遇十首其一〉，《增訂注釋全唐詩》，卷640，頁
　　　　764。

麻衣未識帝城塵，四十為儒是病身。

有恨不關銜國恥，無愁直為倚家貧。

齊輕東海二高士，漢重商山四老人。

一種愛閒閒不得，混時行止却應真。〔註34〕

首聯便展現意志與命運的頡頏，身為「儒者」却身穿「麻衣」，以及意欲造訪「帝京」尋求機會却飽受「病痛」侵擾。但如此追求謀身的動機，並非來自拯救頹亡唐室的擔負感──「有恨」却非來自國恥、「無愁」乃為家貧，這道出個人內心而追求名利。同時，結尾「混時行止却應真」更提到了在這般「混時」的趨勢下，士人多半依據內心想法（却應真）而行動，展現不同於盛中唐文人顧及家國的思維方式。依此理解前詩「冷笑行藏秪獨知」的「獨」字便顯得格外有意義，雖然這是失意之語，但也透顯孤寒詩人的出處之思乃充滿彈性與自主性的個人意願，從這種源自內心的追求，也能解釋為何晚唐舉子能堅持應考不輟十餘年不止。從另種角度來看，也可說孤寒詩人認為命之窮通乃掌握在自己手中。

既然能一定程度掌握窮通之命，那麼也就必須要懂得判斷時局，以求避禍自保。唐末有許多因亂世而暫時隱居山林的詩人，一個例子是唐末著名隱士司空圖，他自黃巢之亂後（881）寓居王官谷，僖宗還朝之後曾短暫出任知制誥，〔註35〕但兩年後又復隱居，〔註36〕作有

〔註34〕李咸用，〈和友人喜相遇十首其九〉，《增訂注釋全唐詩》，卷640，頁765。

〔註35〕兩《唐書》本傳記載一致，《舊唐書》云：「僖宗自蜀還，次鳳翔，召圖知制誥，尋正拜中書舍人。」《新唐書》云：「僖宗次鳳翔，即行在拜知制誥，遷中書舍人。」劉昫等撰，《舊唐書·司空圖傳》（北京：中華書局，1997年），卷190，頁1298。歐陽修等撰，《新唐書·司空圖傳》（北京：中華書局，1997年），卷194，頁1425。

〔註36〕僖宗還朝時，朝中田令孜與河中王重榮、太原李克用衝突，田令孜不敵王、李合軍，脅僖宗出幸鳳翔、後又至寶雞。是事詳見司馬光，《資治通鑑》（北京：中華書局，1956年），卷256，頁8327～8329。司空圖正是在鳳翔行在時任知制誥，但「復從之〔寶雞〕不及，退還河中」。

〈退棲〉以明志：

> 宦遊蕭索為無能，移住中條最上層。
>
> 得劍乍如添健僕，亡書久似失良朋。
>
> 燕昭不是空憐馬，支遁何妨亦愛鷹。
>
> 自此致身繩檢外，肯教世路日兢兢。〔註37〕

詩人對此次出仕並不滿意，幾經掙扎後毅然隱居，〔註38〕而在這裡，書劍之志都能如願。可注意的是，在此的隱居不意味著斷絕濟世之想，乃衡諸時局之後決定有所不從。頸聯中上下句兩個典故的使用耐人尋味，上句燕昭王千金買馬的典故，意指君王求賢心切，司空圖自比千金之馬，深知君王的憐愛之情，下句卻又以支遁憐愛鷹馬而不強為騎乘之事，表達自己不願受到豢養（受招出仕）的心志。就千金買骨與支遁愛鷹馬的典故來看，一者為接受求賢、另者為任其本性，〔註39〕在進退行藏之間，最終示以「豈肯」的反詰語氣，以表退棲山林的堅決態度。另個例子是韓偓在唐亡之後向南依附王審知，〔註40〕稍事安逸之際作有〈息慮〉：

> 息慮狎群鷗，行藏合自由。春寒宜酒病，夜雨入鄉愁。
>
> 道向危時見，官因亂世休。外人相待淺，獨說濟川舟。〔註41〕

〔註37〕司空圖著，祖保泉、陶禮天箋校，《司空表聖詩文集箋校》（合肥：安徽大學出版社，2002 年），卷 1，頁 28。

〔註38〕吳調公盛讚此詩為「衰謝與壯圖的交織」。吳調公，〈壯士拂劍、浩然彌哀──讀司空圖〈退棲〉詩〉，《古典文論與審美鑑賞》（濟南：齊魯書社，1985 年），頁 453。

〔註39〕千金買骨的典故見《戰國策》。支遁愛鷹的典故有不同版本，在《世說新語・言語》中是好馬，《建康實錄》則是好養鷹馬，但無論如何，都意在支遁對鷹馬「重其神駿」且任其本性的賞識。劉向集錄，〈燕昭王收破燕後即位〉，《戰國策・燕策》（上海：上海古籍出版社，1978 年），卷 29，頁 1065。關於《世說新語》與《建康實錄》的異文，可參考劉義慶著，余嘉錫箋疏，〈言語〉，《世說新語箋疏》（臺北：華正書局，1991 年），頁 122～123。

〔註40〕霍松林、鄧小君，〈韓偓年譜（下）〉，《陝西師大學報（哲學社會科學版）》，1989 年第 1 期，頁 116。

〔註41〕韓偓撰，吳在慶校注，〈息慮〉，《韓偓集繫年校注》（北京：中華書局，2015 年），卷 2，頁 267。

詩人消息思慮之後無有機心，行藏皆隨心所欲，但這樣的閒情逸致
乃迫於現實難違：身為長安人的他，寓居外地而湧起「鄉愁」，憶起
當年儘管唐室頹危，仍赴任翰林學士，但最後仍不敵朱全忠的威逼，
唐運竟乍然休止。〔註42〕合觀詩意，這「息慮」也可解讀為萬念俱
灰後的無所適從，被動等待時勢的進一步發展。韓偓與司空圖，他
們都在審度時勢後暫時隱居，如此思想傾向已與盛中唐時有所不同，
更多了等待凶險過去、清時到來的意味，例如李咸用在隱居中仍伺
機而動：

> 展轉檐前睡不成，一床山月竹風清。
> 蟲聲促促催鄉夢，桂影高高挂旅情。
> 禍福既能知倚伏，行藏爭不要分明。
> 可憐任永真堅白，淨洗雙眸看太平。〔註43〕

互讀中二聯便可一窺孤寒詩人依違於「催鄉」的棄絕仕途與追逐「桂
影」的科舉功名之間，除此之外，還更須審慎「分明」的判斷那劍拔
弩張的情勢，才不致波及人身之「禍福」。正如尾聯所用典故，任永
以目盲為由拒絕為公孫述服務，待述敗後才曰「世適平，目即清」；
〔註44〕足見唐末詩人的「行藏」之思也帶有時勢因素，不只有考慮自
身的生活方式。

　　回顧前述以「行藏」為關鍵詞的詩文，可以歸納出行藏之思關係
著如何詩人如何認識總體時勢與個人命運，以及該何時堅持、何時放
棄的掙扎。也由此看出，過去學者所指出的矛盾心態未必正確。〔註45〕
為了詳述這個命題，以下將分「時」、「命」、「機」三個部分展開觀察。

〔註42〕歐陽修等撰，《新唐書·韓偓傳》，卷183，頁1378。
〔註43〕李咸用，〈山中夜坐寄故里友生〉，《增訂注釋全唐詩》，卷640，頁760。
〔註44〕范曄撰，李賢等注，《後漢書·李業傳》（北京：中華書局，1997年），
卷81，頁692。
〔註45〕李紅霞指出，晚唐隱逸的特徵是進退皆戀的矛盾心態。但在筆者看
來，至少孤寒詩人身上並不矛盾，因為他們還「未出身」，在正式踏
入官場前，行藏之思充滿機變理所應當。李紅霞，《唐代隱逸與文學》，
頁82～84。

在「時」的部分，主在討論詩人如何認識時勢的明與危，以及時勢與出處的關係；「命」則是討論命論，包括個人命運是否注定，或能掌握手中；「機」則是在認識時與命之後，從事隱居的心緒以及在這時代氛圍中發展的息機觀念。觀察時、命、機，或能對唐末孤寒詩人的行藏之思有進一步的理解。

第二節　明時或危時：時勢困境與出處的兩難

「時」與隱逸思想幾乎同時出現，《周易》便對君子如何出處有過一番描述，〈遯〉卦云：「剛當位而應，與時行也」，倘若「小人方用，君子日消」，即「君子當此之時，若不隱遯避世，即受其害」，故曰「遯之時義大矣哉。」〔註46〕在禮樂崩壞之際，先秦儒家與道家對「時」的理解與應對很是相近，為帶有政治意涵的「時世」。《論語》記載陽貨與孔子的對話：

> 〔陽貨〕謂孔子曰：「來！予與爾言。」曰：「懷其寶而迷其邦，可謂仁乎？」〔孔子〕曰：「不可。」「好從事而亟失時，可謂知乎？」曰：「不可。」「日月逝矣，歲不我與。」孔子曰：「諾。吾將仕矣。」〔註47〕

陽貨說服孔子出仕的理由是身懷能力卻不在對的時候出仕，不僅是浪費歲月、也是國家的損失。「懷其寶」、「好從事」屬於自身能力與內在動力，而「時」屬於外在條件，審視兩端將決定是否出仕的關鍵。而「時」是否合宜，乃關乎政治，〈泰伯〉：「天下有道則見，無道則隱。邦有道，貧且賤焉，恥也；邦無道，富且貴焉，恥也。」「有道」、「無道」主要繫於君王的用人態度，而在亂世中尋求識己的君王乃孔子之所以周遊列國的初衷，正如〈陽貨〉之疏所云：「孔子棲棲，好從事，而數不遇失時，可謂有知者乎？不得為有知也。」可見「失時」

〔註46〕王弼注，孔穎達正義，〈遯〉，《周易正義》，收入阮元校刻，《十三經注疏附校勘記》（北京：中華書局，1980年），卷4，頁48。

〔註47〕何晏集解，刑昺疏，〈陽貨〉，《論語注疏》，收入阮元校刻，《十三經注疏附校勘記》，卷17，頁2524。

與「所知」的緊密關係。稍晚時代的莊子則從藏身避禍之一端論審視時勢的重要性：

> 世與道交相喪也，道之人何由興乎世，世亦何由興乎道哉！道無以興乎世，世無以興乎道，雖聖人不在山林之中，其德隱矣。隱，故不自隱。古之所謂隱士者，非伏其身而弗見也，非閉其言而不出也，非藏其知而不發也，時命大謬也。當時命而大行乎天下，則反一無迹；不當時命而大窮乎天下，則深根寧極而待；此存身之道也。〔註48〕

莊子認為，無道與亂世互為因果，類似於共伴關係，儘管聖人也不能違逆大勢，遂主張混跡人群、韜光養晦。而隱士之所以隱居，乃因自認時命大謬，不容於時，故暫時藏身以保全存身。我們也同樣在長沮、桀溺與子路的對話中看到兩種對亂世中該如何進退應對的差異，〔註49〕可以說，道、儒兩家對亂世之時的認識相當一致，惟道家認為世不可逆，應當全身遠害，儒家更崇向以天下己任的「吾往矣」的精神。〔註50〕

　　隨著科舉制度的成熟，進士科成為入仕的最佳選擇，那些蹭蹬十餘年的孤寒舉子對「時」的認識便有所不同了。他們認為，在稍縱即逝的清平時局應當積極謀求出仕，而非待時隱居，即如徐寅所云「末路可能長薄命，修途應合有良時」、「時來不怕滄溟闊，道大卻憂湟潦深」。〔註51〕又例如張蠙的〈長安春望〉：

> 明時不敢臥煙霞，又見秦城換物華。

〔註48〕郭慶藩編，王孝魚整理，〈繕性〉，《莊子集釋》（臺北：萬卷樓，2007年），卷6，頁608～609。

〔註49〕何晏集解，刑昺疏，〈微子〉，《論語注疏》，卷18，頁2529。進一步說，道儒兩家的差異是對亂世無道能否憑個人改易的可能性。

〔註50〕林啟屏就郭店楚簡〈窮達以時〉討論先秦儒家如何回應「不遇」問題，從中可見儒家的入世性格。林啟屏，〈先秦儒學思想中的「遇合」問題──以〈窮達以時〉為討論起點〉，《鵝湖學誌》第31期（2003年12月），頁85～121。

〔註51〕徐寅，〈郊村獨遊〉、〈休說〉，《增訂注釋全唐詩》，卷702，頁1373、1376。

殘雪未銷雙鳳闕，新春已發五侯家。

甘貧祗擬長緘酒，忍病猶期強採花。

故國別來桑柘盡，十年兵踐海西艖。〔註52〕

在此，儘管我們不甚明白「明時」的標準，但詩人明確表達在政治清明時不應當隱居（臥煙霞）的觀點。不幸的是，孤寒舉子的科考之途總是困難重重，「新春」蓋指放榜時節，指上榜人物多是五侯豪族，自己只能飲酒消愁、期待來年榜上有名。最後，詩人意有所指的望向「故國」，感嘆別離十年以來的滿目瘡痍、兵亂不斷，也凸顯「明時」更應進取的志向，〔註53〕否則便如許棠與杜荀鶴所感嘆的：「素業滄江遠，清時白髮垂。蹉跎一如此，何處卜棲遲」，以及：「自古書生也如此，獨堪惆悵是明時。」〔註54〕徐寅亦如是，〈長安即事〉云：

無酒窮愁結自舒，飲河求滿不求餘。

身登霄漢平時第，家得干戈定後書。

富貴敢期蘇季子，清貧方見馬相如。

明時用即匡君去，不用何妨却釣魚。〔註55〕

兩首詩的基調都是孤寒舉子受困長安（科場）的失意之情，富貴與貧賤之別成為實踐志業的鴻溝，而及第則是谷底翻身的機會。他們在宣稱「明時」應當進取的同時，心繫遠方受干戈撻伐的家鄉，可知明時並不完全等同於「天下太平」或「盛世」，更傾向是關中地區的無恙──更重要的是，這也意味著科舉能正常運行。〔註56〕尾聯似乎對出

〔註52〕張蠙，〈長安春望〉，《增訂注釋全唐詩》，卷696，頁1320。

〔註53〕從「海西」來看，此指江蘇一帶的亂事，對照咸通以後的亂事，有較大破壞者當屬龐勛之亂與黃巢之亂，由於對於張蠙的生平行跡所知甚少，很難確知是哪場動亂；但若從開頭「明時」考慮，似指破壞區域未及長安的龐勛之亂。

〔註54〕許棠，〈寄趙能卿〉，《增訂注釋全唐詩》，卷597，頁385；杜荀鶴，〈秋日閒居寄先達〉，《杜荀鶴及其《唐風集》研究》，卷2，頁130。

〔註55〕徐寅，〈長安即事三首其二〉，《增訂注釋全唐詩》，卷703，頁1382。

〔註56〕唐末的龐勛之亂與黃巢之亂各造成一次停舉，分別於咸通11年（870）、廣明2年（881）。下列詩例可為旁證：許棠及第於咸通12年，貫休作有〈聞許棠及第因寄桂雍〉賀之，有「時清道合出塵埃，清苦為詩不杖媒」之句，以「時清」稱亂後復舉的天下。貫休著，胡

處之思有些動搖，若遭「不用」，也可隱遁他方，但若查檢其他詩作，在〈偶吟〉「清時名立難皆我，晚歲途窮亦問誰」所表現出堅定不移與不欲虛擲青春的心志，毋寧借許棠的話說，「時清難議隱」才更貼合他們的心態。〔註57〕

「明時」既當積極進取，「危時」又當如何？應該要投身報國還是保全自身，兩造皆是難以安頓的出處之思。庚子亂離之後，韋莊及第後出關，〔註58〕作有〈出關〉一詩表達危時難違：

馬嘶煙岸柳陰斜，東去關山路轉賒。
到處因循緣嗜酒，一生惆悵為判華。
危時祇合身無著，白日那堪事有涯。
正是灞陵春酎綠，仲宣何事獨辭家。〔註59〕

讀者或許很難想像這是剛及第時的心情，但考慮到韋莊上次進京即遭逢庚子亂離，以及此次進京「吾身不自保，爾道各何從」的擔憂、重回故居時「滿目牆匡春草深，傷時傷事更傷心」的傷感，〔註60〕或能稍稍體會詩人的心境。韋莊登科時已年屆六十，思及為此「判華（花）」（判詞文書，代指官職）含辛茹苦的生涯，又觀當世之險峻，便覺一片惆悵、前途茫茫。百感交錯之下，忖度著來日無多，哪怕身事、世事都希望有個著落──正如王粲避亂之登樓所嘆：「惟日月之逾邁兮，俟河清其未極！」這種唯恐「失時」的情感表達，也在韋莊

大浚箋注，〈聞許棠及第因寄桂雍〉，《貫休歌詩繫年箋注》（北京：中華書局，2011 年），卷 21，頁 930。

〔註57〕 徐寅，〈偶吟〉，《增訂注釋全唐詩》，卷 703，頁 1388；許棠，〈送王侍御赴宣城〉，《增訂注釋全唐詩》，卷 597，頁 388。

〔註58〕 關於韋莊行跡，他 879～880 年在京考試，遇亂後至江南漫遊，892 年才又應舉，894 年登第。根據齊濤的說法，此詩繫於 894 年。齊濤，〈韋莊詩繫年〉，《山東大學學報（哲學社會科學版）》，1996 年第 2 期，頁 49。

〔註59〕 韋莊著，〈出關〉，《韋莊集箋注》（上海：上海古籍出版社，2002 年），卷 9，頁 307。

〔註60〕 韋莊，〈寄江南諸弟〉、〈長安舊里〉，《韋莊集箋注》，卷 8、9，頁 288、310。

的其他詩中見到，例如這首同在及第後出關所作的〈與東吳生相遇〉：

> 十年身事各如萍，白首相逢淚滿纓。
> 老去不知花有態，亂來唯覺酒多情。
> 貧疑陌巷春偏少，貴想豪家月最明。
> 且對一尊開口笑，未衰應見泰階平。〔註61〕

前四句蓋言逢亂多年後還能相遇的珍惜之情；以「老」對「亂」乃扣在年華已逝、時勢難違的現實困境。四、五句歷來詩評有稍嫌塞澀之處，〔註62〕主要在「春」、「月」該如何解讀。其實這兩個意象皆與科舉有關，蓋科舉放榜於春季，有「春榜」之稱，「月」自月桂延伸而來，典出郤詵的「桂林之一枝」；〔註63〕合而言之，貧者「春偏少」、豪家「月最明」，指榜上子弟多、孤寒少的情形，趙臣瑗所認為的兩句互文應當此解。〔註64〕而此處之所以言科舉，應與自注「及第後出關作」有關，予以勾連落句，才能理解錢謙益所言的「故異酸子語」，〔註65〕箇中有借著只得飲酒的莫可奈何，微曲時命大謬之感。〔註66〕

　　韋莊所感的「危時」明確指向庚子亂離，但其他相同時代的詩人未必遭遇此亂，所言的「危時」也可能指向各種不利於科舉事業的困難。但相同的是，他們恐於「失時」，不移建功立業之志；即便隱居時

〔註61〕韋莊，〈與東吳生相遇〉，《韋莊集箋注》，卷9，頁296。

〔註62〕例如廖文炳云：「有貧有貴，則陌巷生疑而豪家積想矣」；朱三錫云：「五、六寫境遇之各別」轉引自：《韋莊集箋注》，頁297。

〔註63〕房玄齡等撰，《晉書·郤詵傳》，卷52，頁375。

〔註64〕趙臣瑗云：「……則豪家之偏多可知；……則陌巷之最暗可知。此兩句亦是互文。」轉引自：《韋莊集箋注》，頁297。

〔註65〕錢謙益：「五、六乃頓挫以反起落句，故異酸子語。」轉引自：《韋莊集箋注》，頁298。

〔註66〕韋莊常在飲酒中提及家國之事，例如避難江南時有「一杯今日醉，萬里故園心」（〈婺州水館重陽日作〉）、「獨把一樽和淚酒，隔雲遙奠莫武侯祠」（〈喻東軍〉），遷左拾遺時亦有「歸來滿把如澠酒，何用傷時歎鳳兮」（〈鄠杜舊居二首〉其二）。韋莊，《韋莊集箋注》，卷7、3、8，頁278、111、288。

仍「惟有經邦事，年年志尚存」，〔註67〕惟恐錯過出仕時機。張蠙逢
亂之際，作有〈亂中寄友人〉：

　　別來難覓信，何處避艱危。鬢黑無多日，塵清是幾時。

　　人情將厭武，王澤即興詩。若便懷深隱，還應聖主知。〔註68〕

此詩主在關切友人的安危，除了期望戰亂盡快弭平，結尾仍扣回謀身
之事，即若因避亂隱居，還希望被聖主知曉、甚至能被起用；張喬復
次歸隱九華山時，也有「此景一拋吟欲老，可能文字聖朝知？」的感
慨。〔註69〕這類深隱，可謂不得已之隱，徐寅遭逢戰亂，便有「嘉運
良時兩阻修，釣竿簑笠樂林秋」的退避山林之舉，〔註70〕杜荀鶴避亂
歸山時的心態也有相似意味：

　　亂世歸山谷，征鼙喜不聞。詩書猶滿架，弟姪未為軍。

　　山犬眠紅葉，樵童唱白雲。此心非此志，終擬致明君。〔註71〕

唐末的待時隱居，大都深藏山林之中，然青春一去不返，既無法一匡
時世，「閒居」又當士人所為？杜荀鶴自然明白此理，處於危時也不
斷思考「致明君」之事，以便伺機而動，如〈長林山中聞賊退寄孟明
府〉：

　　一縣今如此，殘民數不多。也知賢宰切，爭奈亂兵何。

　　皆自干戈達，咸思雨露和。應憐住山者，頭白未登科。〔註72〕

從詩題來看，這首干謁意味明顯的詩是在聞知賊退之後詢問某縣令
而作。杜荀鶴推想動亂之後、百廢待興，是謀求一職的絕好機會；可
注意的是，就結尾來看他此際仍未取得出身（未登科），於法理上無
法有正式職位，而較有可能是私人幕僚之類的機會。不管如何，在
危機稍歇之際，文人便緊捉著機會尋求入仕，正如另首詩所說「直待

〔註67〕徐寅，〈昔遊〉，《增訂注釋全唐詩》，卷702，頁1371。

〔註68〕張蠙，〈亂中寄友人〉，《增訂注釋全唐詩》，卷696，頁1317。

〔註69〕張喬，〈歸舊山〉，《增訂注釋全唐詩》，卷633，頁696。

〔註70〕徐寅，〈嘉運〉，《增訂注釋全唐詩》，卷702，頁1377。

〔註71〕杜荀鶴，〈亂後歸山〉，《杜荀鶴及其《唐風集》研究》，卷1，頁100。

〔註72〕杜荀鶴，〈長林山中聞賊退寄孟明府〉，《杜荀鶴及其《唐風集》研究》，
　　　　卷1，頁72～73。

中興後，方應出隱扉」或如黃滔所云「待到中興日，同看上國春」。
〔註73〕另個例子是李咸用，他的出山之志雖不如前人堅定，但也難擺
脫失時的焦慮，且看〈宿漁家〉：

　　促柸聲繁螢影多，江邊秋興獨難過。
　　雲遮月桂幾枝恨，煙罩漁舟一曲歌。
　　難世斯人雖隱遁，明時公道復如何。
　　陶家壁上精靈物，風雨未來終是梭。〔註74〕

李咸用曾隱居於盧山，此詩大抵為居處東南時所作。在詩的後半部分
表達了時與出處的思考，他認為難世（危時）隱遁為人之常情，但在
「明時」，又豈能受公道眷顧？言下之意為他人退卻之時、不啻為己
身進取之日，猶如陶侃壁上之梭，需遇風雨乃化為龍。〔註75〕這並非
一時之想，在他篇也有相似看法，如「世亂敢言離別易，時清猶道路
行難」、「雖道危時難進取，到逢清世又如何」，〔註76〕無論是否真的
付諸行動，至少在部分孤寒詩人眼裡，危時雖然難遑、卻也蘊藏轉機，
較少棄絕仕途之舉。

　　危時惟恐失時，因此亦要積極進取的想法，也反映出孤寒詩人思
想本質上仍屬儒者，或至少把追求建功立業視為終極價值。張喬曾被
列為十哲而名滿天下，因病而短暫不事干謁，閑居之時吐露心緒「干
時退出長如此，頻愧相憂道姓名」，〔註77〕認為自己於心有愧、不該
就此放棄為士之道。同樣的，崔塗在干謁途中，甚至堅定科舉之途為
正道「夢唯懷上國，迹不到他岐。以此堅吾道，還無愧已知」。〔註78〕
兩人的愧疚感，源自「為儒」卻「無仕」的焦慮，而科舉成名便近乎

〔註73〕杜荀鶴，〈亂後山中作〉，《杜荀鶴及其《唐風集》研究》，卷1，頁70；
　　　　黃滔，〈寄從兄璞〉，《增訂注釋全唐詩》，卷698，頁1336。
〔註74〕李咸用，〈宿漁家〉，《增訂注釋全唐詩》，卷640，頁758。
〔註75〕房玄齡等撰，《晉書·陶侃傳》，卷66，頁459。
〔註76〕李咸用，〈送河南韋主簿歸京〉、〈秋日送嚴湘侍御歸京〉，《增訂注釋
　　　　全唐詩》，卷640，頁767、757。
〔註77〕張喬，〈城東寓居寄知己〉，《增訂注釋全唐詩》，卷633，頁689。
〔註78〕崔塗，〈秋晚書懷〉，《增訂注釋全唐詩》，卷673，頁1085。

成為消解愧疚感的唯一手段。李咸用將蹭蹬多年的心事傾訴友人，從中可以看到支撐進取不懈的動力來自於愧疚感：

> 為儒自愧已多年，文賦歌詩路不專。
> 肯信披沙難見寶，只憐苦草易成編。
> 燕昭寐寤常求駿，郭隗尋思未是賢。
> 且固初心希一試，箭穿正鵠豈無緣。〔註79〕

首句直陳多年以來自詡為儒卻愧於無仕之心境，不只如此，在文賦、歌詩方面亦有過人之處──如此人才寶玉卻被埋沒，豈能甘心？於是奔走四方，不斷投獻文集以求賞識（只可憐那些苦草編織的紙草了）。結尾將自愧與功利之心結合起來，期待總有一天能遇見伯樂，〔註80〕並相信自己遲早榜上有名。胡曾在世亂中流轉於各幕之間，苦心努力之餘也曾羨慕隱居安逸之人，〈贈漁者〉所描述隱居者的生活情趣令人玩味：

> 不愧人間萬戶侯，子孫相繼老扁舟。
> 往來南越諳鮫室，生長東吳識蜃樓。
> 自為釣竿能遣悶，不因萱草解銷憂。
> 羨君獨得逃名趣，身外無機任白頭。〔註81〕

全篇以朝著隱居者說話的口吻寫成。有意思的是，開頭便云「不愧」於棄絕仕途，反過來看，即是詩人「有愧」於不獲爵位。而後欣羨漁者能無機謀之心的在江南閒適自得，甘以拋卻家國之想，以捕魚為業；對比來看，則是奔波四方、積極進取所展現「吾往矣」的儒者精神。在這裡，除了再現《論語》中孔子與隱居者的價值衝突，也看到「愧」作為不懈進取精神支柱。正如李咸用所言「何事猶高臥，巖邊夢未通」，〔註82〕隱居終無法替代儒家的終極價值，而這也使得孤寒

〔註79〕李咸用，〈和友人喜相遇十首其一〉，《增訂注釋全唐詩》，卷640，頁764。

〔註80〕「燕昭」、「郭隗」同用千金買骨的典故，出處請見本章註38。

〔註81〕胡曾，〈贈漁者〉，《增訂注釋全唐詩》，卷641，頁770。

〔註82〕李咸用，〈寄嵩陽隱者〉，《增訂注釋全唐詩》，卷639，頁753。「巖邊夢」使用的是傳說的典故。

詩人們在「危時」之際亦甘願奮身犯難的思想基礎。

　　同樣的，那些遭逢危時、為了保全而隱居之人，也會有難以自安的愧疚感。當然，促使隱居的動機之一也是卑微地位在危時也不得重用，例如李山甫便有「自憐長策無人問，羞戴儒冠傍塞垣」的感慨；〔註83〕然而，正如他在另首詩提到的「自喜幽棲僻，唯憨道義虧」，〔註84〕危時的逆境也無法滅卻進取之心。可以說，在危時之下隱與仕之間充滿著權變，羅隱的〈別池陽所居〉，正好為我們揭示稍安之際旋即尋求謀身的心態：

> 黃塵初起此留連，火耨刀耕六七年。
> 雨夜老農傷水旱，雪晴漁父共舟船。
> 已悲世亂身須去，肯愧途危跡屢邊。
> 却是九華山有意，列行相送到江邊。〔註85〕

據年譜，羅隱出入舉場已二十年，深察黃巢席捲東南之際，便隱居九華山六年餘，至中和三年才出山前往長安。〔註86〕首聯便回顧自己因黃巢之亂而退耕隱居之事，這些年農耕捕魚的生活，雖保全性命、卻也難以自安。在頸聯，他雖悲歎身處危時，但也愧於安逸避世，因此還是決定前往長安尋求機會。另一位因黃巢之亂而避世不出的黃滔，也難以安頓於江湖之間：

> 紛紛墨勅除官日，處處紅旗打賊時。
> 竿底得璜猶未用，夢中吞鳥擬何為。
> 損生莫若攀丹桂，免俗無過詠紫芝。
> 兩岸蘆花一江水，依前且把釣魚絲。〔註87〕

〔註83〕李山甫，〈兵後尋邊三首其一〉，《增訂注釋全唐詩》，卷637，頁735。
〔註84〕李山甫，〈酬劉書記一二知己見寄〉，《增訂注釋全唐詩》，卷637，頁733。
〔註85〕羅隱，〈別池陽所居〉，《羅隱集繫年校箋》，卷2，頁100。
〔註86〕李定廣，《羅隱年譜》（上海：上海古籍出版社，2012年），頁113～122。是年四月，李克用收復京師，羅隱約於七月在長安，時僖宗仍在蜀，羅隱隨即赴之，隔年春季前便抵達成都。
〔註87〕黃滔，〈寓題〉，《增訂注釋全唐詩》，卷699，頁1347。

「墨敕」指皇帝在緊急危難時直接任命的命令，這是在黃巢之亂到處肆虐時，因應軍情需要派任指揮官前往戰場。〔註88〕由「紛紛」、「處處」來看，此時戰事瞬息萬變──同時也是一展長才的時機──但「玉璜」未被任用，有文采也不被看見，因此，此時「攀丹桂」無疑是損生害命，不如長嘯山林，暫且遠離世俗。由此看到，孤寒詩人危時隱居固然有保全之意，除了考量不得用的現實因素，也不可否認的是內心仍有「能使丘門終使雪，莫教華髮獨潸然」之想。〔註89〕值得注意的是，黃滔雖自云「損生莫若攀丹桂」，但庚子亂離後在成都的科舉考試，卻仍冒險赴舉：

> 老歸江上村，孤寂欲何言。世亂時人物，家貧後子孫。
> 青山寒帶雨，古木夜啼猿。惆悵西川舉，戎裝度劍門。〔註90〕

原本，詩人已經歸老隱居江村，但面對危時亂世中容或能得以翻身的機會，仍毅然入蜀以求大名。〔註91〕尾聯總括出處兩難，顧慮於戰事頻繁與性命堪憂，又赴舉可能徒勞，萬般情緒莫以名狀，故以惆悵言之；落句則以戎裝表現肅殺之氣，顯示此次赴舉不同以往。「戎裝」赴舉看似有勇無謀，事實上，不只是羅隱、黃滔，僖宗在蜀期間舉辦的科舉，仍見不少孤寒詩人不遠千里而來，例如鄭谷、崔塗、秦韜玉、王駕、來鵬、李洞等等。〔註92〕由此看到，孤寒詩人在危時固然隱居保全、有退卻之心，但並不表示澆滅進取之心，從羅隱與黃滔的例子看，他們伺機而動，待聞朝廷招賢之詔，便會赴舉。

〔註88〕「墨敕」是庚子亂離後僖宗遷蜀，由於難掌握戰局，因此授與前線臨時授官的權利。方積六，《黃巢起義考》（北京：中國社會科學出版社，1983 年），「中和元年二月九日，唐王朝允許各藩鎮以皇帝名義墨敕授官」，頁 156～159。

〔註89〕黃滔，〈寄同年封舍人渭〉，《增訂注釋全唐詩》，卷 699，頁 1351。

〔註90〕黃滔，〈退居〉，《增訂注釋全唐詩》，卷 698，頁 1335。

〔註91〕庚子亂離時，僖宗避難入蜀，科舉也隨之在成都舉辦，根據《登科記考》，共有 881、882、883 三榜。徐松撰，孟二冬補正，《登科記考補正》（北京：中華書局，2019 年），卷 23，頁 888～894。

〔註92〕各詩人行跡可參：傅璇琮主編，《新編唐五代文學編年史・晚唐卷》，頁 468～493。

　　綜上所述，在先秦時儒、道對於禮樂崩壞的亂世的出處應對，從孔子「吾將仕矣」的入世精神，經莊子感到「時命大謬」而為求保全，可以發現，「時」很大程度左右人的出處之思。整個唐代的思想脈絡來看，可以發現文人富於進取之心。初盛唐以來，文人便感於歌舞昇平之際不應棄絕仕途之想，但也往往苦於才能無所施展。[註93] 到了唐末，有賴於科舉制度持續穩定運行，很大程度支持孤寒詩人們奮力進取之志，對「時」的態度為在明時應進取，危時亦不棄絕入世之想的態度。韋莊與杜荀鶴算是求仕心態較強烈的一類，較為主動尋求仕宦機會，而李咸用、司空圖、徐寅、黃滔等人，則是較為保守，更願意等待局勢穩定之後才出仕。當然，主動與被動是相對概念，也須顧及當時處境，並不能一概而論；在此是想指出，通過對「時」的觀察，初盛唐以來的隱逸觀，到了唐末已不復以往，而醞釀一定程度的裂變。對於此，可從個人之「命」一端展開更深入的探析。

第三節　賦命與窮通：世俗化的視角

　　自先秦到近世，中國思想有關「命」的討論不絕如縷，除了有探討政權正當性的「天命」，另一重心則是關乎個人際遇的「時命」。[註94] 對於後者的詮解，大抵帶有不可違逆的命定、宿命的限制義。[註95] 就唐代研究而言，命的觀念似乎不見重大突破，然從延續的角

[註93] 葛曉音，〈江左文學傳統在初盛唐的沿革〉，《詩國高潮與盛唐文化》，頁 252～273。許銘全亦從《河岳英靈集》的討論中證實這個心態。許銘全，〈《河岳英靈集》的版本流傳與編纂動機重探〉，《漢學研究》第 35 卷第 1 期（2017 年 3 月），頁 67～104。

[註94] 關於先秦命論的兩系分梳，請見陳麗桂，〈天命與時命〉，《哲學與文化》第 38 卷第 11 期（2011 年 11 月），頁 59～82。

[註95] 傅斯年較早對命有所研究，他辨析先秦命性之義，共分出五種趨勢：命定論、命正論、俟命論、命運論、非命論，認為儒家以俟命為重：「以上五種趨勢，頗難以人為別，尤不易以學派為類，即如儒家，前四者之義兼有所取，而俟命之采色最重。」傅斯年，《性命古訓辨證三卷》（臺北：五南圖書，2013 年〔1938〕），頁 188。其後徐復觀、唐君毅、勞思光等先生著重討論性命關係，對命的本質認識似未有重

度來看，則可見文人以實踐的角度，透過詩歌抒發有關命限的課題。
〔註96〕以下將圍繞著孤寒詩人們對於科舉及第之於個人命運的思考，
及其與出處之思的相關論述展開。

　　唐末有關「命」的詩例中，命的主要指涉有二：壽命與命運。壽
命之意較為淺白，尤其在戰亂之際更容易興發草芥人命之感。例如，
杜荀鶴在亂後向友人感慨到：「兵戈到處弄性命，禮樂向人生是非」。
〔註97〕而在世路多舛情況下，也很自然地有出世以養天年之想，例如
閑居東南的陸龜蒙，明知國家正處「嘻今居寵祿，各自矜雄霸」的內
憂外患，在自嘆不被重用之際，也消沉的說到：「既不務人知，空餘樂
天命」；又似徐寅借先達多不遇以勸己頤養天年：「須知飲啄繇天命，
休問黃河早晚清」。李咸用向友人傾訴到「唯應樂處無虛日，大半危
時得道心。命達夭殤同白首，價高磚瓦即黃金」，除了感慨危時、也譏
諷那些得勢的「磚瓦」，也在受友人相勸入道時，不免有「但居平易俟
天命，便是長生不死鄉」的出世之想。〔註98〕從前述詩例中，可以發
現他們對壽命的思考往往與時世、人事相關，也就是人生存於當世之
中，該何去何從的大哉問。而對於孤寒詩人而言，自然也會把功名要
事納入命的思考中。例如徐寅便認為，若僅有壽命天年、謀身卻頻頻
受阻的話，長生亦是徒勞：「天命豈憑醫藥石，世途還要辟蟲沙。仙翁

　　　　大歧異處。筆者此節名所謂命定論，乃就限制義、特指孤寒階級的限
　　　　制性而言，並未預設孤寒詩人相信人格天或宗教意義的天命、命數。
〔註96〕例如，侯迺慧觀察白居易詩中的命限主題，認為白詩晚期提出了「委
　　　　命」的因應之道，乃透過知足、轉心、無所求、禪定以消解命限感受。
　　　　侯迺慧，〈從知命到委命——白居易詩命限主題中才、命、心的角力
　　　　與安頓〉，《臺北大學中文學報》第 25 期（2019 年 3 月），頁 71～
　　　　109。
〔註97〕杜荀鶴，〈亂後逢李昭象敘別〉，《杜荀鶴及其《唐風集》研究》，卷 2，
　　　　頁 170。
〔註98〕陸龜蒙著，何錫光校注，〈村夜〉，《陸龜蒙全集校注》（南京：鳳凰出
　　　　版社，2015 年），卷 3，頁 297；徐寅，〈讀史〉，《增訂注釋全唐詩》，
　　　　卷 704，頁 1394；李咸用，〈和友人喜相遇十首其十〉、〈吳處士寄香
　　　　兼勸入道〉，《增訂注釋全唐詩》，卷 640，頁 765、763。

乞取金盤露，洗却蒼蒼兩鬢華。」〔註99〕

感懷壽命有限、不願虛度此生的感懷同時，也引出命的另一層思考：對命運的叩問。方干在悼念亡友陳陶的詩中，開頭便云「壽盡天年命不通，釣溪吟月便成翁」，乃感慨陳陶一生懷才不遇，儘管藉由隱居來頤養天年，但「命」卻是多舛不通；另如方干在〈哭胡珪〉「才高登上第，孝極殁盧塋。一命何無定，片言徒有聲」，似指胡珪生前曾登第，但在守喪時不幸早逝，故而只留下詩名於後世；或是杜荀鶴〈哭劉德仁〉「豈能詩苦者，便是命羈人」，感慨苦吟一生卻未得祿位。〔註100〕三首詩例的「命」並非純指「天年」，亦含有個人遭際的窮通之意。徐寅在〈長安述懷〉當中將科舉及第與命運窮通相繫，可視為一種看法：

> 黃河冰合尚來遊，知命知時肯躁求。
> 詞賦有名堪自負，春風落第不曾羞。
> 風塵色裏凋雙鬢，鼙鼓聲中歷幾州。
> 十載公卿早言屈，何須課夏更冥搜。〔註101〕

開頭提示這是初春冰釋的時節，也是舉子們決定前途的日子；次句「知命知時」應扣在科舉來說，「肯躁求」為反詰「豈肯」、「豈能」躁求之意，指這並不是第一次下第，也暗示未來還有數年的應舉生涯。對於「命」之一端，他並不氣餒，還有賴「詩名」得以繼續謀身；但對於「時」之一端，生命的流逝以及遠方傳來的戰鼓聲，都顯示所剩時日不多。猶如「時態已相失，歲華徒自驚」〔註102〕般時命相逼的焦慮下，詩人並沒有消解之道，而展現孤寒出身的韌性──若是公卿子弟早已放棄了吧──繼續冥搜苦思，希望能創作更多能搏得大名的

〔註99〕徐寅，〈草木〉，《增訂注釋全唐詩》，卷702，頁1380。

〔註100〕方干，〈哭胡珪〉、〈哭江西處士陳陶〉，《增訂注釋全唐詩》，卷643、645，頁800、813；杜荀鶴，〈哭劉德仁〉，《杜荀鶴及其《唐風集》研究》，卷1，頁85。

〔註101〕徐寅，〈長安述懷〉，《增訂注釋全唐詩》，卷703，頁1382。

〔註102〕羅隱，〈茅齋〉，《羅隱集繫年校箋》，卷6，頁301。

作品。鄭谷送王駕下第出蜀時，也不將孤寒赴舉的困難視為既定的命運：「失意離愁春不知，到家時是落花時。孤單取事休言命，早晚逢人苦愛詩。」〔註103〕首聯點題下第情意與時節；次聯「休言命」乃寬慰對方，並隨著下句「早晚逢人苦愛詩」來激勵對方。由此可以看到，孤寒出身者視「登第」有著如命定的高牆，而詩才成為扭轉命運的主要手段，但亦得要「逢人」（尋得知音）才有幸登躍龍門；此亦如同杜荀鶴、鄭谷所感慨「未遇應關命，侯門處處開」、「平生詩譽更誰過，歸老東吳命若何」，〔註104〕能否被賞識的機緣，仍涉及個人命運的殊異，也直接影響了歸隱意願。

　　既然孤寒詩人是否如願及第，繫於貴人知己，那麼也會在與達官貴人交往之干謁、贈別詩中見到有關運命的想法；關於干謁詩的討論，可見本文第二章，在此則舉較具代表性的例子。杜荀鶴將干謁進取的順遂與否視為際遇的一環：

　　　　自小僻於詩，篇篇恨不奇。苦吟無暇日，華髮有多時。

　　　　進取門難見，升沈命未知。秋風夜來急，還恐到京遲。〔註105〕

前四句可謂孤寒出身的共同處境，在毫無政治資源的情況下，只得不斷苦吟創作以搏取聲名，最終通向入仕之途。但是，僅有自身才華與創作並無法保證出仕，還需要貴人（在此指對方）相助，此屬未知之命的外在限制。〔註106〕方干雖然隱居息機，但也有不少干謁作，他將貴人相助比喻為指點迷津的預言者以及行舟之順風：

　　　　溪勢盤回繞郡流，饒陽春色滿溪樓。

　　　　豈唯啼鳥催人醉，更有繁花笑客愁。

　　　　蹇拙命中迷直道，仁慈風裏駐扁舟。

〔註103〕鄭谷，〈送進士王駕下第歸蒲中〉，《鄭谷詩集箋注》，卷3，頁323。

〔註104〕杜荀鶴，〈雪中別詩友〉，《杜荀鶴及其《唐風集》研究》，卷1，頁47；鄭谷，〈寄贈孫路處士〉，《鄭谷詩集箋注》，卷3，頁333。

〔註105〕杜荀鶴，〈投李大夫〉，《杜荀鶴及其《唐風集》研究》，卷1，頁78。

〔註106〕有時獲得賞識也無法如願以償，例如李山甫〈下第獻所知〉便云「今日慚知也慚命，笑餘歌罷忽淒涼」。李山甫，〈下第獻所知三首其三〉，《增訂注釋全唐詩》，卷637，頁737。

　　　　脣門若感深恩去，終殺微軀未足酬。〔註107〕

在一片春光爛漫的郡齋歡宴之中，卻有一煞風景的「客」愁容滿面，
細問之下，原來「客」自嘆迷愚與命運多蹇，前途猶如阻風之舟。
〔註108〕最後，客人向主人說到，若能拜入門下，不啻為登龍門，縱使
「殺微軀」也在所不惜。〔註109〕由此可見，孤寒舉子對於「命」之升
沉繫於舉業之途，緣於不可預測、僅有少數人能夠翻身的個人際遇。
同樣的，黃滔也感到身分殊異所造成的命運多舛：

　　　　一從門館遍投文，旋忝恩知驟出羣。

　　　　不道鶴難殊羽翼，許依龍虎借風雲。

　　　　命奇未便乘東律，言重終期雪北軍。

　　　　欲逐飄蓬向岐路，數宵垂淚戀清芬。〔註110〕

前二聯感激對方的「恩知」賞識，使得能夠得選、赴舉。然而，畢竟
「文戰」失利，除感嘆自己命運多舛，也感激貴人對己「終將雪恥」
的期許；命「奇」並非指命數奇特、怪異，而是由「單」延伸而來的
「孤單」，意通「歧」，林寬有「詩人道僻命多奇，更值干戈亂起時」、
李山甫有「腰劍囊書出戶持，壯心奇命兩相疑」皆用同意。〔註111〕尾
聯則顯歸隱沒世之意，倘若岐路滿眼，不如退避山林，從此游於清芬
之間。〔註112〕另個例子是，黃滔送別同鄉的翁承贊時盛讚對方能突

〔註107〕方干，〈贈信州高員外〉，《增訂注釋全唐詩》，卷644，頁805。

〔註108〕從上下文來說，可以理解「仁慈風」為「順風」之意，但也可能暗
　　　　藏典故。《搜神記》載楊寶幼時救一黃雀，後黃雀化為西王母使者前
　　　　來報恩的故事。在此方干自比黃雀，若對方仁慈相救，日後當湧泉
　　　　以報。干寶，〈黃衣童子〉，《搜神記》（臺北：里仁書局，1981年），
　　　　卷20，頁238。

〔註109〕方干將對方比喻為李膺，典出《世說新語》：「李元禮〔膺〕風格秀
　　　　整，高自標持，欲以天下名教是非為己任。後進之士，有升其堂者，
　　　　皆以為登龍門。」劉義慶著，余嘉錫箋疏，〈德行〉，《世說新語箋疏》，
　　　　卷上，頁6。

〔註110〕黃滔，〈出京別崔學士〉，《增訂注釋全唐詩》，卷699，頁1342。

〔註111〕林寬，〈下第寄歐陽瓚〉，《增訂注釋全唐詩》，卷600，頁409；李山
　　　　甫，〈赴舉別所知〉，《增訂注釋全唐詩》，卷637，頁729。

〔註112〕此化用孟浩然「歸途未忍去，攜手戀清芬」之句。孟浩然撰，李景

破命數:「誰言吾黨命多奇,榮美如君歷數稀。」〔註113〕翁承贊作為朝廷任命的冊禮使回鄉,自然可謂衣錦還鄉;〔註114〕此固然在贈別的語境當中盛讚對方命途亨通,但反過來說,也表示如翁承贊這般「榮美」之人極為少數,多半仍是浮沉舉業、感歎未知「多奇」的命運。

當命運與知遇緊密相關,就連帶有許多關於「窮通」的詩作出現,例如徐寅「英雄達處誰言命,富貴來時自逼身」便點出「窮」者多言「命」的傾向。〔註115〕自不待言,此情固然會出現在干謁之作,如李頻〈長安書情投知己〉「道即窮通守,才應始末憐」所展現的固窮情操,以及〈投京兆府試官任文學先輩〉「取舍知由己,窮通斷在茲」將知遇窮通一事取決於科舉。〔註116〕除了交際性質的干謁詩,也有孤寒詩人在移動的情境上聯想到阮籍,例如李咸用「大道將窮阮籍哀,紅塵深翳步遲回」的窮途感,〔註117〕從而出現在行旅主題的詩作。也另如羅隱〈西京道中〉在屢次下第的行旅道中,不禁憤然有休隱息機之意:

> 半夜秋聲觸斷蓬,百年身事算成空。
> 禰生詞賦拋江夏,漢祖精神憶沛中。
> 未必他時能富貴,只應從此見窮通。
> 邊禽隴水休相笑,自有滄洲一棹風。〔註118〕

首聯似電影畫面的開場:秋風吹得嘎嘎作響,連帶拽起蓬草,猶如四處奔波的旅居生活。但儘管身負才華,卻如禰衡一般無所用世,那還

白校注,〈同王九題就師山房〉,《孟浩然詩集校注》(成都:巴蜀書
社,1988年),卷2,頁231。
〔註113〕黃滔,〈送翁員外承贊〉,《增訂注釋全唐詩》,卷699,頁1352。
〔註114〕關於翁承贊奉使還鄉之事,可參考周祖譔與賈晉華的考證。傅璇琮
主編,〈翁承贊〉,《唐才子傳校箋》,卷10,頁353~355。
〔註115〕徐寅,〈賀清源太保王延彬〉,《增訂注釋全唐詩》,卷703,頁1391。
〔註116〕李頻,〈長安書情投知己〉、〈投京兆府試官任文學先輩〉,《增訂注釋
全唐詩》,卷582,頁282、284。
〔註117〕李咸用,〈途中逢友人〉,《增訂注釋全唐詩》,卷640,頁758。
〔註118〕羅隱,〈西京道中〉,《羅隱集繫年校箋》,卷10,頁498。

不如效法沛公在鄉飲酒作樂——反正也未必能大富大貴，何況連年下第，窮通之數已見命定，正如邵謁感慨無法跨越孤寒與高門之間鴻溝「流泉有枯時，窮賤無盡日」。〔註 119〕最後，原本迴望來時西京之路，滿目皆似嘲弄失意的山水，但下定決心後，隨後便轉頭駛去「滄洲」而去。無獨有偶，鄭谷下第途中所作〈潼關道中〉也見失意底下乍然升起的隱逸之思：

白道曉霜迷，離燈照馬嘶。秋風滿關樹，殘月隔河雞。

來往非無倦，窮通豈易齊。何年歸故社，披雨翦春畦。〔註 120〕

前四句言清晨白霧瀰漫之際行馬途中的景致。在移動之間，鄭谷反思多年以來往返此道，已顯疲態倦意——但窮通之事又怎能輕易理齊呢？（又或許還能支持一年吧？）——反覆躊躇之際，轉念一想某時或能回到故社舊里，過著安逸的生活。詩末的跳接打斷原脈絡，乍見安逸之想，容或能視為逃避眼前困難的文學想像；但這反而能凸顯孤寒舉子對於謀身的態度：盡人事以待時運，若不得則安之以命。許棠〈經八合坂〉將天然險道比喻為人生道路的說法值得注意：

躡險入高空，初疑勢不窮。又緣千嶂盡，還共七盤同。

下辨東流水，平隨北去鴻。天然無此道，應免患窮通。〔註 121〕

八合坂不知何地，據文意應為羊腸險道。〔註 122〕前六句蓋言八合坂險峻高聳、綿延曲折不絕，行者則如履薄冰、涉險而行。詩人在前六句描繪了天然險道，讓讀者如坐針氈，更有意思的是，結尾利用雙重否定拋出一層人生感悟——若上天沒造此險道，那麼謀身的路途也不會如此艱難——面對窮達未知的命數，必然得親身履及踏遍之後才能

〔註 119〕邵謁，〈自嘆〉，《增訂注釋全唐詩》，卷 599，頁 403。

〔註 120〕鄭谷，〈潼關道中〉，《鄭谷詩集箋注》，卷 1，頁 98。

〔註 121〕許棠，〈經八合坂〉，《增訂注釋全唐詩》，卷 597，頁 386。

〔註 122〕查檢諸籍，未見「八合坂」之名，較接近是《水經注》載八特山之羊虀坂、羊腸坂，故又名八特坂，位於漢函谷關東，典出潘尼〈惡道賦〉「若其名坂，則羊虀八特，成皋黃馬」，但究竟何指，亦未所知。酈道元著，王先謙校，〈濁漳水〉、〈澗水〉，《合校水經注》（北京：中華書局，2009 年），卷 10、15，頁 165、246。

知曉。進一步說，孤寒詩人受挫時固然會升起隱逸之思，但終非第一義，多得歷經曲折的「險道」之後，才不得不將窮通視之以命；其心態猶如張蠙向友人所說的「相與存吾道，窮通各自分」：雖然你我皆存著正道之心，但畢竟窮通命定各自不同──以及司空圖借雁以紓懷「笑爾窮通亦似人，高飛偶滯莫悲辛」：雁之南北往返固然有順逆之別，但切莫因路途險阻而輕易放棄。〔註123〕如斯無畏於窮通的儒者氣質，正如黃滔鼓勵林寬所言「終始前儒道，昇沈盡一般」，〔註124〕可代表孤寒詩人的精神面貌。

如此堅信能開創命運的人文精神，其實可藉由思想史追溯一條相應的線索。葛兆光認為，唐代在思想史上可謂「平庸的盛世」：知識體系趨向世俗化與教條化；同時，傳統知識階層也遭到來自新興階層的衝擊。〔註125〕另一方面，安史之亂之後，中國迫切於重建統一秩序的焦慮，隨著韓、柳的鵲起，意味著思想史意義上儒學本位的回歸，也為宋代注重倫理與秩序的思想型態打下了基礎。〔註126〕兩造互參可以發現，晚唐唐末似乎不在傳統的「道統」論述之中，甚至在思想方面有呆滯不前的狀況；〔註127〕事實上，孤寒詩人對時、命的詩思，

〔註123〕張蠙，〈贈別山友〉，《增訂注釋全唐詩》，卷696，頁1317；司空圖，〈見後雁有感〉，《司空表聖詩文集箋校》，卷5，頁143。
〔註124〕黃滔，〈寄林寬〉，《增訂注釋全唐詩》，卷698，頁1335。
〔註125〕葛兆光，《中國思想史·第二卷》（上海：復旦大學出版社，2000年），頁91～95。這裡的新興階層指的是與高門貴族相對的藉由科舉晉身之士人。
〔註126〕葛兆光，《中國思想史·第二卷》，頁223～228、371～372。另可參考：包弼德著，劉寧譯，《斯文：唐宋思想的轉型》（南京：江蘇人民出版社，2001年）；陳弱水，《唐代文士與中國思想的轉型》；王德權，《為士之道──中唐士人的自省風氣》（臺北：政大出版社，2012年）。
〔註127〕葛兆光認為這些新興階層追求權力與利益的行為會妨礙思想的突破：「仕途的開放，又使大量處於文化邊緣的、出身低微的士人進入現實政治生活參與權力與利益的角逐，由於需要現實政治生活中權力與利益，過去貴族式的莊嚴和自重都開始被拋棄，一些世俗的理想開始成為公開的時尚。……可是，知識並沒有吐故納新，思想也

反映了晚唐以來思想史上另一條上溯至王充《論衡》的「世俗化」路線。〔註128〕王充對命的討論大抵在〈逢遇〉與〈命祿〉兩篇當中，〈逢遇〉否定了士人有才必有宦的想法：

> 操行有常賢，仕宦無常遇。賢不賢，才也；遇不遇，時也。……世各自有以取士，士亦各自得以進。進在遇，退在不遇。處尊居顯，未必賢，遇也；位卑在下，未必愚，不遇也。〔註129〕

王充認為，操行之賢愚繫於個人能力（才），但有關仕宦的高低尊卑，則更是遇與不遇的因素。在另一篇〈命祿〉則將遇不遇的差別歸因於不可預知的外部限制：

> 凡人遇偶及遭累害，皆由命也。有死生壽夭之命，亦有貴賤貧富之命。……故夫臨事知愚，操行清濁，性與才也；仕宦貴賤，治產貧富，命與時也。命則不可勉，時則不可力，知者歸之於天，故坦蕩恬忽。〔註130〕

王充對命的描述，很近似前述詩歌中對命的認識，主要在壽命與窮通兩端。這裡，又再次把才性歸於內在個人的稟賦，而窮通貴賤則是限制義的不可勉、不可力之命與時。儘管他認為性、命兩端都是源自天然命定，〔註131〕但由於人對未來的不可預知、不可把握，致使才性俱

脫離了現實的批評，過去推崇的篤實莊重的經學，漸漸被輕浮華麗的文學所替代，……。」葛兆光，《中國思想史・第二卷》，頁93～94。筆者對此抱持懷疑，因為世俗化亦可視為一股來自不同階層的思想衝擊，且葛氏似乎也低估了晚唐經學的發展，認為時風一派崇尚文學而使得思想呆滯不前。

〔註128〕「世俗化」為龔鵬程對王充的論斷。龔鵬程，〈世俗化的儒家：王充〉，《漢代思潮（增訂版）》（北京：商務印書館，2008年），頁197～239。

〔註129〕王充著，北京大學歷史系《論衡》注釋小組注，〈逢遇〉，《論衡注釋》第1冊（北京：中華書局，1979年），頁2～3。

〔註130〕王充，〈命祿〉，《論衡注釋》第1冊，頁38。

〔註131〕〈初稟〉：「命，謂初所稟得而生也。人生受性，則受命矣。性、命俱稟，同時並得，非先稟性，後乃受命也。」王充，〈初稟〉，《論衡注釋》第1冊，頁176。

佳的士人們常終其一生等待與人主之意「偶合」的機會，此即「遇」的機制：「且夫遇也，能不預設，說不宿具，邂逅逢喜，遭觸上意，故謂之遇。」〔註132〕職是之故，在士之得仕才能完滿人生的終極價值的前提下，遂為士人追求事功提供了合理性；用龔鵬程的話說，即王充的「世俗化」意味著從原本講求成聖的道德修養，分化出另一條追逐謀身的處世之道。

　　儘管王充對時命的看法與唐末孤寒詩人相契合，但目前未有研究支持這項觀察。當然，在思想史研究當中，辨析漢唐以來王充影響力的升降是亟待補充的一環；但在此不如換個角度思考：為何在孤寒詩人身上特見王充思想？龔鵬程指出，王充的思想乃因應一「新時代的苦悶」：「新時代中，如過去那種布衣公卿，憑自己三寸不爛之舌開創自己命運的時代結束了。士之窮通，仰繫於人。士之當此，何以自處？」，東漢初迎來的新氣象，所需要的不只有德行之士，更是治國吏能，而王充所感受到的苦悶便是「為什麼我才能這麼好，沒有得到好的官位」。〔註133〕可以發現，東漢與唐末文人雖相距七百年餘的時空，卻在處境上一致。不只如此，王充自述「細族孤門」出身，在仕途上屢次受阻，〔註134〕《四庫提要》稱他：「內傷時命之坎坷，外疾世俗之虛偽」，〔註135〕進而作出疾虛妄這般驚世駭俗之言，動機方面亦是「冀望見采」，〔註136〕總歸還是希望透過立言來獲取官位。如此心態與行徑，與羅隱屢次下第後著《讒書》可謂如出一轍，該書序云：「生少時自道有言語，及來京師七年，寒餓相接，殆不似尋常人。……〔讒書〕有可以讒者則讒之，亦多言之一派也。」〔註137〕也

〔註132〕王充，〈逢遇〉，《論衡注釋》第 1 冊，頁 17。
〔註133〕龔鵬程，《漢代思潮》，頁 205～206。
〔註134〕王充，〈自紀〉，《論衡注釋》第 4 冊，頁 1706。
〔註135〕紀昀等著，〈雜家四·論衡〉，《四庫全書總目提要·子部》第三冊（臺北：臺灣商務印書館，1983 年），卷 120，頁 597。
〔註136〕王充，〈對作〉，《論衡注釋》第 4 冊，頁 1666。
〔註137〕羅隱，〈讒書自序〉，《羅隱集繫年校箋》，卷 1，頁 661。《讒書》問

是希望透過「言語筆札」的才能來進入仕途。〔註138〕

　　對唐末文人來說，王充的「世俗化」不只提供追求仕宦的正當性，於命論方面，亦彰顯由親手逆轉窮厄的精神。於此，不妨回過頭來看孤寒詩人對窮通運命的態度如何構成出處之思。李咸用在喜逢友人的詩作中，認為窮達賦命有所定數，而意志是自主的：

　　垂楊煙薄井梧空，千里遊人駐斷蓬。

　　志意不因多事改，鬢毛難與別時同。

　　鶯遷猶待銷冰日，鵬起還思動海風。

　　窮達他年如賦命，且陶真性一杯中。〔註139〕

從前二聯大抵可知，李咸用與友人在旅途中短暫相遇，感慨白駒過隙之際，也憂患不知何時再會。兩人之所以不斷奔走，蓋「志意不因多事改」，乃為謀身而行事干謁。兩人不禁感慨這些年來，仍未遇知己貴人，猶如待遷之鶯、思起之鵬，故持續等待時機以展長才。但久逢故人豈能總是哀悽酸楚？——且放下已成定數的謀身之想，享受當前美酒吧。在這裡，詩人認為窮達如「賦命」定數，但把酒言歡是自主意志，也就是說，「志意不改」並不受賦命所限，進而給予追求通達的內在動因，正如他在他篇所言「也知貴賤皆前定，未見疏慵遂有成」，或是曹松所謂「豈能窮到老，未信達無時」。〔註140〕由此推出的出處之思為，即便視窮達為賦命也不會導致退棲山林，因為自主意識與命定已被劃分，欲求通達的「志意」處於「當下」，而「窮通」的定局則屬「他年」；正如同許棠堅拒引退的自白「孤立皆難進，非關命獨

　　　　世後，果然引起朝野關注，羅隱在〈重序〉提及此時頗自鳴得意：「今年，諫官有言，果動天聽，所以不廢《讒書》也，不亦宜乎？」羅隱，〈讒書重序〉，《羅隱集繫年校箋》，卷5，頁797。

〔註138〕注重立言的文字功夫，在漢時業已盛行。呂思勉認為漢代有重視「言語筆札」之傳統：「人人面問，事煩而難行，故終又必偏重筆札」。呂思勉，〈漢吏治之弊〉，《讀史札記》，《呂思勉全集》第9冊（上海：上海古籍出版社，2015年），頁468。

〔註139〕李咸用，〈冬日喜逢吳價〉，《增訂注釋全唐詩》，卷640，頁762。

〔註140〕李咸用，〈送譚孝廉赴舉〉，《增訂注釋全唐詩》，卷640，頁758；曹松，〈言懷〉，《增訂注釋全唐詩》，卷710，頁1429。

違」表示，認為仍有除了命限以外的因素。〔註141〕在另篇〈物情〉更思考了才性與窮通的關係，更令人驚訝的是，他對王充命題有不一樣的解答：

> 誰分萬類二儀間，稟性高卑各自然。
> 野鶴不棲蔥舊樹，流鶯長喜豔陽天。
> 李斯涸鼠心應動，莊叟泥龜意已堅。
> 成是敗非如賦命，更教何處認愚賢。〔註142〕

開頭指出稟性各有高低，而各物各情皆有所適，如同野鶴、流鶯都有適性之所；同理，詩人以李斯和莊子為例，〔註143〕說明每人追求名利與否也取決於所適之性。在此，他並不貶低出處的仕、隱任一方，各視之為任性的「自然」；然而，他認為事功的「成是敗非」並不能全然由賦命定數決定，其中還有「愚賢」的高卑之別。質言之，「稟性」包含兩個層面：熱衷於事功的性情與決事能力的才性。若要論及事功，便要考慮人的稟性，不能全然概括以運命。於是乎，從此框架中開展了一套政治論述：對上位者而言，能否區分才能高卑乃為重要的能力，對下位者來說，知所適性與才能，是決定出處的關鍵。在此套論述下，與王充認為遇不遇乃基於運命的說法不同的是，「賦命」被斥為外部限制，成為出處之思當中次要的位置，相對的，人的自決躍昇成為核心要素。

　　討論至此，可以發現孤寒詩人在逆境中不斷進取的心態，背後承繼著摒棄天命決定、升抬人文精神的思想脈絡，這也使得他們勇於直面下第的挫敗，甚至迸發與命運搏鬥的悲壯感、擔負感。這類例子較為罕見，其中一個是劉駕〈青門路〉：

> 青門有歸路，坦坦高槐下。貧賤自恥歸，此地誰留我。

〔註141〕許棠，〈寄江上弟妹〉，《增訂注釋全唐詩》，卷598，頁401。

〔註142〕李咸用，〈物情〉，《增訂注釋全唐詩》，卷640，頁760。

〔註143〕「……於是李斯乃歎曰：『人之賢不肖譬如鼠矣，在所自處耳！』」司馬遷，《史記·李斯傳》（北京：中華書局，1997年），卷87，頁2537；「……莊子曰：『往矣！吾將曳尾於塗中。』」郭慶藩編，〈秋水〉，《莊子集釋》，卷6，頁662。

　　門開送客去，落日嬾回馬。旅食帝城中，不如遠遊者。

　　舟成於陸地，風水終相假。吾道諒如斯，立身無苟且。〔註144〕

「青門」原指漢長安的霸城門，城外道路連通灞岸；〔註145〕在唐代，青門概約指城東的春明門或延興門，而青門路便是離京游子們常走道路，如岑參有「東出青門路不窮，驛樓官樹灞陵東」的送別詩句。〔註146〕詩人走往東城門路上，夾道種有高聳的槐樹，屢次下第使得心中滿懷恥辱與不甘；百感交集下，遂成一幅淒涼情景：遊子們隨著青門城開魚貫而去，伴隨著落日西下，低望著道上的自身影子，甚至連回首巍峨的城門都顯得意興闌珊。這般情景，讓人不禁欣羨起那些隱遁山林的閒適之人，反身對比失意舉子，顯得更加不堪；而正當詩意應收束之際，卻反高潮的「多出兩聯」──模仿省試詩的體制──以一種悲壯的語調自訴堅定的信念。「舟成」在字面上較為難解，《全唐詩》僅此一見，似為「木已成舟」之意，言既以成舟，便要行於陸上，貫徹舟的價值。而「舟」要航行於陸，就得需要風水相助，即若要實現價值，還需外在機緣牽成；正如人生於世，不僅依正道而行，倘若要匡扶濟世，且需及第出身以謀取官位。質言之，劉駕所認為的終極價值，不啻為傳統儒家的治國理想，而科舉屢次受挫並不會動搖他所堅持的「吾道」；面對窮通未知的命數，他的回答充滿絕無苟且的「立命」精神，自信挺立於世間之中。〔註147〕〈青門路〉

〔註144〕劉駕，〈青門路〉，《增訂注釋全唐詩》，卷578，頁240。

〔註145〕《漢書・王莽傳》：「霸城門災，民間所謂青門也。」又《水經注・渭水三》云：「〔渭水〕又東過長安縣北，又東過霸陵縣北，霸水從縣西北流注之。」注云：「〔東出〕第三門，本名霸城門，王莽更名仁壽門無疆亭，民見門色青，又曰青城門，或曰青綺門，亦曰青門。」可知霸城門即青門，東出接連渭水、灞河。班固，《漢書・王莽傳》（北京：中華書局，1997年），卷99中，頁4144；酈道元，〈渭水〉，《合校水經注》，卷19，頁288。

〔註146〕岑參撰，廖立箋注，〈青門歌送東臺張判官〉，《岑嘉州詩箋注》（北京：中華書局，2004年），卷2，頁309。

〔註147〕此說承自唐君毅對孟子立命說的詮解，他認為：「孔子之知命，在就人當其所遇之際說；而孟子之立命，則就吾人自身先期之修養上

以一種擔負精神看待人與命的關係，鄭谷則在閒適之中不時閃現反抗命運的意志：

　　桐廬歸舊廬，垂老復樵漁。吾子雖言命，鄉人懶讀書。

　　煙舟撐晚浦，雨屐剪春蔬。異代名方振，哀吟莫廢初。〔註148〕

第一、三聯描寫愜意的田居生活，但二、四聯卻言士人之志，交錯的章法形成現實與理想的鮮明對比。「吾子」當指我們這類孤寒之人，雖然將屢次欲登科進第、反轉命數，但現實難違，偶爾當個「鄉人」休憩於田園之中，豈不快哉？此表面雖贊成田園生活，但實際上卻在鼓勵對方，不妨休息後再次挑戰命運。在結尾，鄭谷寬慰道，即便一事無成，容或能獲後人賞識，因此在哀吟自傷不矣之時，也切莫忘了初心。由此，又見士人立身不必然涉及「命」，所強調的是謀身背後的自身意志與行動，正如他篇所言「謀生非不切，言命欲如何」，也或如李頻受挫後的自勉「盡力唯求己，公心任遇誰」。〔註149〕

　　綜上所述，孤寒詩人所認識的命，大抵不出壽命與時命兩端，首要關切者為與謀身相關的窮通之命。通過對詩例的解讀，可以發現窮通與否很大程度繫於能否遇得知音貴人，這也很自然出現在干謁主題之作當中。然而，孤寒詩人並未因不遇而遁入山林，反而展現世俗化的一面，挺立自身意志、彰顯立命精神。如此一來，原本能決定窮通之賦命退居其次，而以堅守吾道為第一義，甚至能導出即使當世無法匡扶濟世，但未嘗不能在異代揚名立萬的不朽之想。若比較盛唐文人重視「才」能否配「位」的思想，孤寒詩人更具現實感地認為，即便有才，也很難謀得一第，說到底，進上榜上的位置仍向著高門大族而

　　　　說。……此立命之工夫，俟乎人自身之努力，外無預定吾人之努力之所限極者。」唐君毅，《中國哲學原論・導論篇》，《唐君毅全集》第 12 卷（臺北：臺灣學生書局，1986 年），頁 542～543。

〔註148〕鄭谷，〈聞進士許彬罷舉歸睦州悵然懷寄〉，《鄭谷詩集箋注》，卷 1，頁 70。

〔註149〕鄭谷，〈渠江旅思〉，《鄭谷詩集箋注》，卷 1，頁 92；李頻，〈勉力〉，《增訂注釋全唐詩》，卷 582，頁 277。

開，但凡上榜的孤寒舉子，除有才之外，更講求能否有時、命相助。由此看，行藏之思無論在時、命兩端，都較難直接構成歸隱山林的合理性。那麼，孤寒詩人該如何思考隱逸的意義以及如何自處？這便觸及「機」的討論。

第四節　息機：「待時」的隱逸思想

　　通過前兩節的分析，已可知孤寒詩人的積極進取的心態以及立命精神，但這似乎更難以預料他們同時也會有隱逸之想。誠如表 4-1 所示，儘管也有失意歸隱的事跡，更多的是由於時勢艱難而不得不隱居以保全性命，而啟人疑竇的是，當時戰亂頻繁，卻少在詩中見得對戰事的關懷以及對大廈將傾、末世將臨的焦慮之感——這難以嵌合前述危時進取、立身報國的價值觀——反倒遁入山林之間以待清明之世。〔註 150〕這看似前後矛盾的行為，不僅容易招致批評，更動搖時、命思想的有效性。種種原因在於，除了時、命，還有著「機」的觀念，其不僅調和仕、隱衝突，更是他們得以自安於隱居的關鍵。

　　一般而言，機主要有兩種意思，一是指機緣、機會，二是入世的機謀、機心。在盛中唐，機的用法主要是機謀、機心，到了晚唐、特別是蹭蹬科舉者，也出現機緣的用法。〔註 151〕機緣用法的語境較為單純，常在感嘆求助無門、苦無機會的情境，例如「干時雖苦節，趨世且無機」、「有景終年住，無機是處閒」、「平生祇學穿楊箭，更向何

〔註150〕晚唐研究者多半注意到這個現象，所見略同的將歸隱動機歸於失意歸隱與避亂歸隱兩大類；筆者在此想指出，這種被動隱居的「假隱」（此不具貶意，乃相對於棄絕仕途的隱逸者而言）仍保留了出仕的可能性，而此種「姿態」使得他們不必在詩中解釋為何較少關心時勢，甚至可以說，他們未曾斷絕與俗世的連結。

〔註151〕藉由幾個盛中唐詩人的詩例可以概略機的語用情境：孟浩然「未逢調鼎用，徒有濟川心。予亦忘機者，田園在漢陰」；李白「卷身編蓬下，冥機四十年。寧知草間人，腰下有龍泉」；白居易「機心一以盡，兩處不亂行。誰辨心與跡，非行亦非藏」。孟浩然將自己視為忘機隱逸者，李白是亟待啟用的不遇士人，白居易則是待退休致仕的官員。

門是見機」、「雖然干祿無休意，爭奈趨時不見機」等句。〔註152〕此外也有少數就大環境而言的機緣，例如司空圖避難時也感時勢難違而有「自憐旅舍亦酣歌，世路無機奈爾何」之句。〔註153〕入世機心方面，典出《列子》「漚鳥忘機」的故事，〔註154〕後引申為對忘卻世俗之事，過著隱居世外的生活。如陸龜蒙與皮日休唱和時所言「君如有意耽田里，予亦無機向藝能」，〔註155〕乃藉隱居田園來消息科舉之機心。倘若考慮唐末情境，消息機心便不只是個人選擇，還有政治因素。韓偓就常以忘卻機心來表示遠離政局的心境，例如晚年「斷年不出僧嫌癖，逐日無機鶴伴閒」，〔註156〕但若深究韓偓生平，他的「隱居」實際上是不得已之避難，因此詩中不免帶有危懼之感，例如「忍苦可能遭鬼笑，息機應免致鷗猜」、「唯應鬼眼兼天眼，窺見行藏信此翁」，於朱全忠竄唐後作的〈卜隱〉「世亂豈容長愜意，景清還覺易忘機」雖言易忘、實則心繫唐室，回首來時亦承認「一名所繫無窮事，爭敢當年便息機」。〔註157〕因此，儘管機有兩種意思，但對處在風波不定、又投路無門的孤寒詩人來說，「無機」、「息機」、「忘機」都與出處進退相關。

　　進一步來說，「機」之所以能導出隱逸之想，乃是機緣轉瞬即逝、又或遲遲未來，因此儘管具百折不撓之志，在世態炎涼之下也得澆息

〔註152〕崔塗，〈言懷〉，《增訂注釋全唐詩》，卷673，頁1080；張喬，〈長安書事〉，《增訂注釋全唐詩》，卷632，頁678；張蠙，〈言懷〉，《增訂注釋全唐詩》，卷696，頁1322；杜荀鶴，《杜荀鶴及《唐風集》研究》，卷2，〈書事投所知〉，頁138。

〔註153〕司空圖，〈陳疾〉，《司空表聖詩文集校箋》，卷1，頁27。

〔註154〕列子撰，楊伯峻集釋，〈黃帝篇〉，《列子集釋》（北京：中華書局，1979年），卷2，頁67～68。

〔註155〕陸龜蒙，〈閒居雜題五首〉，《陸龜蒙全集校注》，卷11，頁690。

〔註156〕韓偓，〈睡起〉，《韓偓集繫年校注》，卷2，頁478。

〔註157〕韓偓，〈欲明〉、〈此翁〉、〈卜隱〉、〈避地寒食〉，《韓偓集繫年校注》，卷1、2、2、3，頁109、298、305、547。相關行跡可見：霍松林、鄧小君，〈韓偓年譜（中）〉，《陝西師大學報（哲學社會科學版）》，1988年第3期，頁49～52。

機謀之心。羅隱便對此有所申發，他在〈天機〉用歷史的通變盛衰解釋「機」：

> 善而福，不善而災，天之道也。用則行，不用則否，人之道也。天道之反，有水旱殘賊之事。人道之反，有詭譎權詐之事。是八者謂之機也。機者，蓋天道人道一變耳，非所以悠久也。苟天無機也，則當善而福，不善而災，又安得餓夷齊而飽盜蹠？苟人無機也，則當用則行，不用則否，又何必拜陽貨而劫衛使？是聖人之變合於其天者，不得已而有也。故曰機。〔註158〕

文章開頭提出一個「應然」的想像：善而福、不善而災，用則行、不用則否；此應然即所謂「道」。但現實卻非如此，乃因道有所「反」，即不善而福、善而災、用而不行、不用而行等狀況，造就「水旱殘賊」等天災人禍以及「詭譎權詐」等政治昏昧的情形。羅隱總稱這些短暫、反常現象為「機」、「變」，用以相對於天道、人道之常行不變；而人們為了因應這些不可抗拒的機、變，故即便是聖人，也會在合於天的前提下，有諸多不得已的行事。進一步地，羅隱還將「機」與窮通相連，他在〈道不在人〉指出「道」隨著機變而有盛衰，人亦不能改變之：

> 道所以達天下，亦所以窮天下，雖昆蟲草木，皆被之矣。故天知道不能自作，然後授之以時。時也者機也，在天為四氣，在地為五行，在人為寵辱、憂懼、通阨之數。故窮不可以去道，文王拘也，王於周；道不可以無時，仲尼毀也，垂其教。彼聖人者，豈違道而戾物乎？在乎時與不與耳。是以道為人困，而時奪天功。衛鶴得而乘軒，魯麟失而傷足。〔註159〕

「道」是恆不變的道理，其變化皆源自「時」「機」，即現象層面的四時五行以及人的窮通之別。由此來看，人並不能改變道，只能觀察道、時的運行，從而決定自己如何因應，故曰「道不在人」。在這裡，羅隱

〔註158〕羅隱，〈天機〉，《羅隱集繫年校箋》，卷3，頁721。
〔註159〕羅隱，〈道不在人〉，《羅隱集繫年校箋》，卷3，頁707～708。

並不擔心人有沒有辦法體道、行道，而把重點放在「時與不與」的順逆境，並將此大限視為決定窮通的關鍵；此想法亦成就了他的名句「時來天地皆同力，運去英雄不自由」、「男兒未必盡英雄，但到時來即命通」，〔註160〕兩聯的「時」皆是「機運」之意，表達人能否成為「英雄」，除了資質之外、還需時運相助。

　　有意思的是，儘管羅隱在文中所指陳的機是客觀變化，但在詩中的「機」也指機謀入世之心。例如〈覽晉史〉對張翰「見機」的事跡予以同感：

　　　齊王僚屬好男兒，偶覓東歸便得歸。
　　　滿目路岐拋似夢，一船風雨去如飛。
　　　盤擎紫線蓴初熟，箸撥紅絲鱠正肥。
　　　惆悵途中無限事，與君千載兩亡機。〔註161〕

首句便將時間點設定在張翰入齊王冏麾下時。次句「偶覓」較為難解，「偶」可能是巧合、碰巧或是相偶、成雙之意，若從《世說新語》所載之事來看，偶蓋指「在洛見秋風起，因思吳中菰菜羹、鱸魚膾」這樣的偶然事件，〔註162〕但從《晉史》本傳來看，張翰其實東歸前與同郡顧榮一起商量過，兩人相約一同歸隱山林。從詩末「與君」的對話語氣，以及詩題「覽晉史」來看，「偶覓」更可能是相偶之意。從「偶覓」的解讀裡，羅隱戲仿自己為與張翰一同東歸故里的好友，從而在心情上有所共鳴，胡以梅亦云「知不為張季鷹而作甚明」可為一證。〔註163〕頷聯、頸聯分別言拋卻功名之灑脫與鄉里魚膾的美味，藉由反差凸顯身心之安逸。但拋卻功名可非容易之事，羅隱道出下定決心之前的艱難──在於「滿目路岐」以及「惆悵途中無限事」的百

〔註160〕羅隱，〈籌筆驛〉、〈王濬墓〉，《羅隱集繫年校箋》，卷3、5，頁134、215。
〔註161〕羅隱，〈覽晉史〉，《羅隱集繫年校箋》，卷6，頁290～291。
〔註162〕劉義慶著，余嘉錫箋疏，〈識鑑〉，《世說新語箋疏》，卷中，頁393。
〔註163〕胡以梅，《唐詩貫珠箋釋》，卷30，轉引自：《羅隱集繫年校箋》，頁291。

般煩惱下──不得不消息機心,將世事將拋諸腦後的決意。由此也見到,現實挫折是促使遁世忘機的主要因素。相似的詩例還有〈秋日懷賈隨進士〉:

> 邊寇日騷動,故人音信稀。長纓慚賈誼,孤憤憶韓非。
>
> 曉匣魚腸冷,春園鴨掌肥。知君安未得,聊且示忘機。〔註164〕

根據箋注,此詩作於咸通六年南詔侵邊時;而這同時也是此詩的動機:聽聞邊界示警,卻無故人音訊。羅隱深知對方性情,以知音好友的身分體諒他:「料想你如祖先賈誼般的義憤填膺,卻遭受朋黨小人排擠而孤掌難鳴吧!」〔註165〕兩人同樣出身孤寒,〔註166〕且皆蹭蹬科場已久,如今值大丈夫挺身而出之際,卻苦無施展抱負之處,不啻藏名劍於泥塗之中──難以安頓自處。至此,儘管明白對方心有未安,羅隱仍希望賈隨能「聊且」、退而求其次的忘機歸隱。為何如此?紀昀讀出潛藏之意:「四句恐其遊說諸侯,終不免於難,故以韓非比之,已為結句招隱之根」,〔註167〕即羅隱深感前方凶險,委婉希望能暫時壓抑報國之心,以保全性命為重。由此可見,羅隱較理性的思考出處進退,保全性命只是權變之宜,最終目標仍是建功立業之理想。

不只羅隱,其他孤寒詩人也是反覆權衡於此,艱難之處在於,還未實現抱負之前便歸息山林,不免憤懣不平。崔塗「浮名如縱得,滄海亦終歸。却是風塵裏,如何便息機?」所呈現的心態,〔註168〕大約

〔註164〕羅隱,〈秋日懷賈隨進士〉,《羅隱集繫年校箋》,卷5,頁247~248。

〔註165〕「長纓」是請長纓的典故:「願受長纓必羈南越王而致之闕下」,這裡暗合鎮壓南蠻之事。此外,賈誼亦曾上疏請求領兵鎮壓外族,亦合於此事。韓非孤憤之句,不只取忠良賢臣遭受排斥之意,也用了〈孤憤〉所諫之事,即政治朋黨問題嚴重,暗指孤寒之人不得受用的困境。班固,《漢書·終軍傳》,卷64下,頁2821。

〔註166〕關於賈隨的資料不多,但應出身孤寒。王讜撰,周勛初校證,〈文學〉,《唐語林校證》(北京:中華書局,1987年),卷2,頁157。

〔註167〕方回選評,李慶甲集評校點,《瀛奎律髓彙評》(上海:上海古籍出版社,1986年),卷32,頁1350。

〔註168〕崔塗,〈與友人同懷江南別業〉,《增訂注釋全唐詩》,卷673,頁1079。

可視為代表：「如果能夠搏得一名，那麼歸隱也未嘗不可，但如今卻
一事無成，歸隱後該如何自安？」司空圖儘管隱居時反覆拒絕徵招，
卻也有「山林若無慮，名利不難逃」、「醉忘身空老，書憐眼尚明。偶
能甘蹇分，豈是薄浮榮」之句，〔註169〕可見即使隱居也不代表已棄
絕名利之想。或是許彬「息慮雖孤寢，論空未識愁。須同醉鄉者，萬
事付江流」，〔註170〕在息卻百慮、專習空性之際，也仍未徹底棄絕入
世之想，最後仍須大醉一場以暫時拋卻煩惱。如此憤懣不平與挫折之
下，自然也有不甘之情。例如杜荀鶴與曹松感慨時不我予「人事旋生
當路縣，吏才難展用兵時」、「吾道不當路，鄙人甘入林」，鄭谷「未便
甘休去，吾宗盡見憐」自述苦於四處奔波，之所以沒有放棄，乃因心
有不甘，尚且一搏。〔註171〕方干早年也從事干謁、科舉，但屢屢受
挫，初歸隱時便向知己吐露心曲：

　　去歲離家今歲歸，孤帆夢向鳥前飛。
　　必知蘆筍侵沙井，兼被藤花占石磯。
　　雲島採茶常失路，雪龕中酒不關扉。
　　故交若問逍遙事，玄晏何曾勝葛衣。〔註172〕

前二句言下第歸鄉的事由，中四句描寫歸隱後閒適之情，「蘆筍」、
「藤花」、「雲島」、「雪龕」，〔註173〕皆著意於日常生活中的恬淡情
調。然而，這看似「逍遙」的隱居生活並不是真正的「逍遙」，落句才

〔註169〕司空圖，〈漫題三首〉、〈丁巳元日〉，《司空表聖詩文集箋校》，卷2、
　　　　附錄一，頁44、152。
〔註170〕許彬，〈重經漢南〉，《增訂注釋全唐詩》，卷672，頁1076。
〔註171〕杜荀鶴，〈贈秋浦張明府〉，《杜荀鶴及其《唐風集》研究》，卷2，頁
　　　　115；曹松，〈林下書懷寄建州李頻員外〉，《增訂注釋全唐詩》，卷
　　　　710，頁1432；鄭谷，〈巴賞旅寓寄朝中從叔〉，《鄭谷詩集箋注》，
　　　　卷1，頁37。
〔註172〕方干，〈初歸鏡中寄陳端公〉，《增訂注釋全唐詩》，卷645，頁816。
〔註173〕「雲島」、「雪龕」似指鏡湖環境與住處，方干有〈湖北有茅齋湖西
　　　　有松島輕棹往返頗諧素心因成四韻〉，此首則以雲島借松島、雪龕借
　　　　茅齋。方干，〈湖北有茅齋湖西有松島輕棹往返頗諧素心因成四韻〉，
　　　　《增訂注釋全唐詩》，卷644，頁810。

真正點出潛藏的志向：「玄冕何曾勝葦衣」。玄冕代稱逍遙山林江湖之
人，而葦衣則是百姓著的粗布褐衣，亦是士人未得綬官前的服飾；它
們分別對應首句所言「去歲」與「今歲」所代表的舉子與隱士之身
分。也就是說，儘管隱士生活愜意無憂，但仍不曾勝過舉子所背負的
建功立業之志。這並非一時之想，在他詩亦能見得不遇的不平之鳴，
例如「未能割得繁華去，難向此中甘寂寥」留戀於功名富貴，或是自
白隱居乃情非得已的「若於巖洞求倫類，今古疎愚似我多」，〔註174〕
都能看到隱居事跡與心志相衝突的情狀。總之，孤寒詩人雖多事隱
居，但泰半懷著不甘與憤恨，鮮少有拋卻世俗之想，而這意味著即便
隱居，也仍自認處於世間與仕途之中，當下惟權宜之計而已。

　　此類權宜心態之隱居，或謂季鷹之「見機」，或謂「待時之隱」，
但不代表著應該自安於保全性命當中。〔註175〕杜荀鶴亂後餘生，勸
友人李昭象不如就此隱居：

　　　李生李生何所之，家山窣雲胡不歸。
　　　兵戈到處弄性命，禮樂向人生是非。
　　　却與野猿同橡塢，還將溪鳥共漁磯。
　　　也知不是男兒事，爭奈時情賤布衣。〔註176〕

兵荒馬亂之際，杜荀鶴甫遇舊識，兩人感嘆戰亂導致人命草芥，而禮
樂崩毀，已不復從前。面對這般亂世，詩人勸友「歸去來兮」──與
野猿溪鳥相伴，忘卻世俗──而這看似懦夫的行為，乃身為「布衣」
無力改變世局的不得已之舉；正如褚載「大道不應由曲取，浮生還要

〔註174〕方干，〈再題龍泉寺上方〉、〈偶作〉，《增訂注釋全唐詩》，卷645、
　　　　646，頁817、827。
〔註175〕葛曉音曾提出一種盛中唐的待時之隱：「這種待時之隱包括兩類，一
　　　　類在釋褐之前為入仕作準備，一類是在得第之後等候選官或罷官之
　　　　後待時再選。」葛曉音，《山水田園詩派研究》，頁187。由此可知，
　　　　此類隱逸是以及第為前提，不同於此處的待時之隱；但相同之處是，
　　　　兩種待時都不將隱居視為恆久的生活型態。
〔註176〕杜荀鶴，〈亂後逢李昭象敘別〉，《杜荀鶴及其《唐風集》研究》，卷
　　　　2，頁170。

略知機」認為，〔註177〕持守正道乃大是大非，但也要為了保全生命而有所權變。另首詩〈山中貽同志〉也呈現相似看法：

> 君貧我亦貧，為善喜為鄰。到老如今日，無心愧古人。
>
> 閉門非傲世，守道是謀身。別有同山者，其如未可親。〔註178〕

從詩題來看，這大概是他避亂山林時贈給同病相憐之人的詩作。在頷、頸聯，他自述已有年事、又逢今日之狀況，閉門隱居亦無愧於先賢，更重要的是，此舉乃為「守道」，還為未來出山謀身作準備。有意思的是，落句還特別將自己有別於其他或傲世、或避世的隱居者，以明心繫國事之志。不只是杜荀鶴，其餘人在隱居期間，對身處危時有「殊時異世為儒者，不見文皇與武皇」的無奈，以及「事與時違不自由，如燒如刺寸心頭」的憾恨，〔註179〕不妨將之視為危時中恐於失時的普遍心態。但更重要的問題在於，既是危時，又該如何決定應舉求仕？──這便個人取決於審度時勢的判斷。司空圖身處北方「狼虎叢中」的政治環境，在面對友人屢次相勸出仕，他的回答是：

> 古之山林者，必能簡於情累，而後可久。今吾少也，全然不能自勝於胸中，及不誠於退者，然亦窮而不搖，辱而不進者，蓋審已熟，雖進亦不足於救時耳。〔註180〕

根據箋注，景福年間，朝廷召司空圖為諫議大夫，圖稱疾不往，後友人來書相勸，故有此回覆。首先，司空圖自認非那些隱於山林中的「簡於情累」之人，但他仍「不誠於退」、「辱而不進」，乃因「蓋審已熟，雖進亦不足於救時耳」；意即經過深思熟慮，即使進取於世也無法救弊時政，那麼就不如待時於山林之中。無獨有偶，他在另一篇〈題東漢傳後〉也表達同樣的想法：

> 君子救時雖切，必相時度力，以致其用；不可，則靜而鎮之，

〔註177〕 褚載，〈曉感〉，《增訂注釋全唐詩》，卷 688，頁 1251。

〔註178〕 杜荀鶴，〈山中貽同志〉，《杜荀鶴及其《唐風集》研究》，卷 1，頁 83。

〔註179〕 徐寅，〈東京次新安道〉、〈恨〉，《增訂注釋全唐詩》，卷 703、704，頁 1383、1401。

〔註180〕 司空圖，〈答孫郃書〉，《司空表聖詩文集箋校》，卷 4，頁 225。

以道馴服。茍歷鋒氣，果於擊搏，道不能化，力不能制，是
將濟時重困。〔註181〕

「救時」不僅為東漢先賢心繫之事，更是司空圖的志業，然而只有遠
大的志向是不夠的，還需「相時度力」，也就是審察時勢、度量己力的
能力，以在最適當的時機發揮自己的能力，即「以致其用」。〔註182〕
反過來說，若無法相時度力，下場便是「道不能化，力不能制，是將
濟時重困」般於事無補，反而斷送自己的前程。如此態度下的詩歌情
調，便如〈永夜〉所示：

永夜疑無日，危時只賴山。曠懷休戚外，孤跡是非間。〔註183〕

首二句的「永夜」對「危時」，可見唐末局勢昏暗至此，「疑無日」更
是對未來的悲觀想像，故詩人保全自身、退棲於山林幽谷之間。然
而，儘管是理性選擇退居高臥，雖看似曠達、卻總是飽受內心是非抉
擇的煎熬、愧疚。

「息機」、「待時」所連及的愧疚之感，也能在其他孤寒詩人身上
見到。黃滔面對眼前動亂，只能自嘆「竿底得璜猶未用，夢中吞鳥擬
何為」、「遲明亦如晦，雞唱徒為爾」，〔註184〕認為自己並無法對當世
有所助益；相似的情境下，徐寅也認為世亂造就己不遇，遂認為當世
並不適合出仕：

休說雄才間代生，到頭難與運相爭。

時通有詔徵枚乘，世亂無人薦禰衡。

〔註181〕司空圖，〈題東漢傳後〉，《司空表聖詩文集箋校》，卷 2，頁 203～
204。

〔註182〕王潤華首先注意到司空圖「相時度力」的隱逸思想。王潤華，〈論司
空圖的退隱哲學〉，《司空圖新論》（臺北：東大圖書，1989 年），頁
123～137。筆者則在前人基礎上，從撰碑的書寫策略談司空圖不安
於隱居的處境。李奇鴻，〈不安頓的隱士──唐末司空圖自保心態下
的書寫策略〉，《政大中文學報》第 34 期（2020 年 12 月），頁 45～
82。

〔註183〕司空圖，〈永夜〉，《司空表聖詩文集箋校》，卷 2，頁 53。

〔註184〕黃滔，〈寓題〉、〈秋夕貧居〉，《增訂注釋全唐詩》，卷 699、698，頁
1347、1332。

逐日莫矜驚馬步，司晨誰要牝雞鳴。

中林且作煙霞侶，塵滿關河未可行。〔註185〕

首先，詩人並不認同亂世出英雄的說法，認為「運（時）」才是決定英雄、凡人之別的關鍵，與羅隱「時來天地皆同力，運去英雄不自由」的看法相同。〔註186〕接著談論時世的通與亂對於際遇的差別，舉出枚乘、禰衡當例子，認為在亂世中，並不需要「驚馬」、「牝雞」這類人才。在反覆思考下，決定避於山中，遠離那那戰塵喧囂的關河俗世。徐寅自認非英雄的認知，正類似於「相時度力」的思考方式，其他詩作也流露相似看法，例如〈招隱〉「鬼神只闞高明里，倚伏不干棲隱家」認為家國禍福與棲隱山林者無關，或是〈嘉運〉「嘉運良時兩阻修，釣竿簑笠樂林丘」自認時運不濟，遂而歸隱。〔註187〕然而，正如前述司空圖歸隱時「曠懷休戚外，孤跡是非間」，〔註188〕詩人對隱居避世糾結不已，例如〈自愧〉：

多負懸弧禮，危時隱薜蘿。有心明俎豆，無力執干戈。

壯士難移節，貞松不改柯。纓塵徒自滿，欲濯待清波。〔註189〕

首聯上句「懸弧」是家中慶生男子之禮，寓有男子尚武之意；〔註190〕下句卻云在危時隱身山中，可說在開頭便以應然與實然間的落差扣住「自愧」之題。接著表明自己有意為文、無力尚武，在堅守此志的前提下，遂學漁父濯滄浪，等待清明之世的到來。李咸用在其他詩中也表達類似意向，例如「心雖游紫闕，時合在青山」，或如徐寅的「途窮憐抱疾，世亂恥登科」，〔註191〕這種不甘於時局而歸隱的待時之

〔註185〕徐寅，〈龍蟄二首其二〉，《增訂注釋全唐詩》，卷702，頁1377。

〔註186〕羅隱，〈籌筆驛〉，《羅隱集繫年校箋》，卷3，頁134。

〔註187〕徐寅，〈招隱〉、〈嘉運〉，《增訂注釋全唐詩》，卷702，頁1375、1377。

〔註188〕司空圖，〈永夜〉，《司空表聖文集箋校》，卷2，頁53。

〔註189〕李咸用，〈自愧〉，《增訂注釋全唐詩》，卷639，頁748。

〔註190〕《禮記》：「子生，男子設弧於門左；女子設悅於門右。」鄭玄注，孔穎達疏，〈內則〉，《禮記注疏》，收入阮元校刻，《十三經注疏附校勘記》，卷28，頁1469。

〔註191〕李咸用，〈秋興〉，《增訂注釋全唐詩》，卷639，頁749。徐寅，〈旅次寓題〉，《增訂注釋全唐詩》，卷702，頁1369。

舉，也是相時度力後的不得不然。

就在前述情況下，「息機非忘機」乃為克服這份不得已之感所形成的自我調適。這當中除了有孤寒詩人彼此間的鼓勵，例如張喬向許棠所言：「且了鬢年志，沙鷗未可群」，〔註192〕也有自述在逆境下堅持吾道的詩作。徐寅在隱居期間追憶昔日登科甲乙的榮光，今昔對比之下，挫折與失落之情油然而起：

> 昔遊紅杏苑，今隱刺桐村。歲計懸僧債，科名負國恩。
>
> 不書眠漸穩，頻鑷鬢無根。惟有經邦事，年年志尚存。〔註193〕

「紅杏苑」，或為「紅杏園」、「杏園」，位於曲江，徐寅〈贈垂光同年〉有「須知紅杏園中客，終作金鑾殿裏臣」、劉滄「及第新春選勝遊，杏園初宴曲江頭」，〔註194〕為進士及第後的宴會場所之一。詩人感慨，過去在紅杏苑的意氣風發，如今卻淪落失意、隱居東南。〔註195〕頷聯點出唐末隱逸之思的特性——周折於「隱」與「仕」之間——懷抱著志向伺機而動，也不時展現受挫與煎熬的一面。在看似閒逸的生活中，雖能免於忙碌的文書工作，但隨著年歲推移，無事所造成的結果便是一無所成。故而，詩人並不滿足於當下安逸，畢竟經邦之志懷揣心中，仍希望有所作為。另個例子是許棠初歸隱所創作的組詩〈冬杪歸陵陽別業五首〉，為我們展示初歸隱居的心路歷程：

> 無媒歸別業，所向自乖心。閭里故人少，田園荒草深。
>
> 浪翻全失岸，竹迸別成林。鷗鳥猶相識，時來聽苦吟。
>
> （其一）

〔註192〕張喬，〈江上逢進士許棠〉，《增訂注釋全唐詩》，卷633，頁689。

〔註193〕徐寅，〈昔遊〉，《增訂注釋全唐詩》，卷702，頁1371。

〔註194〕徐寅〈贈垂光同年〉，《增訂注釋全唐詩》，卷703，頁1388；劉滄，〈及第後宴曲江〉，《增訂注釋全唐詩》，卷579，頁248。關於杏園宴，可參考傅璇琮，《唐代科舉與文學》（西安：陝西人民出版社，2003年），頁311～316。

〔註195〕徐寅本閩人，行跡大抵本於〈自詠十韻〉。本詩繫年，不似晚年心境，可能作於棄官離京之後、入幕之前。相關考述請參見傅璇琮主編，〈徐寅〉，《唐才子傳校箋》，卷10，頁293～298。

眠雲終未遂，策馬暫休期。上國勞魂夢，中心甚別離。
冰封巖溜斷，雪壓砌松欹。骨肉嗟名晚，看歸却淚垂。
（其二）

學劍雖無術，吟詩似有魔。已貧甘事晚，臨老愛閑多。
雞犬唯隨鹿，兒童只衣簑。時因尋野叟，狂醉復狂歌。
（其三）

鄉國亂離後，交親半旅遊。遠聞誠可念，歸見豈無愁。
敗葦迷荒徑，寒簀沒壞舟。衡門終不掩，倚杖看波流。
（其四）

遊秦復滯燕，不覺近衰年。旅貌同柴毀，行衣對骨穿。
籬寒多啄雀，木落斷浮煙。楚夜聞鳴鴈，猶疑在塞天。
（其五）〔註196〕

從組詩章法來看，前二首解釋與定調此次乃不得不已、迫於現實之隱居。第一首解釋了隱居歸里的動機乃是未遇知音的「無媒」挫折，以及別業破敗的情況。初歸之際，還未進入別業，寓目所及是舉目無親、田園荒蕪與器物損壞，而自己即將在此居住，迎來新的生活。第二首定調此次「隱居」並不是忘機的眠雲山居，只是策馬奔波的「暫休」期間，仍心繫中央；現實總是無奈，心中大志遭諸般外力阻礙，猶如被「冰封」、「雪壓」，才不得不退居鄉里。第三、四首闡述隱居一段時間後的心境及保全自身帶來的隱憂。第三首正式展開隱居生活，儘管平時閒來無事也仍苦吟不已，但如斯才藝卻不能據以謀身，反而貧困潦倒，心中不甘憤恨也只能透過「狂醉狂歌」向鄰近「野叟」發洩。第四首感慨世亂之後，故交親友皆奔逃四散，昔日四處拜訪的生活已逝，而那些小徑、行舟業已不必要。屋子的「衡門」終日虛掩等待訪客，自己也在一旁期待著親友來訪。最後一首感慨策馬干謁四方的辛勞與蹉跎，時光推移之下，已由壯志凌雲的青年到衣不蔽體的衰年──但比起隱居，「猶疑」所注目的是謀身四方的生活

〔註196〕許棠，〈冬杪歸陵陽別業五首〉，《增訂注釋全唐詩》，卷597，頁389～390。

型態，展示了儘管窮困、衰老，仍依然願意為理想奮不顧身的進取精神。在李咸用身上，也見類似的儒者姿態：「俱為鄒魯士，何處免塵埃。」〔註197〕因此，與其說孤寒詩人的隱居是失意與避亂後的忘機之舉，不如說他們亦藏有暫時息機、等待契機，以待日後的整裝待發的心態。

　　總結前述，從「機」的討論中，可以發現「機緣」與「機心」在出處之思上具有一致性，即較理性的權衡現實與己力的關係：雖量力而為、卻也從不放棄。這樣的特色反映在詩歌主題，便是能夠自由調節閒逸與進取兩種生活型態；而隱居生活對他們而言，更似是整裝備戰式的消息機心，因此不涉及脫離世俗後的價值轉換問題。也可以說，這是唐代特色隱逸觀的一種變形，即使隱居地方，也不意味著脫離世俗，仍與時世緊密相連。

　　回顧本章，對於該如何看待孤寒詩人的出處之思，筆者回顧唐代隱居思想後，指出過去研究較關注於「終南捷徑」與「中隱」，但在唐末孤寒詩人身上，由於科舉制度取代了終南捷徑、未出身的舉子更談不及仕宦途中的中隱，從而，以出處抉擇為主軸的「行藏」得以進入研究視野。進一步說，行藏主要分作時、命、機三個層次：在「時」的部分，透過觀察詩人在「明時」或「危時」該如何出處，呈現出明時應進取，危時亦不棄絕入世之想的態度。在「命」的方面，它與謀身的窮通之命相關，雖然窮通與否很大程度繫於能否遇得知音貴人，但孤寒舉子也並未因不遇而放棄仕途，反而呈現世俗化的傾向，彰顯積極立命的儒者精神。最後，「機」所代表的機緣與機謀，是解釋唐末文人多隱居的關鍵。他們儘管積極進取、欲突破既有的命定窮通，但現實困境逼使他們不得不「息機」以待合適時機。因此，儘管從事隱居，卻也不會自視「忘機」遯世，反倒有意與時世相連，以便隨時準備干謁赴舉，實現胸中之志。

　　進一步思考唐末詩人的出處進退為何著重在時、命、機三個概

────────

〔註197〕李咸用，〈惜別〉，《增訂注釋全唐詩》，卷639，頁749。

念上。筆者認為,這三個概念的共同點是具有極強的韌性,即使在最差的時運(比如遭逢動亂或停舉)、無人賞識,以及連年落榜時,都能夠找到持續奮進的理由。即使囿於現實條件而無法參與科舉時,也可以運用「息機」、「待時」的姿態,退避山林之中。藉由機的能動性,使得他們能在個人意志下保持著既是隱逸又能隨時出仕的權變與彈性。更進一步地,若考慮到這些舉子們背後的科舉制度,那麼時、命、機概念的形成或淵源雖非來自唐末,但唯有唐末的環境才能最大程度地滋長概念並流行。如此一來,我們看待唐代科舉與文學的關係,便不會只停留於過去參與科舉的種種,更能延伸到制度對文人價值觀的影響,以及文人如何將其表現於文學之中的過程。

第五章　結論——制度、孤寒與文學

　　自傅璇琮先生以來，「唐代科舉與文學」作為唐代文學的研究方法，不僅啟發無數後世學者的效仿，其研究成果亦廣為各家接受。本文反省過去研究，發現過去研究較不凸顯「人」在制度與文學之間的重要性，故而所謂「影響」多為科舉制度下的「產物」（如省試詩、下第等直接相關的作品）。倘若以「人」為重心，思考制度與文學間的關係，那麼，在唐末一群深受科舉制度左右的「孤寒詩人」們便會進入視野之中。本文的關懷便是，藉由觀察這群詩人的詩作，思考人與制度、文學的關係，並且企圖賦予他們一個文學史上的位置。

　　孤寒詩人多半歷經長年赴舉，在四處奔波之餘仍持續創作文學，可想而知許多創作與科考生涯息息相關。具體而言，可分作自我推薦的干謁詩、表達自我形象的苦吟詩、感嘆時不我予的隱逸詩等三大方面。以下除了簡述本文在這三方面的研究成果，也試就唐末對宋初的轉型意義，梳理若干可能的脈絡。

　　若要討論制度與文學間的關係，必先得釐清科舉之於唐士人的意義。第二章「聲價與名場——孤寒詩人的赴舉與干謁活動」從制度史出發，指出宣宗以後進士出身成為政治、社會指標性的地位，加之科舉標榜的「至公」精神，致使大量無政治資源的孤寒文人們爭先恐後地邁入科場。與此同時，從現存的筆記來看，這些文人舉子們的競

爭不僅僅在科場，也同時利用各種手段宣揚自己的文采，目的是博得聲名。晚唐以降的人們認為，那些能夠登龍門的「前進士」，若非出自王公貴族，那麼得是名滿天下的詩人。從這個角度來說，唐代科舉的「至公」精神並不是保障每位考生的公平性，而是確保所選出的人能夠被朝野士人、甚至是市井小民所信服。於是乎，在科舉及第之前要如何獲取聲名便是孤寒詩人所面臨的挑戰——干謁便成為他們創作的一大情境。分析干謁詩作之後，可以發現干謁者與被干謁者之間的文學交流，並非絕對的下對上關係，若彼此相契合，甚至能發展為「知音」關係。此外，詩作中也流露著企盼知音與公道的念想，很大程度支持孤寒詩人們往返場屋、奔赴四方以尋訪知己。

　　唐宋之間在社會文化上歷經變革，已是學界共識，其中，科舉制度亦是劇烈變動中的一環。宋初科舉延襲唐五代，具體而言是在「文臣的全面性勝利」的真宗朝（997～1022）以前，國策仍在調整與適應當中。〔註1〕對執政者而言，科舉既是重新聚攏文人，也是定調文治政策的必要手段。〔註2〕在太祖朝（960～976）、太宗朝（976～997）時期，改革科舉制度的方向是廢除身分限制與公薦制度，並大量錄取孤寒出身的人士。〔註3〕其結果是，在無貴族干預的政治環境下大量的文人獲得出仕的機會。〔註4〕此舉不僅是君王的重文輕武策略中的一環，也得到士人的高度讚揚，例如歐陽修曾評價科舉制度：「竊以國家取士之制，比於前世，最號至公，……不問東西南北之人，盡聚諸路貢士混合為一而惟才是擇，各糊名、謄錄而考之，使主司莫知為何方之人、誰氏之子，不得有憎愛厚薄於其間……其無情如造化，至

〔註1〕方震華，《權力結構與文化認同——唐宋之際的文武關係（875～1063）》（北京：社會科學文獻出版社，2019年），頁148～184。

〔註2〕鄧小南，《祖宗之法：北宋前期政治述略》（北京：三聯書店，2006年），頁78～183。

〔註3〕何忠禮，〈論科舉制度與宋學的勃興〉，《科舉與宋代社會》（北京：商務印書館，2006年），頁96～114。

〔註4〕徐紅，《北宋初期進士研究》（北京：北京人民出版社，2009年），頁76～123。

公如權衡,祖宗以來不可易之制也。」〔註5〕在這裡,歐陽修也用「至公」來讚譽本朝科舉制度的改革成果,但內涵已與唐代至公精神有所差異。唐代「至公」多少帶有社會名望的成分,宋代則更傾向制度所保障的公平性。祝尚書對此有所觀察,他指出宋初科舉以詩取士以「競務新奧」為趨勢,技術性問題成為去留的標準,這反而對文學有負面影響;反觀:「唐代『采譽望』的科舉模式,造成『天下之士,什什伍伍,戴破帽,騎蹇驢』而為『行卷』奔忙的『風景線』,這固然不是科學的選舉制度;但就『采譽望』這一點論,似乎多少帶有重能力和素質的因素,因為『名』畢竟不可浪得,若沒有一點真本事,就算得到有力者的吹拂,也未必能被社會接受。」〔註6〕若從科舉與文學的角度而言,這意味著制度的改革將造成文人心態與文學的變易。

在這樣的認識下,可以說唐詩到宋詩的轉型過程,其實與科舉取士改革與穩定的過程有著相似的時間進程。〔註7〕在此變化期間,「干謁」是影響最大的一種題材。例如王禹偁,這位被後來視為學「白體」的詩人,〔註8〕雖然認為唐末文化凋敝「咸通以來,斯文不

〔註5〕歐陽修,〈論逐路取人札子〉(治平元年奏上),《歐陽文忠公文集》,《四部叢刊》(臺北:藝文出版社,1975年),卷113,頁873。

〔註6〕祝尚書,〈「君子事業」與「舉子事業」──論宋代科舉考試與文學發展的關係〉,《宋代科舉與文學考論》(鄭州:大象出版社,2006年),頁422。李弘祺也有若干討論,詳參:李弘祺,《學以為己:傳統中國的教育》(香港:香港中文大學出版社,2012年),頁140～144。

〔註7〕就文學史而言,仁宗時期亦是「宋詩之開始具有宋詩的特色」的分水嶺,此前不過「依然權宜地追隨著前代大帝國唐朝的文化遺風」。吉川幸次郎著,鄭清茂譯,《宋詩概說》(臺北:聯經出版事業公司,2012年),頁51。

〔註8〕王禹偁學樂天的說法主要出自北宋的《蔡寬夫詩話》:「國初沿襲五代之餘,士大夫皆宗白樂天詩,故王黃州主盟一時」。南宋詩話亦延續此說,例如《彥周詩話》:「本朝王元之詩可重……大類樂天也。」《滄浪詩話》:「國初之詩,上沿襲唐人,王黃州學白樂天」,到了元代則有《瀛奎律髓》:「宋初詩人惟學白體及晚唐」。蔡啟,《蔡寬夫詩話》,收入郭紹虞輯,《宋詩話輯佚》(北京:中華書局,1987年),頁398;許顗,《彥周詩話》,收入何文煥輯,《歷代詩話》(北京:中華書局,1981年),頁388;嚴羽,《滄浪詩話》,收入何文煥輯,《歷

競」，〔註9〕但他出身孤寒，〔註10〕早年也有一段行卷求識的日子，〔註11〕因此從相似情境的一面來看，又考慮當時唐末詩歌遍於人口的情況下，亦不免沾染唐末詩風。〔註12〕更重要的是，從他創作的若干首干謁詩中，〔註13〕仍有唐末干謁注重對句，以白描技巧為主的特色。〔註14〕但自科舉改革之後，舉薦之風遭到杜絕，干謁之作也不復存於宋代。

　　科舉制度對文學的影響層面甚廣，「苦吟」便是較為顯著的現象。第三章「苦吟與謀身──孤寒詩人的生命形態」著眼於唐末孤寒

代詩話》，頁 688；方回選評，李慶甲集評校點，《瀛奎律髓彙評》（上海：上海古籍出版社，1986 年），卷 22，頁 925。

〔註 9〕王禹偁，〈送孫何序〉，《小畜集》，《景印文淵閣四庫全書》集部第 1086 冊（臺北：臺灣商務印書館，1983 年），卷 19，頁 186。

〔註10〕史稱：「世為農家，九歲能文」。脫脫等，《宋史‧王禹偁傳》（北京：中華書局，1997 年），卷 293，頁 2502。

〔註11〕王禹偁於太平興國八年（983）考取進士，較早有科考紀錄是太平興國五年（980）省試遭黜落，於此年先後應於四方行卷交遊。徐規，《王禹偁事跡著作編年》（北京：中國社會科學出版社，1982 年），頁 23～34。行卷之風大約從宋初到仁宗以前，以景德科舉新制為扼止行卷之風的主因。祝尚書，〈論宋初的進士行卷與文學〉，《宋代科舉與文學考論》，頁 340～362；高津孝著，潘世聖等譯，〈宋初行卷考〉，《科舉與詩藝──宋代文學與士人社會》（上海：上海古籍出版社，2005 年），頁 1～24。

〔註12〕《六一詩話》提到宋初文壇流行鄭谷詩，並「以其易曉，人家多以教小兒」。歐陽修，《六一詩話》，收入何文煥輯，《歷代詩話》（北京：中華書局，1981 年），頁 265；趙昌平，〈從鄭谷及其周圍詩人看唐末至宋初詩風動向〉，《文學遺產》，1987 年第 3 期，頁 33～42。

〔註13〕例如，在〈寄獻翰林宋舍人〉中，希望獲「甘霖」披澤：「孤寒知有為霖望，未忍江頭釣淥波」或是〈寄獻僕射相公〉自比待價而沽的寶劍：「鑪冶正開無棄物，應憐折劍在塵泥」。王禹偁，〈寄獻翰林宋舍人〉，《小畜集》，卷 7，頁 52；〈寄獻僕射相公〉，《小畜集》，卷 8，頁 74。

〔註14〕例如，「春園領鶴尋芳草，小閣留僧畫遠山。」（〈獻僕射相公〉其二）、「種竹野塘春筍脆，採蘭幽澗露牙肥。」（〈寄金鄉張贊善〉）、「甘露鐘聲清醉榻，海門山色滴吟窗。」（〈寄獻潤州趙舍人〉）王禹偁，〈寄獻僕射相公〉，《小畜集》，卷 8，頁 74；〈寄獻潤州趙舍人〉，《小畜集》，卷 7，頁 50。

詩人的創作，企圖從賈島影響力的視野之外，另尋唐末苦吟不同的意義。自從聞一多指出晚唐為「賈島時代」以來，中國學界更進一步認為有「普遍苦吟」的現象。誠然，賈島有其獨特魅力，但為何苦吟在晚唐唐末特別盛行，其中，與賈島時代相近，同樣也受唐末關注的另位苦吟詩人「劉得仁」可為觀察對象。從劉得仁的苦吟詩作來看，他雖非孤寒出身，但其專注且刻苦的創作心態，與他無法登第的個人遭際息息相關。由此可知，除了文學內部的影響外，也不可忽略個人遭際與時代風氣等外部因素。由此看待唐末，有許多和有著相似困境的詩人群，他們藉由「苦吟」，不僅與賈島、劉得仁遙相呼應，也依此相互共鳴，最終以「苦吟之士」作為自我標榜的形象。

　　若聚焦於北宋初年，他們甚少直用「苦吟」，但繼承了苦吟的後設性質，將「吟詠」這個行為融入生活之中，造就「吟詩的人」不時出現於詩歌之中。〔註15〕其中，除了延續專心致意地創作之義，苦吟對個人遭際的抒發也有了新的討論，例如歐陽修的「詩窮而後工」，便提到能夠精進詩藝的外部因素：「內有憂思感憤之鬱積，其興於怨刺，以道羈臣、寡婦之所歎，而寫人情之難言。蓋愈窮則愈工。然則非詩之能窮人，殆窮者而後工也。」〔註16〕自不待言，這段發言的思想來源之一是韓愈對孟郊有感而發的不平則鳴之說，〔註17〕孟郊作為苦吟之士，本就是窮困不遇之人，因此，「苦」和「窮」在來源上就具備一定程度的關聯。然而，唐宋人對於在逆境中應如何對待文學的態度稍有不同。歐陽修認為，人的困境窮途（窮）造就藝術的精煉（工），所謂「詩窮而後工」的精確意思是為「窮者而後工」。這裡展現了明確的因果關係：詩工不必窮者，窮者則必詩工。唐末苦吟的狀況也是如此，他們本就困於舉場（窮），鑽營詩句（工）乃為能搏得貴

〔註15〕趙文潔，《宋代苦吟詩論》（山西大學碩士論文，2009年）。

〔註16〕曾棗莊、劉琳主編，《全宋文》第17冊（成都：巴蜀書社，1991年），卷716，〈梅聖俞詩集序〉，頁425。

〔註17〕韓愈著，劉真倫、岳珍校注，〈送孟東野序〉，《韓愈文集彙校箋注》（北京：中華書局，2010年），卷9，頁982～995。

人賞識、進而平步青雲。兩造看似情況相似,但對於創作活動的本質上有不同理解。歐陽修認為,好的詩除了能「探其奇怪」也要能「寫人情之難言」;但唐末苦吟則主在描繪如目之前之景,較少涉及「興於怨刺」之事。換言之,唐末苦吟講求詞藻,而歐陽修則認為除此之外,還須包含人情世態。一但詩歌必須反映人事,不免有批判時事、從而帶有道德意涵;這樣的傾向在寇準的「苦吟空自歎,風雅道由衰」將詩與風雅、道並論之時,便已見端倪,在歐陽修身上已成為一套較完整的思想體系。

若更進一步地思考由「苦」到「窮」的過程,制度面的影響為不可忽視的因素。前述提到,宋初社會已非唐代貴族制,又科舉制度朝向各階層文人,使得毫無背景的能文之士,也有機會進入權力中心。因此,蹭蹬科場作為唐末苦吟的一大背景,便很難延續到社會結構已劇烈改變後的宋代。取而代之的是,多數雖有官祿卻很難一展長才的「羈臣」,他們對政途的牢騷、怨懟,其情境已非唐末之苦所能道盡,而後遂有「窮」的論述應運而生。即便如此,這條脈絡要能成立,仍需具體細節的填補。誠如鞏本棟指出,「詩窮而後工」理論提出的背後有著黨爭的歷史情境,〔註18〕因而,這不只涉及唐末詩歌的接受與革弊,也須一併考慮宋代政治文化,且待未來賡續研究補充。

除了文學表現之外,制度對文人的影響也深入到出處進退間的行藏之思。第四章「時、命與息機——孤寒詩人的出處之思」主要呈現唐代隱逸於唐末的不同風貌。初盛唐時發展的「終南捷徑」以及中唐時「中隱」在唐末已寥寥無幾,取而代之的是孜孜矻矻的舉子不斷徘徊於行與藏之間的掙扎與思考。若歸納這些掙扎與思考,大致可分為三個關鍵詞:時、命、息機。進一步說,是主要圍繞在下列三個問題:「若遭逢戰事,是否該保全性命、歸隱山中?」、「連年落第,是否有機會一躍龍門?」、「雖且歸山,能否趁時出仕?」面對上述問題,

---

〔註18〕鞏本棟,〈「詩窮而後工」的歷史考察〉,《中央大學人文學報》第 31 期（2007 年 7 月），頁 121～144。

孤寒詩人群體的回答雖偶有不同，但大抵對亂世中的謀身態度是相似的。在時的部分，通過危時、明時的比較，呈現出明時應進取，危時亦不棄絕入世之想的態度。如此積極進取的態度，源自於對命的理解。他們認為，雖然窮通與否很大程度繫於能否遇得知音貴人，但只要科舉制度持續運行，那麼自己仍然有機會實現抱負。由此，我們既可說這是世俗的，也不啻為積極的、操之在我的儒者精神。但儘管自身積極進取，卻仍改變不了困厄的現實，仍舊有不得不息機待時的情況。觀察孤寒詩人的隱居情形，他們甚少真正的棄絕入世之想，發展出息機卻不忘機的權衡之道，只待戰事稍歇，便能隨時再起。由此看來，雖然在詩中未明言，但促成他們不畏兵燹、始終與現世相連的因素之一，當屬每年對著廣大士人敞開的科舉之門。同時，我們也不妨換個角度思考，也正因這些穩定應考的舉子，科舉制度才得以順利運行。

　　唐末隱逸有著時與命的因素，北宋是否也延續著相同因素？前述可知，北宋科舉的改革使得過去十餘年不第的情形大幅減少，取而代之的是有抱負的士人只能位居小官，抱憾終生。由此考慮進退出處的隱逸問題時，宋人便展現出與唐人有所異同之處。有意思的是，當「功成」作為支撐士人仕宦生涯的理由之一，便與唐末文人奮力科舉的功利性理由相似，只不過前者已身處宦途、後者則以進士及第為功成的其中一環。儘管如此，無論唐或宋，多數士人終其一生都無法達成「功成」目標。如此一來，便出現許多表達無奈或憤懣的作品，尤可注意的是，倘若宋初廣招文人，那麼應當能相當程度地遏止隱逸之風，但我們看到，隱逸傳統仍被延續下來。這或許意味著，宋代的社會與制度儘管已與唐代有所不同，也仍有相應的情境與文學傳統。因此不宜簡單地認為典範轉移之後，新典範便與舊有傳統割離，從另種角度來看，宋人對前代的批判與反省，都能視為繼承的一種形式。所謂的轉移，與其說是一種棄絕，不如說是在重大變革之下，對文學本質的再認識，並且調整與適應的過程。至少在隱逸的面向，唐末與宋

初之間呈現如此微妙的關聯。

　　藉由上述三方面的討論，可進一步思考本文核心課題「制度與文學」以及「干謁、苦吟、隱逸」三面向之間的關聯。從「制度與文學」角度思之，唐代科舉制度穩定運行之後，由於該制度中以詩歌取仕的特性，造就中下階層文人群起創作文學以謀求出仕；過去部分研究所關注的是制度是否與文學的「繁榮」有關，就本文而言，確實有所關聯，因為孤寒詩人創作詩歌的目的就是為了科舉。然而，文學在此意義上的「繁榮」，卻造就其自身的僵化，也就是這些詩人們較注重鑽研形式上的新奇險怪，從而忽略有關「意」或「志」的表達，因而我們很難在唐末找到不同風格的詩人或作品。另方面，回顧本文分析孤寒詩人的三種主題：干謁、苦吟、隱逸，除卻本就為科舉創作的干謁詩，在詩人意識最為明確的苦吟詩中，仍見到科考經驗幾乎支配了日常生活，使得苦吟也不得不與科考有關，而看似遠離官途的隱逸亦失去了本義，取而代之的是待時、息機以隨時投入科考。以此角度看待科舉對文學的影響，雖然產出一大批數量可觀的詩歌，也有著不同主題，但也因為科舉制度，使得詩歌內容與風格呈現單一化的現象，文學發展可謂面臨僵化的困境。

　　面對上述困境，是否能有所轉機？又是否意味著，倘若沒有歷經改朝換代，唐代詩歌就此再無生機？首先，本文所關注的是中下層士人只是整體之一部分，仍有出身高門大族的詩人以及宮廷文學能引領文風。其次，孤寒詩人的創作傾向既是緣於科舉，若科舉制度有所改變，也會直接影響文風。因此，唐代最後近五十年的文學概況雖看似沒有變化，仍隨時經由內部改革而展現新的氣象，所謂「僵化」不過得自科舉制度的穩定運行。由此看唐宋詩的轉變，廢除舉薦制是不可忽略的因素，因為干謁之風的消失使得科舉與文學不再有直接關係，從而詩的意義有了其他可能性。當然，在此絕不是貶低范仲淹等人的影響力，而是從唐末經驗來看，宋詩特色要能夠形成，也須一併考慮到科舉制度對文人的影響因素。

引用書目

一、**傳統文獻**（依成書年代排序）

1. 郭慶藩編，王孝魚整理，《莊子集釋》，臺北：萬卷樓，2007 年。

2. 司馬遷，《史記》，北京：中華書局，1997 年。

3. 劉向集錄，《戰國策》，上海：上海古籍出版社，1978 年。

4. 王充著，北京大學歷史系《論衡》注釋小組注，《論衡注釋》第 1 冊，北京：中華書局，1979 年。

5. 班固，《漢書》，北京：中華書局，1997 年。

6. 鄭玄注，孔穎達疏，《禮記注疏》，收入阮元校刻，《十三經注疏附校勘記》，北京：中華書局，1980 年。

7. 列子撰，楊伯峻集釋，《列子集釋》，北京：中華書局，1979 年。

8. 嵇康著，戴明揚校注，《嵇康集校注》，臺北：河洛圖書，1978 年。

9. 王弼注，孔穎達正義，《周易正義》，收入阮元校刻，《十三經注疏附校勘記》，北京：中華書局，1980 年。

10. 何晏集解，刑昺疏，《論語注疏》，收入阮元校刻，《十三經注疏附校勘記》，北京：中華書局，1980 年。

11. 干寶，《搜神記》，臺北：里仁書局，1981 年。

12. 范曄撰，李賢等注，《後漢書》，北京：中華書局，1997 年。

13. 劉義慶著，余嘉錫箋疏，《世說新語箋疏》，臺北：華正書局，1991 年。

14. 酈道元著，王先謙校，《合校水經注》，北京：中華書局，2009 年。

15. 蕭統編，李善注，《文選》，臺北：五南，1991 年。

16. 房玄齡等，《晉書》，北京：中華書局，1997 年。

17. 孟浩然撰，李景白校注，《孟浩然詩集校注》，成都：巴蜀書社，1988 年。

18. 王昌齡著，胡問濤、羅琴校注，《王昌齡集編年校注》，成都：巴蜀書社，2000 年。

19. 封演，《封氏聞見記》，收入陶敏主編，《全唐五代筆記》，西安：三秦出版社，2012 年。

20. 岑參撰，廖立箋注，《岑嘉州詩箋注》，北京：中華書局，2004 年。

21. 孟郊著，韓泉欣校注，《孟郊集校注》，杭州：浙江古籍出版社，2012 年。

22. 李吉甫撰，賀次君點校，《元和郡縣圖志》，北京：中華書局，1983 年。

23. 韓愈著，劉真倫、岳珍校注，《韓愈文集彙校箋注》，北京：中華書局，2010 年。

24. 白居易撰，謝思煒校注，《白居易詩集校注》，北京：中華書局，2006 年。

25. 劉肅，《大唐新語》，北京：中華書局，1984 年。

26. 姚合，《姚少監詩集》，上海：上海古籍出版社，1994 年。

27. 賈島著，李建崑校注，《賈島詩集校注》，臺北：里仁書局，2002 年。

28. 賈島著，李嘉言新校，《長江集新校》，開封：河南大學出版社，2008 年。

29. 闕名,《玉泉子》,收入陶敏主編,《全唐五代筆記》,西安:三秦出版社,2012 年。

30. 杜牧著,馮集梧注,《樊川詩集注》,上海:上海古籍出版社,1962 年。

31. 方干,《玄英集》,《景印文淵閣四庫全書》集部,臺北:臺灣商務,1983 年。

32. 貫休著,胡大浚箋注,《貫休歌詩繫年箋注》,北京:中華書局,2011 年。

33. 羅隱著,李定廣繫年校箋,《羅隱集繫年校箋》,北京:人民文學出版社,2013 年。

34. 皮日休著,蕭滌非整理,《皮子文藪》,上海:中華書局,1959 年。

35. 韋莊著,聶安福箋注,《韋莊集箋注》,上海:上海古籍出版社,2002 年。

36. 司空圖著,祖保泉、陶禮天箋校,《司空表聖詩文集校箋》,合肥:安徽大學出版社,2002 年。

37. 黃滔,《黃御史集》,《景印文淵閣四庫全書》集部第 1084 冊,臺北:臺灣商務,1983 年。

38. 韓偓撰,吳在慶校注,《韓偓集繫年校注》,北京:中華書局,2015 年。

39. 蘇鶚,《杜陽雜編》,收入陶敏主編,《全唐五代筆記》,西安:三秦出版社,2012 年。

40. 康軿,《劇談錄》,收入陶敏主編,《全唐五代筆記》,西安:三秦出版社,2012 年。

41. 陸龜蒙著,何錫光校注,《陸龜蒙全集校注》,南京:鳳凰出版社,2015 年。

42. 杜荀鶴著,胡嗣坤、羅琴校注,《杜荀鶴及其《唐風集》研究》,成都:巴蜀書社,2005 年。

43. 鄭谷著，趙昌平等箋注，《鄭谷詩集箋注》，上海：上海古籍出版社，2009 年。

44. 范攄，《雲溪友議校箋》，北京：中華書局，2017 年。

45. 王定保撰，姜漢椿校注，《唐摭言校注》，上海：上海社會科學出版社，2002 年。

46. 丁用晦，《芝田錄》，收入陶敏主編，《全唐五代筆記》，西安：三秦出版社，2012 年。

47. 劉昫等撰，《舊唐書》，北京：中華書局，1997 年。

48. 孫光憲，《北夢瑣言》，上海：上海古籍出版社，2012 年。

49. 劉崇遠，《金華子雜編》，收入陶敏主編，《全唐五代筆記》，西安：三秦出版社，2012 年。

50. 薛居正等撰，《舊五代史》，北京：中華書局，1997 年。

51. 徐鉉，《騎省集》，《景印文淵閣四庫全書》集部第 1085 冊，臺北：臺灣商務印書館，1983 年。

52. 王溥，《五代會要》，上海：上海古籍出版社，1978 年。

53. 樂史，《廣卓異記》，《全宋筆記》第 1 編第 3 冊，鄭州：大象出版社，2003 年。

54. 王禹偁，《小畜集》，《景印文淵閣四庫全書》集部第 1086 冊，臺北：臺灣商務印書館，1983 年。

55. 寇準，《忠愍集》，《景印文淵閣四庫全書》集部第 1085 冊，臺北：臺灣商務印書館，1983 年。

56. 林逋，《林和靖集》，《景印文淵閣四庫全書》集部第 1086 冊，臺北：臺灣商務印書館，1983 年。

57. 陶岳撰，黃寶華整理，《五代史補》，《全宋筆記》第 8 編第 8 冊，鄭州：大象出版社，2017 年。

58. 孔平仲著，池洁整理，《續世說》，《全宋筆記》第 2 編第 5 冊，鄭州：大象出版社，2006 年。

59. 歐陽修、宋祁，《新唐書》，北京：中華書局，1997 年。

60. 歐陽修，《歐陽文忠公文集》，《四部叢刊》，臺北：藝文出版社，1975 年。

61. 歐陽修，《六一詩話》，收入何文煥輯，《歷代詩話》，北京：中華書局，1981 年。

62. 蔡啟，《蔡寬夫詩話》，收入郭紹虞輯，《宋詩話輯佚》，北京：中華書局，1987 年。

63. 王讜撰，周勛初校證，《唐語林校證》，北京：中華書局，1987 年。

64. 司馬光，《資治通鑑》，北京：中華書局，1956 年。

65. 吳處厚撰，夏廣興整理，《青箱雜記》，《全宋筆記》第 1 編第 10 冊，鄭州：大象出版社，2003 年。

66. 宋敏求，《長安志》，《四庫全書珍本》第 11 集第 91 冊，臺北：臺灣商務，1981 年。

67. 題蘇軾撰，孔凡禮整理，《漁樵閒話錄》，《全宋筆記》第 1 編第 9 冊，鄭州：大象出版社，2003 年。

68. 葉夢得撰，徐時儀整理，《避暑錄話》，《全宋筆記》第 2 編第 10 冊，鄭州：大象出版社，2006 年。

69. 計有功撰，王仲鏞校箋，《唐詩紀事校箋》，北京：中華書局，2007 年。

70. 洪邁撰，孔凡禮點校，《容齋隨筆》，北京：中華書局，2005 年。

71. 王銍，《四六話》，收入王水照編，《歷代文話》第 1 冊，上海：復旦大學，2007 年。

72. 許顗，《彥周詩話》，收入何文煥輯，《歷代詩話》，北京：中華書局，1981 年。

73. 嚴羽，《滄浪詩話》，收入何文煥輯，《歷代詩話》，北京：中華書局，1981 年。

74. 方回選評，李慶甲集評校點，《瀛奎律髓彙評》，上海：上海古籍出版社，1986 年。

75. 范晞文，《對牀夜語》，收入丁福保輯，《歷代詩話續編》，北京：中華書局，1983 年。

76. 脫脫等，《宋史》，北京：中華書局，1997 年。

77. 李東陽，《麓堂詩話》，收入丁福保輯，《歷代詩話續編》，北京：中華書局，1983 年。

78. 胡震亨，《唐音癸籤》，臺北：世界書局，1985 年。

79. 薛雪著，杜維沫校注，《一瓢詩話》，北京：人民文學出版社，1979 年。

80. 紀昀等著，《四庫全書總目提要‧子部》第三冊，臺北：臺灣商務印書館，1983 年。

81. 董誥等編，《全唐文》，北京：中華書局，1983 年。

82. 徐松撰，孟二冬補正，《登科記考補正》，北京：中華書局，2019 年。

83. 陳貽焮主編，《增訂注釋全唐詩》，北京：文化藝術，2001 年。

84. 傅璇琮主編，《唐才子傳校箋》，北京：中華書局，1990 年。

85. 傅璇琮等主編，《全宋詩》，北京：北京大學出版社，1991 年。

86. 曾棗莊、劉琳主編，《全宋文》，成都：巴蜀書社，1991 年。

二、近人論著（依作者名筆劃排序）

1. 川合康三，《終南山的變容：中唐文學論集》，上海：上海古籍出版社，2013 年。

2. 方震華，《權力結構與文化認同：唐宋之際的文武關係》，北京：社會科學文獻出版社，2019 年。

3. 方積六，《黃巢起義考》，北京：中國社會科學出版社，1983 年。

4. 毛漢光，《中國中古社會史論》，臺北：聯經出版事業公司，1988 年。

5. 毛漢光，《唐代統治階層社會變動》，臺北：國立政治大學政治研究所博士論文，1968 年。

6. 王佺，《唐代干謁與文學》，北京：中華書局，2011 年。

7. 王南，〈苦吟詩論〉，《首都師範大學學報》第 2 期，北京：1995 年，頁 105～111＋104。

8. 王瑤，《中古文學史論集》，上海：上海古典文學出版社，1956 年。

9. 王毅，《園林與中國文化》，上海：上海人民出版社，1990 年。

10. 王燁，〈淺談「賈島衝撞」繫〔系〕列軼事的產生與意義〉，《古籍研究》第 67 卷第 1 期，2018 年 10 月，頁 13～19。

11. 王仁祥，《先秦兩漢的隱逸》，臺北：國立臺灣大學文學院，1995 年。

12. 王景鳳，〈近二十年姚賈詩派研究綜述〉，《山東廣播電視大學學報》，2011 年第 3 期，頁 67～70。

13. 王勛成，《唐代銓選與文學》，北京：中華書局，2001 年。

14. 王夢鷗，《傳統文學論衡》，臺北：時報文化，1987 年。

15. 王德權，〈孤寒與子弟：制度與政治結構的探討〉，收入黃寬重主編，《基調與變奏：七至二十世紀的中國》，臺北：政大歷史學系出版，2008 年，頁 41～84。

16. 王德權，《為士之道——中唐士人的自省風氣》，臺北：政大出版社，2012 年。

17. 王潤華，《司空圖新論》，臺北：東大圖書，1989 年。

18. 包弼德著，劉寧譯，《斯文：唐宋思想的轉型》，南京：江蘇人民出版社，2000 年。

19. 田菱著，張月譯，《閱讀陶淵明》，臺北：聯經出版事業公司，2014 年。

20. 石雲濤，《唐代幕府制度研究》，北京：中國社會科學出版社，2003 年。

21. 吉川幸次郎著，鄭清茂譯，《宋詩概說》，臺北：聯經出版事業公司，2012 年。

22. 吉川幸次郎著，孟偉譯，〈杜甫的詩論和詩──京都大學文學部最終講義〉，《鵝湖月刊》第 463 期，2014 年 1 月，頁 36～48。

23. 宇文所安著，田曉菲譯，《他山的石頭記──宇文所安自選集》，南京：江蘇人民出版社，2002 年。

24. 宇文所安著，賈晉華、錢彥譯，《晚唐：九世紀中葉的中國詩歌：827～860》，北京：三聯書店，2011 年。

25. 江國貞，《司空表聖研究》，臺北：文津出版社，1985 年。

26. 余恕誠，〈晚唐兩大詩人群落及其風貌特徵〉，《安徽師範大學學報（人文社會科學版）》第 24 卷第 2 期，1996 年 5 月，頁 161～171。

27. 余恕誠，《唐詩風貌》，合肥：安徽大學出版社，2000 年。

28. 吳在慶，〈略論唐代的苦吟詩風〉，《文學遺產》，2002 年第 4 期，頁 29～40。

29. 吳在慶，〈關於方干生平的幾個問題〉，《文學遺產》，1997 年第 4 期，頁 36～40。

30. 吳在慶，《唐代文士的生活心態與文學》，合肥：黃山書社，2006 年。

31. 吳在慶，《聽濤齋中古文史論稿》，合肥：黃山書社，2011 年。

32. 吳宗國，《唐代科舉制度研究》，瀋陽：遼寧大學出版社，1992 年。

33. 吳夏平，《唐代制度與文學研究述論稿》，濟南：齊魯書社，2008 年。

34. 吳淑鈿，〈賈島詩之藝術世界〉，《鐵道師院學報》，1996 年第 6 期，頁 40～45。

35. 吳調公，《古典文論與審美鑑賞》，濟南：齊魯書社，1985 年。

36. 吳璧雍，〈人與社會──文人生命的二重奏：仕與隱〉，收入蔡英俊主編，《抒情的境界》，臺北：聯經出版事業公司，1982 年，頁 161～201。

37. 呂思勉，《讀史札記》，《呂思勉全集》第 9 冊，上海：上海古籍出版社，2015 年。

38. 何忠禮，《科舉與宋代社會》，北京：商務印書館，2006 年。

39. 李小榮，〈賈島對「咸通十哲」影響之檢討〉，《淮陰師專學報》，1997 年第 4 期，頁 35～37。

40. 李弘祺，《學以為己：傳統中國的教育》，香港：香港中文大學出版社，2012 年。

41. 李江峰，《晚唐五代詩格研究》，北京：人民出版社，2017 年。

42. 李奇鴻，〈不安頓的隱士──唐末司空圖自保心態下的書寫策略〉，《政大中文學報》第 34 期，2020 年 12 月，頁 45～82。

43. 李奇鴻，〈陸龜蒙──「士不成士」的隱居者難題探論〉，《東華漢學》，第 33 期，2021 年，頁 47～83。

44. 李定廣，〈論唐末五代的「普遍苦吟」現象〉，《文學遺產》，2004 年第 4 期，頁 51～61。

45. 李定廣，《唐末五代亂世文學研究》，北京：中國社會科學出版社，2006 年。

46. 李定廣，《羅隱年譜》，上海：上海古籍出版社，2012 年。

47. 李知文，〈賈島「苦吟」索解〉，《北京社會科學》，1989 年第 4 期，頁 94～96。

48. 李知文，〈賈島評價質疑〉，《貴州社會科學》，1993 年第 2 期，頁 77～81＋91。

49. 李知文，〈論賈島在唐詩發展史的地位〉，《文學遺產》，1989 年第 5 期，頁 79～86。

50. 李建崑，〈論姚合〈武功縣中作〉三十首〉，《興大中文學報》第 17 期，2005 年 6 月，頁 93～114。

51. 李建崑，《中晚唐苦吟詩人研究》，臺北：秀威資訊科技，2005 年。

52. 李紅霞，《唐代隱逸與文學》，北京：商務印書館，2017 年。

53. 李國棟,《黃滔詩文繫年》,武漢:華中科技大學碩士論文,2007年。

54. 李福標,〈試論唐末的文壇風尚〉,《中山大學學報(社會科學版)》,2003年第4期,頁31～37＋43。

55. 李德輝,《唐代交通與文學》,長沙:湖南人民出版社,2003年。

56. 卓遵宏,《唐代進士與政治》,臺北:國立編譯館,1987年。

57. 岡田充博,〈關於賈島和孟郊的「苦吟」〉,《復旦學報(社會科學版)》,1989年第4期,頁91～93＋51。

58. 松原朗著,張渭濤譯,《晚唐詩之搖籃:張籍、姚合、賈島論》,西安:西北大學出版社,2018年。

59. 林啟屏,〈先秦儒學思想中的「遇合」問題──以〈窮達以時〉為討論起點〉,《鵝湖學誌》第31期,2003年12月,頁85～121。

60. 林燕玲,《唐人之隱──一種文學社會學角度的觀察》,新北:花木蘭文化,2010年。

61. 林繼中,《詩國觀潮》,福州:福建教育出版社,1997年。

62. 金宗燮,〈五代政局變化與文人出仕觀〉,《唐研究》第9卷,2003年12月,頁491～507。

63. 侯迺慧,〈從知命到委命──白居易詩命限主題中才、命、心的角力與安頓〉,《臺北大學中文學報》第25期,2019年3月,頁71～109。

64. 姜士彬,〈一個大族的末年──唐末宋初的趙郡李氏〉,收入范兆飛編譯,《西方學者中國中古貴族制論集》,北京:生活‧讀書‧新知三聯書店,2018年,頁245～252。

65. 施逢雨,〈唐代道教徒式隱士的崛起:論李白隱逸求仙的政治社會考察〉,《清華學報》新16卷1＋2期,1984年6月,頁27～48。

66. 查屏球,《唐學與唐詩:中晚唐詩風的一種文化考察》,北京:商務印書館,2000年。

67. 柯慶明，《文學美綜論》，臺北：長安出版社，1983 年。

68. 柳立言，〈五代治亂皆武人──基於宋代文人對「武人」的批評和讚美〉，《中央研究院歷史語言研究所集刊》第 89 本第 2 分，2018 年 6 月，頁 339～402。

69. 胡戟等主編，《二十世紀唐研究》，北京：中國社會科學出版社，2002 年。

70. 胡遂，〈佛禪意蘊與「亦足滌煩」的劉得仁詩〉，《文學遺產》，2006 年第 6 期，頁 129～131。

71. 胡中行，〈略論賈島在唐詩發展中的地位〉，《復旦學報（社會科學版）》，1983 年第 3 期，頁 46～50。

72. 胡可先，《中唐政治與文學》，合肥：安徽大學出版社，2000 年。

73. 胡可先，《唐代重大歷史事件與文學研究》，杭州：浙江大學出版社，2007 年。

74. 胡嗣崑、羅秦，《杜荀鶴及其唐風集研究》，成都：巴蜀書社，2005 年。

75. 唐君毅，《中國哲學原論‧導論篇》，《唐君毅全集》第 12 卷，臺北：臺灣學生書局，1986 年。

76. 埋田重夫著，王旭東譯，《白居易研究：閒適的詩想》，西安：西北大學出版社，2019 年。

77. 孫昌武，《唐代文學與佛教》，西安：陝西人民出版，1985 年。

78. 孫昌武，《道教與唐代文學》，北京：人民文學出版社，2001 年。

79. 孫昌武，《禪思與詩情》，北京：中華書局，2006 年。

80. 孫國棟，〈唐宋之際社會門第之消融──唐宋之際社會轉變研究之一〉，《新亞學報》第 4 卷第 1 期，1959 年 8 月，頁 211～258。

81. 孫康宜、宇文所安主編，劉倩等譯，《劍橋中國文學史》，北京：三聯書店，2013 年。

82. 徐紅，《北宋初期進士研究》，北京：北京人民出版社，2009 年。

83. 徐規，《王禹偁事跡著作編年》，北京：中國社會科學出版社，1982 年。

84. 祝尚書，《宋代科舉與文學考論》，鄭州：大象出版社，2006 年。

85. 秦蓁、李碧凝、肖田田，《王禹偁「白體詩」研究》，成都：四川大學出版社，2018 年。

86. 馬承五，〈中唐苦吟詩人綜論〉，《文學遺產》，1988 年第 2 期，頁 81～90。

87. 高津孝著，潘世聖等譯，《科舉與詩藝──宋代文學與士人社會》，上海：上海古籍出版社，2005 年。

88. 張伯偉，《全唐五代詩格彙考》，西安：陝西人民出版社，1996 年。

89. 張希清，《中國科舉制度通史・宋代卷》，上海：上海人民出版社，2017 年。

90. 張春萍，〈賈島「苦吟」創作的內涵及淵源解讀〉，《語文學刊》，2000 年第 3 期，頁 15～18。

91. 張震英，〈《詩人主客圖》與唐人詩歌流派觀念的形成〉，《學術論壇》，2010 年第 11 期，頁 70～74。

92. 張震英，〈二十年賈島研究述評〉，《廣西師範學院學報（哲學社會科學版）》，2005 年第 1 期，頁 68～74。

93. 張震英，《寒士的低吟──賈島藝術新探》，北京：中國社會科學出版社，2006 年。

94. 曹淑娟，〈江南境物與壺中天地──白居易履道園的收藏美學〉，《臺大中文學報》第 35 期，2011 年 12 月，頁 85～124。

95. 許銘全，〈《河岳英靈集》的版本流傳與編纂動機重探〉，《漢學研究》第 35 卷第 1 期，2017 年 3 月，頁 67～104。

96. 陳飛，《文學與制度：唐代試策及其他考述》，北京：商務印書館，2015 年。

97. 陳飛，《唐代試策考述》，北京：中華書局，2002 年。

98. 陳尚君,〈《唐代科舉與文學》獲思勉原創獎點評〉,收入中國唐代文學學會,《唐代文學研究年鑑》,桂林:廣西師範大學出版社,2016 年,頁 50～52。

99. 陳弱水,《唐代文士與中國思想的轉型(增訂本)》,臺北:臺大出版中心,2016 年。

100. 陳寅恪,《唐代政治史述論稿》,上海:上海古籍出版社,1997 年。

101. 陳渤海,〈宏觀世界話玉溪——試論李商隱在中國詩歌史上的地位〉,收入霍松林主編,《全國唐詩討論會論文選》,西安:陝西人民出版社,1984 年,頁 430～443。

102. 陳貽焮,《唐詩論叢》,長沙:湖南人民出版社,1980 年。

103. 陳貽焮,《陳貽焮文選》,北京:北京大學出版社,2010 年。

104. 陳麗桂,〈天命與時命〉,《哲學與文化》第 38 卷第 11 期,2011 年 11 月,頁 59～82。

105. 陶敏,〈姚合年譜〉,《文史》,2008 年第 2 期,頁 159～185。

106. 陶敏,〈讀姚合、盧綺二誌札記〉,《文史》,2011 年第 1 期,頁 245～255。

107. 陶敏,《全唐詩作者小傳補正》,瀋陽:遼海出版社,2009 年。

108. 曾棗莊,《論西崑體》,高雄:麗文文化,1993 年。

109. 傅斯年,《性命古訓辨證三卷》,臺北:五南圖書,2013 年〔1938〕。

110. 傅璇琮,〈唐代文學研究:社會—文化—文學〉,《華南師範大學學報(社會科學版)》,2005 年第 2 期,頁 45。

111. 傅璇琮,〈從白居易研究中的一個誤點談起〉,《文學評論》,2002 年第 2 期,頁 130～137。

112. 傅璇琮,〈第三屆思勉原創獎頒獎典禮上的講話〉,收入中國唐代文學學會,《唐代文學研究年鑑》,桂林:廣西師範大學出版社,2016 年,頁 47～49。

113. 傅璇琮,〈論唐代進士的出身及唐代科舉取士中寒士與子弟之爭〉,《中華文史論叢》,1984 年第 2 期,頁 97～113。

114. 傅璇琮,《唐代科舉與文學》,西安:陝西人民出版社,2003 年,第 2 版。

115. 傅璇琮主編,《新編唐五代文學編年史·晚唐卷》,瀋陽:遼海出版社,2012 年。

116. 程千帆,《唐代進士行卷與文學》,上海:新華書店,1980 年。

117. 程千帆、吳新雷,《兩宋文學史》,高雄:麗文文化,1993 年。

118. 黃奕珍,《宋代詩學中的晚唐觀》,臺北:文津,1998 年。

119. 黃雲鶴,《唐宋下層士人研究》,石家莊:河北人民出版社,2006 年。

120. 黃雲鶴,《唐宋時期落第士人群體研究》,北京:中華書局,2020 年。

121. 楊明,〈淺論張為的《詩人主客圖》〉,《文學遺產》,1993 年第 5 期,頁 51～57。

122. 楊玉成,〈後設詩歌:唐代論詩詩與文學閱讀〉,《淡江中文學報》第 14 期,2006 年 6 月,頁 63～131。

123. 楊曉山著,文韜譯,《私人領域的變形:唐宋詩詞中的園林與玩好》,南京:江蘇人民出版社,2008 年。

124. 葉慶炳,《中國文學史》,臺北:臺灣學生書局,1987 年。

125. 溫廣義著,張淑元編著,《溫廣義先生文集》,呼和浩特:內蒙古人民出版社,1998 年。

126. 葛兆光,《想象力的世界:道教與唐代文學》,北京:現代出版社,1990 年。

127. 葛兆光,《中國思想史·第二卷》,上海:復旦大學出版社,2000 年。

128. 葛曉音,《山水田園詩派研究》,瀋陽:遼寧大學出版社,1993 年。

129. 葛曉音,《詩國高潮與盛唐文化》,北京:北京大學出版社,1998 年。

130. 葛曉音,〈中晚唐的郡齋詩和「滄州吏」〉,《北京大學學報（哲學社會科學版）》第 1 期,2013 年 1 月,頁 88～103。

131. 賈晉華,〈「平常心是道」與「中隱」〉,《漢學研究》第 16 卷第 2 期,1998 年 6 月,頁 317～349。

132. 鄒艷,〈近三十年苦吟研究述論〉,《江西科技師範學院學報》,2009 年第 6 期,頁 88～92。

133. 鄒福清,《唐五代筆記研究》,北京：中國社會科學出版社,2013 年。

134. 廖咸惠,〈閒談、紀實與對話：宋人筆記與術數知識的傳遞〉,《清華學報》新 48 卷第 2 期,2018 年 6 月,頁 387～418。

135. 廖美玉,《回車：中古詩人的生命印記》,臺北：里仁書局,2007 年。

136. 聞一多,《唐詩雜論　詩與批評》,北京：三聯書店,2012 年。

137. 趙文潔,《宋代苦吟詩論》,山西大學碩士論文,2009 年。

138. 趙昌平,〈從鄭谷及其周圍詩人看唐末至宋初詩風動向〉,《文學遺產》,1987 年第 3 期,頁 33～42。

139. 趙榮蔚,《晚唐士風與詩風》,上海：上海古籍出版社,2004 年。

140. 齊濤,〈韋莊詩繫年〉,《山東大學學報（哲學社會科學版）》,1996 年第 2 期,頁 39～51。

141. 鄧小南,《祖宗之法：北宋前期政治述略》,北京：三聯書店,2006 年。

142. 劉明華,〈刻苦與創造——論苦吟〉,《西南大學學報（哲學社會科學版）》,1998 年第 1 期,頁 57～60。

143. 劉琴麗,《唐代舉子科考生活研究》,北京：社會科學文獻出版社,2010 年。

144. 劉翔飛,〈論唐代的隱逸風氣〉,《中國書目季刊》第 12 卷第 4 期,1979 年 3 月,頁 25～40。

145. 劉寧,〈「詩話」與「本事」——再探《六一詩話》與晚唐五代詩

歌本事著作的關係〉,《清華學報》新 48 卷第 2 期,2018 年 6 月,
頁 327～356。

146. 劉寧,〈晚唐視野中的右丞詩──司空圖對王維的解讀〉,《北京
大學學報(哲學社會科學版)》,2014 年第 6 期,頁 69～78。

147. 劉寧,《唐宋之際詩歌演變研究:以元白之「元和體」的創作影
響為中心》,北京:北京師範大學出版社,2002 年。

148. 劉衛林,《中唐詩境說研究》,臺北:萬卷樓,2019 年。

149. 蔣寅,《大歷詩風》,南京:鳳凰出版社,2009 年。

150. 蔣寅,《百代之中──中唐的詩歌史意義》,北京:北京大學出版
社,2013 年。

151. 鄭曉霞,《唐代科舉詩研究》,上海:復旦大學出版社,2006 年。

152. 鞏本棟,〈「詩窮而後工」的歷史考察〉,《中央大學人文學報》第
31 期,2007 年 7 月,頁 121～144。

153. 蕭馳,〈問津「桃源」與棲居「桃源」──盛唐隱逸詩人的空間
詩學〉,《中國文哲研究期刊》第 42 期,2013 年 3 月,頁 1～50。

154. 蕭麗華,〈出山與入山:李白盧山詩的精神底蘊〉,《臺大中文學
報》第 33 期,2010 年 12 月,頁 185～223。

155. 賴瑞和,《唐代基層文官》,臺北:聯經出版事業公司,2004 年。

156. 霍松林、鄧小君,〈韓偓年譜(中)〉,《陝西師大學報(哲學社會
科學版)》,1988 年第 3 期,頁 46～55。

157. 霍松林、鄧小君,〈韓偓年譜(下)〉,《陝西師大學報(哲學社會
科學版)》,1989 年第 1 期,頁 116～124。

158. 戴偉華,《唐代使府與文學研究》,桂林:廣西師範大學出版社,
1998 年。

159. 鍾曉峰,〈中唐縣級僚佐的官況書寫──以王建、姚合為討論中
心〉,《東華人文學報》第 15 期,2009 年 7 月,頁 69～100。

160. 鍾曉峰,〈詩領域的自覺:晚唐的「詩人」論述〉,《彰師大國文
學誌》第 24 期,2012 年 6 月,頁 49～83。

161. 鍾曉峰,〈論晚唐的「詩名」：一個文學社會學的考察〉,《師大學報》第 57 卷第 1 期,2012 年 3 月,頁 71～101。

162. 韓立新,《唐代干謁詩中的士人形象研究》,北京：人民出版社,2015 年。

163. 謝定紘,《北宋詠史詩的亂世人物書寫》,臺北：國立臺灣大學中文系碩士論文,2020 年。

164. 羅宗強,《隋唐五代文學思想史》,上海：上海古籍出版社,1986 年。

165. 羅宗濤,〈唐末詩人對唐亡的反應試探〉,收入中國唐代學會、國立中正大學中國文學系、歷史系主編,《唐代文化學術研討會論文集‧第五屆》,高雄：麗文文化,2001 年,頁 381～405。

166. 羅龍治,《進士科與唐代文學社會》,臺北：國立台灣大學文學院,1971 年。

167. 譚凱著,胡耀飛、謝宇榮譯,《中古中國門閥大族的消亡》,北京：社會科學文獻出版社,2017 年。

168. 龐國雄,〈黃滔年譜簡編〉,《廣東第二師範學院學報》,2019 年第 4 期,頁 80～88。

169. 嚴耕望,《嚴耕望史學論文集》,上海：上海古籍出版社,2009 年。

170. 龔鵬程,〈論唐代的文學崇拜與文學社會〉,收入淡江大學中文系主編,《晚唐的社會與文化》,臺北：臺灣學生書局,1990 年,頁 1～98。

171. 龔鵬程,《漢代思潮（增訂版）》,北京：商務印書館,2008 年。

172. 高木重俊,《唐代科舉の文學世界》,東京：研文出版,2009 年。

173. 妹尾達彥,〈詩のことば、テクストの権力——九世紀中國における科舉文學の成立——〉,《中國—社會と文化》第 16 期,2001 年 6 月,頁 25～55。

174. 根本誠,《專制社會における抵抗精神：中國的隱逸の研究》,東

京：創元社，1952 年。

175. 神樂岡昌俊，《隱逸の思想》，東京：ぺりかん社，2000 年。

176. 長部悦宏，〈唐代州刺史研究──京官との関連──〉，《奈良史學》第 9 期，1991 年 12 月，頁 27～51。

177. Thomas J. Mazanec. "How Poetry Became Meditation in Late-Ninth-Century China," *Asia Major*, vol. 32.2 (2019), pp. 113-151.

附錄　唐末孤寒詩人列表

說明：

一、本表詩人以活躍時期在咸通以後為主，稍前及大中年間。

二、孤寒標準：（1）父祖輩無任顯赫官位；（2）有過赴舉；（3）貧窮出身。

三、所選詩人存詩至少一首。

四、事例以涉及出身背景為主；詩例擇要具身世之感的作品摘句。

名　字	事　例	詩　例	及第年	其　他
賈島 （779～843）	《唐才子傳》卷5「雖行坐寢食，苦吟不輟」,「臨死之日，家無一錢」		不第	
方干 （809?～888）	何光遠《鑑戒錄》卷8「干為人唇缺，連應十餘舉。有司議干，才則才矣，不可與缺唇人居科名，四夷所聞，為中原鮮士矣。干潛知所論，遂歸鏡湖。」	〈上鄭員外〉「憂民一似清吟苦，守節還應似達貧。」曹松〈贈鏡湖處士方干〉「世路不妨平處少，才人唯是屈聲多。」	不第	
李群玉 （813?～860）	《唐才子傳》卷7，箋注「蓋以出身微賤」	〈喜渾吉見訪〉「貧家冷落難消日，唯有松筠滿院涼」方干「名場失手一年年，月桂常攀到手邊」	不第	大中8年 授弘文館校書郎
劉駕 （822?～?）	〈唐樂府十首〉序「獨恨愚且賤，蠕蠕泥土中，不得從臣後拜舞稱干上前。」	〈青門路〉「青門有歸路，坦坦高槐下。貧賤自恥歸，此地誰留我。」〈苦寒行〉「誰言貧士歎，不為身無衣。」	大中6年	
曹鄴 （816?～875?）	《唐才子傳》卷7「累舉不第」,「志甚勤苦」	〈怨歌行〉「貧賤又相負，封侯意何如。」〈城南野居寄知己〉「身為苦寒士，一笑亦感恩。」	大中年間	
李頻 （?～876）	《唐才子傳》卷7。「李頻使君」,呼〔李群玉〕為從兄，李群玉出身微賤，推知李頻並非出身望族。	曹松「苦集休開篋」	大中8年	咸通11年 取解咸通十哲

姓名	《唐才子傳》等資料	詩句	及第	備註
劉滄（？～？）	《唐才子傳》卷 8，箋注「劉滄及第，與鄭薰薦拔寒俊俊有關」	〈下第東歸途中書事〉「陝路誰知倦此情，往來多是半年程。孤吟洛苑達春盡，幾向秦城見月明。」〈旅館書懷〉「客計倦行分陝路，家貧休種汶陽田。」	大中 8 年	
來鵬（？～？）	《唐才子傳》卷 8，「家貧不達，頗亦怨忿」	〈鄂渚除夜書懷〉「白嗟落魄無成事，明日春風又一年。」	不第	或作來鵠
溫庭筠（812？～866？）	《唐才子傳》卷 8「舉進士。本傳」「數上不第」；《新舊唐書》「乞索揚子院……自是汙行聞於京師」《北夢瑣言》卷 10「薛侍郎昭緯氣貌猶古溫，杜紫微儒厚，溫庭筠滑稽，不稱才名也。」	〈感舊陳情五十韻獻淮南李僕射〉「旅食逢春盡，羈遊為事牽。丹心驚寸節，白髮怨三年。昔歎謀身拙，勞詠宦途情。官無毛義檄，婚乏阮修錢。披雲睹青霄，徙倚欲何適。儻能容妥貼，非敢幕差肩。」	不第	後任國子助教。其子溫憲亦是孤寒之士
溫庭皓（？～？）	庭筠之弟。		不第	
邵謁（？～？）	《唐才子傳》卷 8，「時溫庭筠主試，憫擢寒苦」胡震亨《唐音癸籤》卷 18「咸通中，溫飛卿任太學博士，秋主試，以邵謁諸詩為工，榜於都堂，仍請之禮部，謁竟不得第而死。」	〈自歎〉「流泉有枯時，窮賤無盡日。」〈下第有感〉「我行三十載，青雲路未達。」	不第	箋注駁《才子傳》釋褐之說

詩人	出處	作品	登第	備註
陳黯（805?~876?）	黃滔〈潁川陳先生集序〉：「先生諱黯，字希儒。父謹賓，通經及第」		不第	
于濆（?~?）	《唐才子傳》卷 8，箋注「科場蹭蹬近二十年」	〈苦辛吟〉「我願燕趙姝，化為嫫母姿。一笑不值錢，自然家國肥」〈感懷〉「東堂桂欲空，猶有收螢光。」	咸通 2 年	
武瓘（?~?）	《江南通志》卷 167「初以〈感事〉詩受知主司蕭倣」	〈感事〉「花開蝶滿枝。花謝蝶還稀。惟有舊巢燕，主人貧亦歸。」	咸通 4 年	蕭倣榜
汪遵（?~?）	《唐才子傳》卷 8，「家貧難得書」「家貧借書，以夜繼日」		咸通 7 年	
胡曾（840?~?）	《唐才子傳》卷 8「視人間富貴亦悠悠。遊歷四方，馬蹟窮歲月，所在必公卿館穀。」	〈下第〉「上林新桂年年發，不許平人折一枝。」	咸通中	可參〈劍門上路相公啟〉〈賀高相公除荊南啟〉
李山甫（?~?）	《唐詩紀事》卷 70「咸通中數舉進士被黜」《南部新書》丁卷「咸通中不第」《唐才子傳》卷 8「咸通中累舉不第。落魄有不羈才」	〈自歎拙〉「世亂僮欺主，年衰鬼弄人。鏡中顏欲老，江上業長貧。」〈下第臥疾盧員外召遊曲江〉「眼前何事不傷神，忍向江頭更弄春。桂樹既能欺賤子，杏花爭肯採閑人。」	不第	胡震亨《唐音癸籤》「考〔王〕鐸傳咸通典試；而小說以謂山甫罷舉亦在咸通中、山甫被黜即鐸也。」
曹唐（?~?）	《唐才子傳》卷 8「唐平生之志激昂，至是不官，頗自鬱悒」	〈病馬五首呈鄭校書章三吳十五先輩〉「階前莫怪垂雙淚，不遇孫陽不敢嘶」	不第	活動於長慶大中年間，咸通已垂垂老矣

姓名	出處	詩作	年代	備註
羊昭業 （？～？）		司馬郁〈送羊振文先輩往桂陽歸覲〉「君家祖德應惟清苦，卻笑當時問絹心。」	咸通9年	羊與司馬氏皆與皮、陸友好。昭宗大順中，與陸希聲、司空圖等十人，分修宣懿、僖三朝實錄。
司空圖 （837～908）	《北夢瑣言》卷3「名姓甚暗，成名未速」《唐詩紀事》卷63「少有文采，未為鄉里所稱」	〈浙上重陽〉「離恨初逢節，貧居只喜晴。」〈漫書〉「樂退安貧知足分，成家報國孰何慚。」	咸通10年	
嵩嶼中 （837～884？）	《北夢瑣言》卷2「家貧，少貧苦，古體」河南中都人，精於古體」	〈飲酒樂〉「白髮欺貧賤，不入醉人頭。」〈客有追歎後時者作詩勉之〉「我亦二十年，直似藏盆行。」	咸通12年	
周繇 （？～？）	《唐才子傳》卷9「家貧，生理索莫，只苦篇讀」		咸通13年	《登科記考》卷23引張喬、許棠、張蠙、周繇為九華四俊。
許棠 （822～？）	《唐才子傳》卷9「苦於詩文，性僻少合」，「久困科場」，「則知一名乃孤進知還丹也」	〈投徐樂公〉「無謀尋舊友，強喜亦白頭。丹愁阻桂丹慈，白衣成白頭。窮吳迷釣業，大漠事貧遊。」霄漢期提引，龍鍾未擬休」〈長安寓居〉「貧寄帝城居，交朋日自疎」「萬事不關心，終朝但苦吟，久貧厭負債，漸老愛山深。」	咸通12年	《登科記考》卷23引張喬、許棠、張蠙、周繇為九華四俊。
公乘億 （？～？）	《唐才子傳》卷9《北夢瑣言》〈孤篆三人〉《唐摭言》卷8「垂三十舉」	「十上十年皆落第，一家半已成塵。」（摘自《唐摭言》）	咸通12年	

詩人	出處	詩句	登第	備註
林覓 （?～?）	《直齋書錄解題》卷19「與李頻、許棠皆同時，集有送二人詩。」	〈塞上還答友人〉「從此甘貧坐，休言更到邊。」〈下第寄歐陽瓚〉「詩人道辭命多奇，更值干戈亂起時。莫作江寧王少府，一生吟苦竟誰知。」〈寄省中知己〉「每憐吾道苦，長說向同人。」	咸通13年後登進士第	
周朴 （?～878?）	林嵩〈周朴詩集序〉「先貧俱足，水顏黔之流，而能於詩借哉！」「迂僻而貧，聲響不重」		不第	
高蟾 （?～?）	《唐才子傳》卷9「蟾本寒士」	〈道中有感〉「一醉六十日，一裘三十年。年華經幾日，日日捧征鞭。」〈長安旅懷〉「唯有終南蔽，集光不入大帝鄉塵。」	乾符3年	
章碣 （?～?）	《唐才子傳》卷9「累上著不第，……後流落不知所終」	〈癸卯歲毗陵登高會中貽同志〉「流落常嗟勝會稀，故人相遇菊花時。」	乾符5年	及第年據《登科記考》補正
羅隱 （833～909）	《唐才子傳》卷9「一第落落」羅隱「初貧」，《唐摭言》「羅隱開平中累徵夕郎不起」，梁	〈寄侯博士〉「久貧還任少，孤立轉家難。」〈寄徵士魏員外〉「家道蘇門節，清貧粉署官。」〈秋浦〉「久貧身不達，多病意長達。」	不第	
秦韜玉 （?～?）	《唐語林》卷7「出於單寒，慶為有司所斥」	〈寄懷〉「若使重生太平日，也應回首哭途窮。」〈天街〉「莫見繁華祗如此，暗中還換往來人。」〈貧女〉「苦恨年年壓金線，為他人作嫁衣裳。」	中和2年特勅賜腸	

鄭谷 （851？～910？）	《唐才子傳》卷 9	〈咸陽〉「未有謀身計，頻遷反正期。……莫問今行止，漂漂不自知。」	光啟 3 年	
鄭啟 （？～？）	鄭谷之兄。《江西通志》卷 72 引《人物志》「鄭史，字惟直，宜春人，……二子啟、谷。」		未考	
崔塗 （850？～？）	《唐才子傳》卷 9「亦窮年羈旅」，「家寄江南，每多離怨之作」	〈苦吟〉「舉世輕孤立，何人念苦心。」〈春日郊居寄朋友人見貽〉「方期五字達，未厭一簞貧。」〈喜友人及第〉「孤吟望至公，已老半生中。」	光啟 4 年	
喻坦之 （？～？）	《唐才子傳》卷 9 咸通中舉進士不第，久寓長安」，「當困於窮蹇，情見於辭矣」《唐語林》卷 2「……雖然，皆不中科」	〈灞上逢故人〉「花落杏園枝，驅車問路岐，身事自堪疑。人情誰可會。」	不第	《唐摭言》十哲之一
溫憲 （842？～？）	《唐才子傳》卷 9「庭筠之子」，「父以罪死，今憲子宜稍振之，以厭公議，庶幾少雪忌才之恨」	〈題崇慶寺壁〉「十口溝隍待一身，半年千里絕音塵。鬢毛如雪心如死，猶作長安下第人。」	龍紀元年	《北夢瑣言》卷 20「有溫顗者，乃飛卿之孫，憲之子。仕蜀，官至常侍。無它能，唯以隱僻繪事為兄紹也。」

李洞 （？～897？）	《唐才子傳》卷9「家貧極苦，至陵寢食」	〈述懷二十韻獻華陽相公〉「折樹恩難報，懷仁命甚輕。二年猶經困，百口望經營。」〈送龍州田使君舊詩家〉「無心陪宴集，吟苦憶京師。」	不第	慕賈島詩，事之如神
王駕 （？～？）	《唐詩紀事》鄭谷以詩送云：「孤單取仕休言達，早讀王駕人苦愛詩」後有〈次韻見寄之什〉云：「直應歸結綬，方肯別山村。」校書結綬見諫苑，應勤苦常同業，孤單共感恩。		大順元年	
張喬 （？～？）	《唐才子傳》卷10「竟晦晤名途，徒得一進耳」《闕談錄》「苦心文革，厄於一第」黃滔〈答陳儲隱論詩書〉「咸有詩名，而退飛不已」	〈延福里秋懷〉「苦學猶難至，甘貧豈有成。」〈江村〉「貧遊無定蹤，鄉信轉難達。」〈促織〉「椒房金屋，何曾識，偏向貧家壁下鳴。」	＊大順元年	《登科記考》卷23引張喬、許棠、張蠙、周繇為九華四俊。及第年據《登科記考補正》，史籍記說法不一。
杜荀鶴 （846～907）	《唐才子傳》卷9「荀鶴俊，連敗文場，甚苦」荀鶴苦吟，平生所志不遂，晚始成名，沉丁閬世，殊多憂惋思憶之語」	〈贈秋浦金明府長〉「苦甚求名日，貧於未選時。」〈貽里中同志〉「賤賤志氣在，子孫交契深。」〈秋日湖外書事〉「十五年來筆硯功，祗令貧在苦貧中。」	大順2年	
鄭良士 （856～930）	《唐才子傳》卷10「咸通中累舉進士不第。昭宗時自表獻詩五百餘篇，勅授補闕而終」		不第	景福2年勅授補闕

姓名（生卒）	出處	詩句	及第時間	備註
趙摶（？～？）	《唐才子傳》卷10「亦進而無遇，退而有守者」	〈琴歌〉「向曾守貧貧不徹，賤貧與人人不別。」「一生從事不因人，健步瑩瑩皆自致」〈廢長行〉「鬥前有吏嚇孤窮，欲訴閽門深抱冤哭。」	不第	
張為（？～？）	杜光庭〈毛仙翁傳〉「進士張為溥遊長沙，落魄數載」			
徐黃（？～？）	《唐才子傳》卷10「時人知其踏蹬」	〈旅次寓題〉「途窮憐抱疾，世亂恥登科。」〈偶吟〉「清淬名立難教我，晚歲途窮水問誰。」「鶩瓦虹梁計已疎，織茅編竹稱貧居」	乾寧元年	及第年據《唐才子傳》校箋》及王輝斌《全唐文作者小傳辨證》
韋莊（836？～910）	《唐才子傳》卷10「少孤貧力學」	〈曲池作〉「性本無機率，家因守道貧。」〈遣興〉「亂來知酒聖，貧去覺錢神。」「新正日尚南道中作寄本明府」「今日與君同遯世，却憐無事是家貧。」	乾寧元年	
王貞白（？～？）	《容齋四筆》「崔凝榜」再試中選「《唐摭言》好放孤寒」	〈長安道〉「如何貧書生，只獻安邊策。」裴說〈見王貞白〉「又看重試榜，還見苦吟人」	乾寧2年	
黃滔（？～？）	黃鴻恩《莆陽黃氏通書》、張媛《黃滔詩歌研究》「黃滔家世與生卒年」	〈退居〉「世亂時人物，家貧後子孫。」「成名後呈同年」「退愧恩嶷懲思斯須」〈長安書事〉「孤進難時誰肯薦，主司通處不須論」	乾寧2年	

張蹟（？～？）	《唐才子傳》卷10「初以家貧累下第，貧累長安」	〈投翰林張侍郎〉「舉家貧拾海邊樵，來認仙宗在碧霄。」〈投所知〉「自聞雕亂開公道，漸敷孤平少屈」	乾寧2年	《登科記考》卷23引張喬、許棠、張蹟、周繇為九華四俊。
王轂（？～？）	《唐才子傳》卷10「頗不平久困」		乾寧5年	
褚載（？～？）	《唐才子傳》卷10「載，字厚之，家貧，客梁、末間，困甚」		乾寧5年	
許棠（？～？）	黃滔〈答陳磻隱論詩書〉「咸有詩名，而退飛不已」《劇談錄》「苦心文華，厄於一第」		不第	或做許彬
李咸用（？～？）	《唐才子傳》卷10	〈投知〉「自是遠人多鬢霜」〈近來人喜相遇十首〉「腐衣未識帝城塵，四十為儒是病身。有恨不關衛國恥，無愁直為荷家貧」	不第	
褚載（？～？）	《唐才子傳》卷10「家貧，客梁末間，困甚」	〈投節度邢公〉「一卷新書滿懷淚，頻來門館訴卽寒」	乾寧5年	
盧延讓（？～？）	《北夢瑣言》卷7「二十五舉方登一第」《唐摭言》卷3「時延讓薄遊荊渚，貧無卷軸」	〈贈僧〉「禪師問我苦求名，滋味過於食蓼蟲」	光化3年	《北夢瑣言》「平生投謁公卿，不意得力於貓兒狗子也」

曹松 （830？～？）	《唐才子傳》卷10「初任建州依李頻，頻卒後，往來一州，拙於進宦，撟身無所遇，寓情虛無，苦極於詩」《唐摭言》卷8「詔選中有孤平屈人」《唐詩紀事》卷65「時內難新平，首求孤平人，德祥以松等纂詔」	〈言懷〉「豈能窮到老，未信達無時。」〈言懷〉「敢言名譽出，天未白吾頭。」〈言懷〉「出山不得意，謁帝值戈誕。豈料為文日，翻成用武年。」	光化4年	杜德祥榜，又稱「五老榜」
劉象 （832～？）	《唐詩紀事》卷71「劉象孤寒，三十舉無成」	〈鷺鷥〉「摩霄志在潛修羽，會接鸞凰別華叢。」	光化4年	杜德祥榜，又稱「五老榜」
裴說 （？～？）	《唐才子傳》卷10「初年箸迫亂離，奔走道路」	〈旅中作〉「妄動遠抛山，其如餒與寒。投人言去易，開口說貧難。」「讀書貧裏樂，搜句靜中忙。」（殘句）「捫蝨寒帶粟，病眼飯生花。」（殘句）	天祐3年	
胡令能 （？～？）	《雲溪友議》「性落拓，家貧，少為洗鏡鍰釘之業」		未考